grafit

Chemnitzer Str. 31, D-44139 Dortmund
Internet: http://www.grafit.de
E-Mail: info@grafit.de

Umschlaggestaltung und -illustration: Peter Bucker
Druck und Bindearbeiten: Clausen & Bosse, Leck
ISBN-13: 978-3-89425-310-3
ISBN-10: 3-89425-310-X
1. 2. 3. 4. 5. / 2007 2006 2005

Theo Pointner

Der Dominoeffekt

Kriminalroman

grafit

Der Autor

Theo Pointner (Jahrgang 1964) hat Betriebswirtschaft studiert und arbeitet im Westfälischen Zentrum für Psychiatrie in Bochum.

1992 erschien sein Kriminalromandebüt *Tore, Punkte, Doppelmord;* es folgten *Scheinheilige Samariter* (1994), *Einer nach dem andern* (1997), *Rechts-Außen* (1998), *... und du bist weg!* (1999), *Ein Tropfen Blut* (2001) und *Rosenmunds Tod* (2002).

1

»Mist!«

Jörn Kaludzinsky legte den Nassrasierer auf die Ablagefläche für die Seife, presste seinen Zeigefinger auf die heftig blutende Wunde am Kinn und griff hinter sich. Seine rechte Hand tastete nach dem Toilettenpapier, endlich fühlte er die Rolle zwischen den Fingern. Mit einem Ruck riss er ein Blatt ab, faltete es zusammen und drückte es auf die Kerbe einige Zentimeter unterhalb seiner Unterlippe.

Während er darauf wartete, dass die Blutung nachließ, schöpfte er eine Hand voll Wasser aus dem Waschbecken und wischte die Blutstropfen von der Keramik. Astrid würde einen Wutausbruch bekommen, wenn er die Spuren seiner Auseinandersetzung mit dem Rasierer nicht restlos beseitigte. Vorsichtig lupfte Kaludzinsky das Toilettenpapier an und besah sich in der Tür des Spiegelschranks. Nein, immer noch quollen rote Tropfen aus der Schnittwunde, er musste sich noch gedulden.

Aus dem Transistorradio plärrte der Nachrichtenjingle, die monotone Stimme der Sprecherin kündigte das Neueste aus der Welt an. Es war Punkt 18.00 Uhr, Kaludzinsky hatte noch genügend Zeit. Sein Dienst begann erst in anderthalb Stunden.

Er verfolgte die Informationssendung nicht, er hatte schon eine Stunde vorher die Tagesschau gesehen und wusste, was die wichtigsten Themen des Tages waren. Ihn beschäftigte viel mehr, dass er nur noch zwei Nachtschichten hinter sich bringen musste, danach hatte er vier Tage frei. Dann noch fünf Frühschichten und anschließend endlich drei Wochen Urlaub.

Kaludzinsky rückte die mickrige Topfpflanze auf der marmorierten Fensterbank ein wenig zur Seite und öffnete das Fenster. Die feuchtwarmen Dämpfe aus der Dusche zogen nicht ab, sondern ein Schwall heißer Luft drang von draußen in das kleine Badezimmer. Bei diesen Temperaturen konnte er froh sein, nachts arbeiten zu müssen, die Wagen hatten immer noch keine Klimaanlage. Die Blutung war endlich gestillt, er warf den rot gefärbten Papierfetzen in das Toilettenbecken und setzte seine Rasur fort.

Das teure Duftwasser von Calvin Klein war für den Sommer genau richtig. Kaludzinsky ging äußerst sparsam mit dem Wässerchen um, Astrid hatte es ihm im Februar zu seinem vierunddreißigsten Geburtstag geschenkt. Immer noch war die Flasche gut zu einem Drittel voll.

Nachdem der Brand auf der Gesichtshaut nachgelassen hatte, schlüpfte er in die zuvor bereitgelegten Boxershorts und die dünnen Socken, sprühte sich eine gehörige Ladung Deospray unter die Achseln und fuhr prüfend mit der Hand über seinen Schädel. Seine Glatze bedurfte noch keiner Korrektur, zwar spürte er schon deutlich einige Haarstoppeln, aber bis morgen konnte das noch warten.

Er trat zwei Schritte zurück, holte tief Luft, pumpte den Oberkörper auf und musterte sich erneut im Spiegel. Perfekt, die Brustmuskulatur malte sich deutlich ab, noch machte es sich nicht bemerkbar, dass er in den letzten Tagen sein Training ein wenig vernachlässigt hatte.

Spielerisch spannte er die Oberarmmuskeln an, die Adern auf dem Bizeps quollen auf. Kaludzinsky genoss die Blicke der Frauen, wenn er auf seinen Kontrollgängen sein breites Kreuz durchdrückte und seine Muskeln zeigte. Die Firmenkleidung war zwar aus ziemlich grobem Stoff und scheuerte nach ein paar Stunden unter den Achseln, aber vom äußeren Anschein her machte sie sich wirklich gut.

Der Kölner Sender hatte zwischenzeitlich die Verkehrshinweise gebracht. Kaludzinsky flötete den folgenden Song von Bruce Springsteen mit, zog die schwarze Leinenhose über die Hüften und streifte sich das hellblaue Hemd mit dem Schriftzug seines Arbeitgebers über den Oberkörper.

Als er die Tür des Badezimmers öffnete, brauchten seine Augen einen Moment, um sich an das Dunkel in der Diele zu gewöhnen. Astrid hatte die Küchentür geschlossen, damit der Geruch des gebratenen Specks nicht durch die ganze Wohnung zog. Halb blind stolperte er durch den Flur, bis er auf unerwarteten Widerstand stieß.

»Aua!«, schrie Kaludzinsky, hob den rechten Fuß, stützte sich an der Wand ab und tastete nach dem Lichtschalter. »Kevin!«

Sekundenbruchteile später flog die Tür zum Kinderzimmer auf und ein achtjähriger Bengel lugte vorsichtig um die Ecke.

»Wie oft hab ich dir schon gesagt, dass du deinen Krempel wegräumen sollst«, schimpfte Kaludzinsky wütend.

»Mach ich sofort«, hauchte der Junge, der gerade mal halb so groß war wie Kaludzinsky. »Entschuldige.«

»Ist doch immer dasselbe mit dir«, fauchte Kaludzinsky und rieb sich die angeschlagenen Zehen. »Wegen dieser Lego-Scheiße brech ich mir irgendwann nochmal den Hals.«

»Es tut mir leid«, antwortete Kevin und hatte deutlich Mühe, seine Tränen zurückzuhalten. Bevor eine weitere Schimpfkanonade über ihn ergehen konnte, ging er auf die Knie und sammelte die Bauklötze vom Boden auf.

Kaludzinsky grunzte zufrieden und schwang die Tür zur Küche auf. Astrid schaufelte einen gewaltigen Berg Rührei mit Speck auf einen Teller, der Toast war im richtigen Moment fertig.

»Ich hab dir schon tausendmal gesagt, du sollst dem Jungen Ordnung beibringen. Sieht ja hier aus wie im Schweinestall.«

»Was war denn jetzt schon wieder?«, fragte Astrid desinteressiert und holte den Orangensaft aus dem Kühlschrank.

»Er hat wie immer sein Spielzeug in der Diele rumliegen lassen«, informierte Kaludzinsky seine Freundin, allerdings schon wieder halbwegs beruhigt.

»Jörn, Kevin ist erst acht. Da sind andere Sachen wichtiger.«

»Klar, nimm ihn noch in Schutz. Wenn der das nicht von Anfang an lernt, kriegste das nie in den rein.«

Astrid strich sich eine Strähne ihres schwarzen Haares, das sie im Nacken zu einem Knoten gebunden hatte, aus der Stirn, füllte zwei Gläser mit dem Saft und setzte sich an den kleinen, schäbigen Küchentisch. »Ich wusste gar nicht, dass du ein Pädagogik-Experte bist«, schmunzelte sie dann.

»Lässt du den Kröten im Kindergarten etwa auch alles durchgehen?«, gab Kaludzinsky zurück und rammte die Gabel in den Berg aus Eiern. »Also ehrlich, dieser ganze Mist mit antiautoritärer Dingenskirchen ist doch was für den Eimer.«

»Schatz, fang nicht wieder damit an. Du kannst Kinder in dem Alter nicht dazu verdonnern, alle zehn Minuten aufzuräumen.«

»Meine Eltern haben immer auf Sauberkeit und Ordnung geachtet«, dozierte der Kahlköpfige mit vollem Mund. »Und, hat mir das etwa geschadet?«

Genutzt aber auch nichts, dachte Astrid, ging jedoch nicht auf die Ausführungen ihres Freundes ein. Es gab Punkte, über die man sich einfach nicht mit ihm unterhalten konnte.

»Möchtest du einen Kaffee?«, fragte sie stattdessen.

»Nee, nicht bei der Hitze. Aber 'ne Thermoskanne könntest du mir machen, nachher für die Pause. Und ein paar Dubbels vielleicht.«

»Sind schon fertig«, meinte Astrid. »Ein bisschen Obst hab ich dir auch eingepackt. Und den Kaffee koch ich nachher frisch.«

Zufrieden schaufelte Kaludzinsky eine neue Ladung Rührei in seinen Mund und zog die Zeitung heran. Sein Blick durchfurchte wohl schon zum fünften Mal den Artikel, in dem die neuesten Spielerverkäufe der verhassten Dortmunder Borussen angekündigt wurden. Als eingefleischter Schalke-Fan konnte man derart gute Nachrichten nicht oft genug lesen.

»Denkst du daran, dass wir am Wochenende zu meiner Mutter müssen?«, störte ihn Astrid bei seiner Lektüre.

»Warum das denn?«

»Jörn, ich bitte dich, Mama wird sechzig. Da müssen wir hin.«

»Wann denn?«

»Sonntagnachmittag, zum Kaffee. Und Abendbrot essen wir wohl auch da.«

»Mann, wenn ich endlich mal ein paar Tage frei habe? Muss das wirklich sein?«

Die Kindergärtnerin gönnte ihm einen bitterbösen Blick.

»Ist ja schon gut«, lenkte Kaludzinsky ein. »Kommt dein bescheuerter Bruder etwa auch?«

»Nein, Uwe ist dann noch in Urlaub. Ist wohl besser so.«

»Stimmt«, murmelte Kaludzinsky und leerte mit einem Zug sein Glas.

Im Wohnzimmer plärrte das Telefon, Astrid sprang auf.

Kaludzinsky sah ihr nach und konnte sich ein Lächeln nicht verkneifen. Mit dieser Frau hatte er das große Los gezogen, Astrid war nicht nur intelligent – wesentlich intelligenter als er, das gestand er neidlos ein –, sie hatte auch einen absolut geilen Body ... Gerade als er in die Küche gekommen war und sie in dem knappen Jeansrock und dem T-Shirt gesehen hatte, hätte er am liebsten auf sein Abendessen verzichtet und wäre gerne zu einem besonders süßen Dessert übergegangen, aber dann hätte es wieder geheißen, nicht, solange der Junge nebenan spielt.

Dabei war dieses verdammte Blag gar nicht von ihm, sondern von Astrids Verflossenem. Na ja, so schlimm war Kevin auch nicht. Da bekam er, wenn er seine Touren in der Innenstadt fuhr, ganz andere Kaliber zu sehen. Und mit Astrid hatte er endlich in seinem Leben auch mal Glück gehabt.

In vielen anderen Dingen war er allerdings, so sah Kaludzinsky es, betrogen worden. Schon als kleiner Junge hatte er davon geträumt, einen Beruf zu ergreifen, in dem er eine Uniform tragen durfte; aber keine der Institutionen, bei denen er sich beworben hatte, wollte ihn haben. Nicht die Polizei, nicht der BGS, auch nicht die Bundeswehr. Klar, seine Wehrpflicht hatte er abgeleistet, die schönste Zeit seines Lebens, aber als er anfragte, ob er sich verpflichten, Zeit- oder Berufssoldat werden könne, hatte man abgewinkt. Nicht einmal eine Begründung hatte er erhalten, warum er nicht geeignet sei, seine Bewerbungen waren kommentarlos zurückgekommen. Also hatte er lustlos eine Lehre als Schreiner absolviert und seine Gesellenprüfung mehr schlecht als recht bestanden.

Der Job bei dieser Sicherheitsfirma war nicht mehr als ein Kompromiss, aber wenigstens ging es ein Stück weit in Richtung der Erfüllung seines Lebenstraums. Er war zumindest ansatzweise für Recht und Ordnung zuständig, kontrollierte Alarmanlagen, Firmengelände, Privathäuser und achtete, besonders im Weihnachtsgeschäft, auf Ladendiebe.

Astrid kam wieder zurück, griff sich das Päckchen mit den Zigaretten und zündete sich eine an. Kaludzinsky verzog angewidert die Nase, ersparte sich aber einen Kommentar. Wenn selbst die neuerdings auf den Packungen aufgedruckten Gesundheitswarnungen keine Wirkung zeigten, würden seine Sprüche erst recht nichts bringen.

»Das war Claudia«, erklärte Astrid. »Kevin und ich gehen nachher zu ihr rüber, sie hat Pascal ein neues Spiel für die

Playstation gekauft, dann können die beiden noch ein wenig spielen.«

»Und ihr beide gehörig lästern, was?«, grinste der Wachmann säuerlich. Claudia war Astrids beste Freundin und mochte ihn nicht. Irgendwann hatte sie mal gesagt, bei ihm stünde das Verhältnis zwischen Muskelmasse und Intelligenz in verkehrt proportionalem Verhältnis. Wenn er damals sofort verstanden hätte, was sie damit meinte, hätte er sie die bespöttelte Muskelmasse wohl spüren lassen.

»Ach was, sie will mir die Bilder vom Urlaub zeigen. Und spätestens um zehn muss der Kleine sowieso ins Bett. Klingelst du nachher mal durch?«

Kaludzinsky vernichtete den letzten Rest Eier und schob die zerlesene Ausgabe der WAZ beiseite. »Vielleicht, aber garantiert nicht vor elf. Die Pappköppe in der Zentrale haben die Tour geändert, ich muss erst mal gucken, wie ich damit klarkomme. Eventuell kann es eng werden.«

»Ich bin ja lange auf«, tröstete Astrid und gab der Kaffeemaschine Futter. Während das schwarze Gebräu in die Kanne tröpfelte, löffelte sie vier Schübe Kaffeeweißer in die Thermoskanne, gab sechs Stücke Zucker dazu und zeigte auf den Stoffbeutel, in dem sie bereits den Proviant für die Nachtschicht verstaut hatte.

»Sehen wir uns nächste Woche nach den neuen Wohnzimmermöbeln um?«

»Ach, muss das wirklich sein? So vergammelt ist das alte Zeugs ja nun noch nicht.«

»Jörn, ich bitte dich, die Couch ist fünfzehn Jahre alt und völlig verschlissen und die Schränke sind schon etliche Male genagelt. Und nachdem wir renoviert haben, mag ich diese alten Sachen da nicht mehr haben.«

»Aber das kostet doch eine Schweinekohle. Wenn wir alles auf einmal kaufen.«

Astrid zerquetschte ihre Zigarette im Aschenbecher und

verschränkte die Arme vor der Brust. »Schatz, wir haben endlos darüber diskutiert. Das sieht doch völlig bescheuert aus, wenn wir frische Farbe an die Wand bringen, den Boden mit Laminat belegen und dann wieder die alten Schätzchen da rein stellen.«

»Also gut, machen wir einen Großeinkauf. Ist der Kaffee fertig?«

»Gleich. Musst du schon los?«

»Noch kurz an der Tankstelle vorbei und dann hol ich Matthes ab. Seine Karre ist mal wieder verreckt.«

»Kommst du morgen früh zur üblichen Zeit zurück?«

Kaludzinsky nickte. »Ich weiß, ich bring frische Brötchen mit.«

Während Astrid den Kaffee in die Thermoskanne umfüllte, ging der Wachmann in die Diele, stieg in die derben Stiefel und klaubte die schwarze Windjacke vom Haken. Prüfend griff er an die Innentasche. Die Schreckschusspistole war natürlich noch da. Eigentlich war es streng verboten, dass er die vom Original einer Walther P9 nicht zu unterscheidende Nachbildung mit sich führte, aber Taschenkontrollen hatte es in der Firma noch nie gegeben. Kaludzinsky fühlte sich einfach besser, wenn er das Gewicht der Waffe in seiner Jacke spürte.

»Überarbeite dich nicht«, lächelte Astrid und drückte ihm den Beutel mit den Broten und der Thermoskanne in die Hand. Danach drückte sie ihr Gesicht an seine voluminöse Brust. »Ich hab dich lieb.«

Kaludzinsky strich ihr mit der Hand über den Po und gab ihr einen schnellen Kuss.

»Bis morgen.«

2

Günter Vollmert quetschte seinen klappernden Golf III in die letzte freie Parklücke in Sichtweite des Einfamilienhauses in Bochum-Stiepel und schaltete den Motor aus. Er hatte noch eine halbe Stunde Zeit, bevor sein Zielobjekt das Haus verließ. Aber in seinem Job konnte es verdammt teuer werden, wenn man zu spät kam.

Die Hitze war unerträglich, zu seinem Glück befand sich der Parkplatz unter einer Buche. Der sonnenüberflutete Gehweg war wie ausgestorben. Die einzigen Laute stammten von der nicht weit entfernt gelegenen Hauptstraße und den zahlreichen Rasensprengern, die in den umliegenden Gärten kühles Nass versprühten.

Vollmert war schon seit kurz nach halb elf unterwegs. Heute Mittag hatte er zwar einen Stopp in seinem Büro einlegen können, aber zu mehr als einer hastig gekippten Flasche Mineralwasser und einem Salat aus einem Schnellrestaurant hatte die Zeit nicht gereicht. Immerhin hatte er endlich mal wieder einen Fall abschließen können. Der Handwerksmeister, der ihn auf die Fersen einer seiner Gesellen gehetzt hatte, würde an den Fotos des krankgeschriebenen Schreiners, der in mühevoller Handarbeit eine Garage an sein kleines Zechenhaus anbaute, seine Freude haben.

Von derartigen Aufträgen lebte Vollmert. Entweder von so etwas oder den nie aussterbenden untreuen Ehemännern und Ehefrauen. Nach der Novellierung des Scheidungsrechts und der Abschaffung der Schuldfrage war es zwar eigentlich irrelevant, ob man einen Beweis für den Ehebruch hatte oder nicht, aber es gab immer noch genügend eifersüchtige Menschen, die einfach die Wahrheit wissen wollten.

Nun, solange sie Vollmert zweihundert Euro plus Spesen pro Tag für seine Schnüffeleien bezahlten, konnte es ihm egal sein. Darüber hinaus bot sich ihm immer mal wieder die Gelegenheit, ein nicht unbeachtliches Zubrot über das vereinbarte Honorar hinaus abzusahnen.

Aber nur selten bekam er anspruchsvollere Aufträge, etwa das Wiederfinden von verschwundenen Personen, nach denen die Polizei meist nur halbherzig suchte, oder Anfragen von Versicherungsunternehmen, die entweder an der Wiederbeschaffung entwendeten Diebesguts interessiert waren oder Beweise für einen Versicherungsbetrug suchten. Bei solchen Fällen legte Vollmert wesentlich mehr Engagement als bei diesem langweiligen, alltäglichen Kram an den Tag, aber leben konnte er von den wenigen attraktiven Aufträgen nicht.

Der Privatdetektiv lümmelte sich in die durchgesessenen Polster seines Volkswagens, klaubte die aktuelle Ausgabe der *Bild* vom Beifahrersitz und schlug sie auf dem Lenkrad auf. Natürlich las er das Käseblatt nicht, weil ihn die Artikel interessierten, sondern weil er so auf einen zufälligen Passanten weniger auffällig wirkte. Seine Augen checkten alle fünfzehn bis zwanzig Sekunden den Hauseingang. Dort tat sich immer noch nichts.

Die Minuten krochen wie Stunden, aber daran war Vollmert gewöhnt. Für jede Stunde, die er wartend entweder im Auto, in einem Restaurant oder einer sonstigen Örtlichkeit verbracht hatte, einen Hunderter, und er hätte für den Rest seines Lebens ausgesorgt. Gott sei Dank hatte sein derzeitiges Zielobjekt an den beiden Abenden, an denen er die Frau bisher beschattet hatte, korrekt den Zeitplan eingehalten, den ihm ihr Mann, ein feister Immobilienhändler, dessen Achselhöhlen garantiert auch im Winter bei Minustemperaturen wagenradgroße Schweißränder zierten, zusammen mit zwei Fotos in einem Umschlag über den Schreibtisch geschoben hatte. Vollmert war der Mann vom ersten Moment an unsympathisch gewesen und er hätte vollstes Verständnis dafür gehabt, wenn die Frau ihrem Gatten Hörner aufsetzen würde. Aber bisher waren seine Überwachungsaktionen ergebnislos geblieben.

Noch maximal fünf Minuten, bis sich die Tür öffnen würde, höchste Zeit, noch einmal die Ausrüstung zu prüfen. Vollmert warf die Zeitung auf die Rückbank und griff in den Rucksack, der im Fußraum vor dem Beifahrersitz lag. Schon auf den ersten Blick erkannte er, dass er nichts vergessen hatte: Die kleine, handliche Videokamera war da, das Fotohandy, die zigarettenschachtelgroße Digitalkamera mit sechs Millionen Bildpunkten, das kleine Richtmikrofon sowie das Aufnahmegerät. Der Kram war nichts im Vergleich zu dem Material, mit dem er früher hatte arbeiten können, aber doch eindrucksvoll genug, um potenziellen Kunden den Anschein von Professionalität zu vermitteln. Und bis jetzt war er auch noch nie in Situationen gekommen, in denen er mehr an Ausrüstung gebraucht hätte.

Zusätzlich zu dem Elektronikkram befand sich im Kofferraum ein kleiner Fundus an Kleidungsstücken, falls eines seiner Zielobjekte überraschend auf die Idee kommen sollte, in ein sündhaft teueres Restaurant zu gehen, in welchem er in seinen verwaschenen Jeans sofort aufgefallen wäre. Und für zwei, drei weitere unvermutete Gelegenheiten war er ebenfalls ausgestattet.

Vollmert zog den Reißverschluss seines Rucksacks wieder zu und gönnte sich einen Schluck Apfelsaft. Das Zeug war zwar inzwischen lauwarm, aber trotzdem gut gegen den brennenden Durst.

Als er die Flasche wieder absetzte, öffnete sich die Tür. Aus dem Schatten des Bungalows trat eine attraktive Mittvierzigerin, die kurzen roten Haare unter einem modischen Kopftuch verborgen. Der schlanke Körper steckte in einem eleganten Hosenanzug, der mehr gekostet haben dürfte als der Restwert von Vollmerts Autos betrug. Trotz der pompösen Sonnenbrille erkannte der Detektiv die Frau sofort.

Er war überrascht. Sein Zielobjekt trug eine lederne Sporttasche in der Hand. Eigentlich hätte heute das Treffen der Frauengruppe auf dem Programm gestanden, in einem Restaurant in der Innenstadt, aber das Outfit deutete eine Änderung des Plans an.

Die Frau lief leichtfüßig zu dem im Carport abgestellten Cabriolet, legte die Tasche auf die Rückbank und platzierte sich hinter das Steuer. Vollmert hörte, wie der kräftige Motor aufheulte, im gleichen Moment startete er seinen Golf.

Schon auf der Kreuzung zur Hauptstraße wusste er, dass der Abend tatsächlich nicht so verlaufen würde, wie er erwartet hatte. Zur Innenstadt ging es nach rechts, stattdessen blinkte das Rücklicht des Cabriolets links. Der Detektiv schickte ein Stoßgebet zum Himmel. Wenn er keine Lücke zum Abbiegen fand und nicht folgen konnte, war sein Job heute frühzeitig beendet.

Doch Vollmert hatte Glück, unmittelbar nach dem Audi konnte er die Spur wechseln, das linke Blinklicht der Frau leuchtete schon wieder und der offene Wagen verringerte seine Geschwindigkeit. Die Hinweisschilder wiesen den Weg zum Golfplatz und zum Stausee.

Auf der Hevener Straße ließ sich Vollmert ein wenig zurückfallen. Der löchrige Asphalt führte schnurgerade Richtung Witten, erst später, in den scharfen Kurven, musste er erneut aufpassen, den Anschluss nicht zu verlieren.

Nur wenige Minuten darauf setzte die Verfolgte wieder den Blinker und lenkte ihren PS-starken Boliden auf den Parkplatz am Kemnader Stausee. Vollmert fluchte leise. Wenn die Kuh vorhatte, das nahe gelegene Freizeitbad zu besuchen, würde der Abend wirklich lang werden. Und so abwechslungsreich sein Fundus im Kofferraum auch war – eine Badehose oder Saunautensilien hatte er nicht dabei.

Der Audi drängte sich in die erstbeste Parklücke, Vollmert fuhr langsam weiter, ständig wechselte sein Blick zwischen der Suche nach einer Parkgelegenheit und dem Rückspiegel. Das Glück war ihm weiter hold, kaum zwanzig Meter vor ihm kroch ein Benz aus einer Lücke. Mit seinem Rucksack in der Hand kletterte der Detektiv aus dem Auto und schloss es ab.

Am Stausee war der Teufel los. Fast das halbe Ruhrgebiet war auf Fahrrädern, Inlinern oder zu Fuß unterwegs, der Detektiv benötigte einen Moment, bis er das modische Kopftuch in der Masse der Erholungssuchenden gefunden hatte. Die Frau schlenderte, die Tasche lässig über die Schulter geworfen, den asphaltierten Gehweg entlang. Anscheinend hatte sie es nicht eilig.

Vollmert klemmte den Daumen unter den Tragegurt des Rucksacks, steckte das Fotohandy in die Brusttasche seines verschwitzten Hemdes und folgte seinem Zielobjekt in gut dreißig Meter Entfernung. Wie befürchtet, schlug sie, nachdem sie die kleine Brücke über das Wehr, welches den Stausee mit Frischwasser versorgte, überquert hatte, die Abzweigung zum Freizeitbad ein.

Der Detektiv seufzte. Den Schwimmbadbereich konnte man von außen einsehen, sollte die Frau sich da mit einem möglichen Lover treffen, wüsste er zumindest, dass sich eine weitere Observierung lohnen würde. Sollte sie aber in die Sauna gehen … Tja, dann war es das für heute gewesen.

Doch anstatt den Kassenbereich des Freizeitbades anzusteuern, bog die Frau in Richtung des Gastronomiebereichs ab, suchte einen Moment nach einem Tisch unter den Sonnenschirmen und ging dann, weil keiner frei war, in den Innenbereich der Kneipe.

Vollmert beschleunigte seine Schritte. Als er die Glastür passiert hatte, sah er sie sofort. Die Frau saß in einer Nische, die Ledertasche neben den Füßen abgestellt, und studierte die Karte. Das wirkte viel versprechend.

Ohne falsche Hast blickte sich der Detektiv in dem Lokal um, so, als suchte er das Gesicht eines Bekannten, und steuerte dann einen Stuhl in der Nähe der Frau an. Er legte sein Handy auf den Tisch, platzierte das in ein Kugelschreibergehäuse gebastelte Richtmikrofon daneben, zog ein Nachrichtenmagazin aus dem Rucksack und lehnte sich aufatmend zurück. Bei der eilfertigen Bedienung bestellte er sich einen Eistee, dann vertiefte er sich zum Schein in einen Artikel. Er war bereit.

Gabriele Schepers – so hieß die Frau – nahm die Sonnenbrille ab und zog eine Packung Zigaretten hervor, eine ziemlich ungewöhnliche Marke: lange, braunschwarze Kippen, die dünner, dafür aber deutlich länger waren als die gängigen Brennstäbe. Nachdem sie angeraucht hatte, bestellte sie ein Wasser und fixierte mit wachen Augen die Eingangstür.

Vollmert grinste, die Frau machte es ihm wirklich fast zu einfach. Er schloss mit sich selbst eine Wette ab, dass, sobald ihr Lover das Lokal betrat, ein Strahlen über ihr Gesicht gleiten würde; für ihn das Startzeichen, das Aufnahmegerät zu aktivieren und das Handy schussbereit zu halten. Und tatsächlich, keine drei Minuten später veränderte sich der Ausdruck des Gesichts am Nebentisch. Ein breites Lächeln verklärte die Züge der Immobiliengattin.

Der Detektiv griff in die Seitentasche des Rucksacks, startete die stimmaktivierte Aufnahme und zog den kleinen Ohrhörer heraus. Damit konnte er die Qualität der Aufnahme kontrollieren und die anstehende Unterhaltung verfolgen.

Augenblicke später trat ein vollschlanker Enddreißiger an den Tisch der Frau, beugte sich zu ihr herunter und drückte ihr einen Kuss auf die Wange. Vollmert war enttäuscht, der Typ sah allerhöchstens durchschnittlich aus. Der Detektiv hatte Gabriele Schepers einen sonnengebräunten Gigolo zugetraut, aber nicht so einen blassbäckigen Bürofurzer mit zehn Kilo Übergewicht. Na ja, vielleicht hatte der Typ andere Qualitäten.

Die Bedienung brachte den Eistee, den Vollmert sofort bezahlte, um jederzeit zum Abmarsch bereit zu sein. Dann gab er den beiden Turteltauben, die sich nun gegenseitig anhimmelten und sülzige Schmonzetten ins Ohr hauchten, noch ein paar Sekunden, bevor er bedächtig nach seinem Handy griff.

Perfekt, er hatte das Paar optimal im Bild. Vollmert tat so, als tippte er eine SMS, und drückte dabei mehrmals auf den Auslöser. Schepers und ihr Lover, wie sie Händchen hielten, wie seine Hand ihre schlanken Schenkel streichelte, ein flüchtiger Kuss auf die Lippen. Eigentlich reichte das schon, zusammen mit dem akustischen Geturtel war es mehr als eindeutig, zu welchem Zweck dieses Treffen stattfand. Aber Vollmert war sich sicher, dass er heute Abend noch bessere Beweise für die Untreue der Frau sammeln konnte.

Eine knappe Viertelstunde später war das Vorspiel beendet, die Frau bezahlte ihr Wasser und die Cola ihres Begleiters. Bevor die beiden aufbrachen, stand Vollmert auf und verließ das Lokal.

Am Ende der Außenterrasse blieb er stehen und kramte suchend in seinem Rucksack, bis das Pärchen Hand in Hand an ihm vorbeiging. Es schlug den Weg zurück zum Parkplatz ein, Vollmert folgte ihm mit gebührendem Abstand. Noch zwei schnelle Fotos, dann steckte er das Handy wieder in die Brusttasche.

Beinahe hätte er doch noch den Anschluss verloren, viel zu spät merkte er, dass sie nicht das Cabriolet der Frau ansteuerten, sondern zum Wagen ihres Begleiters gingen. Eilig näherte er sich ihnen, bis er sich sicher war, dass sie in einen schon etwas angejahrten VW-Bus kletterten. Er hastete zu seinem Wagen. Zu seinem Glück herrschte auf dem Parkplatz immer noch so viel Betrieb, dass der Bus nur langsam in Richtung Ausfahrt rollen konnte. Nur zwei Autos befanden sich zwischen Vollmert und dem Pärchen, der Bus bog nach links ab, wieder Richtung Bochum. Der Detektiv atmete auf.

An der Abzweigung zur Kemnader Straße fuhr der Bulli erneut nach links, Richtung Hattingen. Vollmert schaffte es mithilfe des Kick-downs, noch vor einem Linienbus auf die Hauptstraße zu gelangen, dann nahm er den Fuß vom Gaspedal.

Der VW querte die Ruhrbrücke, ließ die Wasserburg links liegen und fuhr an der nächsten Kreuzung geradeaus. Kurz vor der Stadtgrenze zu Witten bog das Gefährt in eine kleine Nebenstraße ab. Vollmert brummte unwillig. Nicht nur, dass er sich hier nicht auskannte, er musste auch höllisch aufpassen, dass er nicht auffiel. Je weiter sie in den Stadtteil Holthausen vordrangen, umso spärlicher wurde der Verkehr.

Irgendwann verlangsamte der Bus seine Fahrt und steuerte einen Friedhofsparkplatz an. Vollmert bretterte an der Einfahrt vorbei, sobald er außer Sichtweite war, stoppte er jedoch und wendete, bis er die Einfahrt zu dem Parkplatz, nun von der anderen Seite kommend, erreicht hatte. Die Straße lag einsam und verlassen, auf dem Parkplatz dösten zwar ein paar Fahrzeuge in der Abendsonne, aber ansonsten war alles ruhig.

Vollmert besetzte die erste freie Parkbucht. Dann schulterte er erneut den Rucksack und machte sich auf die Suche. Der VW-Bus war nicht zu sehen, aber hinter einem kleinen Wirtschaftsgebäude zweigte ein kleiner Feldweg ab.

Er musste nicht lange laufen, bis er den Wagen entdeckte. Der Bus stand auf dem Feldweg, hinter einem Stapel Bruchholz. Vollmert musterte die Umgebung. Dann stakste er in ein kleines Gehölz und schlug sich bis zu zwei ziemlich eng zusammenstehenden Bäumen durch. Prüfend schaute er um den Stamm.

Der Standort war optimal, die Entfernung zum Bus betrug vielleicht fünfzehn Meter. Vollmert befand sich auf einem kleinen Hang, der ihm aufgrund der erhöhten Position einen hervorragenden Blick durch die Seitenfenster des Volkswagens bot. Offensichtlich war das Paar bereits kräftig zugange. Schnell zerrte Vollmert die Videokamera aus dem Rucksack und machte sie betriebsbereit. Er zoomte und wartete ab, bis es etwas Interessantes zu sehen gab.

Schepers und ihr Lover taten ihm schließlich den Gefallen, der Übergewichtige knallte sich auf die Rückbank des Wagens, die Frau kletterte auf seinen Schoß und presste ihm ihre Brüste ins Gesicht, während ihr Körper erst langsam, dann immer schneller auf und nieder wippte.

Vollmert ließ seine Kamera gut zwei Minuten mitlaufen und kontrollierte die Aufnahme auf dem kleinen Display. Volltreffer.

3

»Funktioniert die Rampe?«

»Alles gut, Chef«, erwiderte Adrian Illic und tätschelte liebevoll die Seitenwand des Siebeneinhalbtonners. »Läuft geschmiert.«

»Wie geschmiert, du Blödmann«, nuschelte Juri Kamarov, nickte aber trotzdem anerkennend. »Mach nochmal einen Probelauf.«

Der junge Rumäne drückte auf einen der Knöpfe, gleich darauf fuhr die Laderampe des Lkw mit zischenden Geräuschen herab. Krachend rastete sie in der Endposition ein.

»Na gut«, entschied Kamarov und fuhr mit der Hand über die angeschweißte Stahlverstärkung an der Kante der Ladefläche. Hoffentlich war das Ding tatsächlich stabil genug, um das Panzerglas zu durchbrechen. Der Russe wusste genau, sie hatten nur einen Versuch.

»Andere Wagen auch in Ordnung ist«, erklärte Adrian und wischte sich die ölverschmierten Hände an einem Lappen ab. »Aber Alex sagt, nächste er nicht klauen mit kaputte Motor.«

Kamarov zog die Brauen hoch.

»Nicht ganz kaputt«, erklärte der junge Mann schnell. »Vergaser war dreckig und Öl zu wenig drin. Aber jetzt ist okay.«

»Dann mach nicht so einen Wind«, schnauzte Kamarov und deutete mit dem Kopf auf den Wohnwagen. »Wasch dir die Hände, dann sprechen wir nochmal alles durch.«

Während Illic in dem kleinen mobilen Heim verschwand, steckte sich Kamarov eine filterlose Zigarette zwischen die Lippen und zog einen Gartenstuhl heran. Die beiden anderen Männer hockten schweigend im Gras.

Als auch Illic neben ihnen saß, räusperte sich Kamarov geräuschvoll und beugte sich vor. »Also«, begann er, »wir sind den Plan ja schon oft durchgegangen, aber einmal mehr schadet nichts.«

Die Männer nickten automatisch. Adrian war der Jüngste des Quartetts, gerade mal einundzwanzig Jahre alt. Die Aufgabe des schmächtigen Bürschchens mit dem dicken, dunklen Haarschopf war es, den Fluchtwagen zu fahren. Außerdem war er der Mechaniker der Truppe. Er hatte zwar weder einen Führerschein noch eine Ausbildung zum Mechaniker, aber über die Funktionsweise von Motoren hatte er eine Menge gelernt, er war quasi ein Naturtalent. In der Klosterschule in seiner Heimat hatte er, genau wie sein Bruder, fast jeden Tag in der Werkstatt mitgeholfen. Werner, einer der Pater, hatte Adrian das erste Mal an das Steuer seines alten Peugeot gelassen, als der Junge zwölf war. Seitdem waren Autos die große Leidenschaft des Burschen.

Der Mann neben Adrian hieß Alexej, genau wie Kamarov ein Russe. Er organisierte alles, was sie benötigten, angefangen von Werkzeugen, über Waffen, bis hin zu einem Lkw, wie sie ihn bei diesem Bruch benötigten. Er verstand zwar etwas Deutsch, aber wenn er sich unterhielt, dann meistens nur mit Kamarov in seiner Muttersprache.

Adrian direkt gegenüber saß Miguel, ein dunkelhäutiger Mann Ende vierzig, der aus Südamerika stammte. Genaueres wusste niemand, Miguel sprach nie; weder Deutsch noch irgendeine andere Sprache – außer wenn er mit einer Nutte aufs Zimmer ging. Jedenfalls hatte Adrian mal bei einem ihrer seltenen Bordellbesuche durch die Zimmerwand ein paar Laute, die von Miguel gestammt haben mussten, gehört. Der Südamerikaner war der Mann fürs Grobe.

So wie auch Juri Kamarov. Aber er hatte darüber hinaus die Befehlsgewalt, was der Big Boss unmissverständlich klar gemacht hatte, nachdem sie in Deutschland angekommen waren. Angesichts von Juris Statur, der muskelbepackten Oberarme und der Tatsache, dass ihn eine Tätowierung als ehemaliges Mitglied einer dem russischen Militär angegliederten Eliteeinheit auswies, schien es jedoch ohnehin unklug, Kamarov zu widersprechen.

»Der Laden liegt mitten in einer Einkaufszone«, nahm Kamarov den Faden auf. »Wenn wir dort eintreffen, ist da bestimmt nichts mehr los, ich habe das zwei Nächte erlebt. Gegen vier Uhr kommt ein Wachdienst vorbei, danach ist wieder Ruhe. Wenn die Alarmanlage losgeht, haben wir maximal drei Minuten, bis die Bullen kommen. Ich schätze aber, eher nur zwei Minuten. Miguel und Alexej, habt ihr das verstanden?«

Die beiden Angesprochenen nickten. Genug Zeit, das Schaufenster leer zu räumen.

»Ich fahre den Lkw, Adrian wartet mit dem Benz direkt in der Einkaufszone. Hast du dir den Fluchtweg gemerkt?«

»Klar«, bestätigte der Jüngling und grinste. Etliche Stunden war er während der letzten Woche durch die Bochumer Innenstadt gelaufen, bis er jeden Pflasterstein selbst im Dunkeln mit Vornamen erkennen konnte. Er hatte vier Routen gefunden, über die sie nach dem Bruch verschwinden konnten, zwei hatte er in die engere Wahl gezogen. Die Aufgabe schien kein Problem darzustellen.

»Wir wollen nur die Uhren, Cartier, Rolex, Breitling, das teure Zeug. Ein paar Sachen aus Platin liegen daneben in den Fenstern, die könnt ihr meinetwegen auch noch einpacken. Mit dem Lkw versperren wir eine Zufahrtsmöglichkeit, die, aus der die Bullen am ehesten anrücken. Wenn wir es bis zum ersten Punkt schaffen, steigen wir drei aus, Adrian fährt mit der Beute zum zweiten Wagen und versteckt die Beute. Anschließend sieht er zu, dass er den Benz los wird, dann treffen wir uns alle am Sammelpunkt. Den zweiten Wagen holen wir morgen ab. Noch Fragen?«

Natürlich schüttelten die Männer die Köpfe.

»Dann legt euch noch ein paar Stunden aufs Ohr. Um zwei Uhr wecke ich euch.«

Adrian ging in die kleine Waschkabine des Wohnmobils und nahm die Putzarbeiten an seinen Händen wieder auf. Unter den Fingernägeln zeigten sich immer noch Dreckspuren, vielleicht half ja die grobkörnige Waschpaste, die Juri gestern mitgebracht hatte.

Diese Deutschen waren schon ein komisches Volk. In seiner Heimatstadt Serebescen, diesem elenden Kaff in den Karpaten, mitten in Transsylvanien, hatte er zum ersten Mal welche kennen gelernt. In den NATO-Block, in dem er als Kind wohnte, einem bröckelnden, verwitterten Betonklotz, in dem es keine Türen vor den Wohnungen gab, waren die Nonnen und Pater aus dem deutschen Orden gekommen. Lebensmittel hatten sie mitgebracht, Kleidung oder manchmal auch Spielsachen.

Seinen Geschwistern und ihm ermöglichte der Orden später, zur Schule zu gehen. Na ja, halbwegs, wenigstens wurde ihnen dort Lesen und Schreiben beigebracht, ein wenig Rechnen, und eine Mahlzeit gab es dort auch jeden Tag. Besonders Werner, der Pater, der die beiden altersschwachen Fahrzeuge des Ordens reparierte, hatte es ihm und Ion, seinem Bruder, angetan. Werner zeigte ihnen, wie man einen Motor auseinander nahm und wieder zusammenbaute, ließ die Jungen auf dem Gelände des Klosters erste Runden mit einem Auto drehen und natürlich lernten sie so auch etwas Deutsch.

Es hatte damals zum Ehrenkodex gehört, nichts aus dem Kloster zu stehlen. Die reichen Leute zu beklauen, die im Zentrum der Stadt wohnten, in einem der besseren Häuser, in denen das Wasser aus einem Hahn kam und nicht an den Wänden herablief, die sogar ein Fahrrad oder – was ganz selten vorkam – einen eigenen Wagen besaßen, das war etwas anderes. Aber nicht die Brüder und Schwestern aus dem Orden, die kaum über mehr Besitz verfügten als die Elendsbevölkerung, denen sie half.

Adrian und Ion waren den Leuten aus dem Kloster oft zur Hand gegangen, vor allem, wenn wieder einer dieser Hilfstransporte aus Deutschland ankam. In jenem Land mussten Milch und Honig fließen, wenn man es sich erlauben konnte, so viele Sachen nach Rumänien zu schicken, hatten sie damals gedacht.

Und dann war mit einem dieser Transporte dieser Mann gekommen, der gefragt hatte, ob sie nicht Lust hätten, in Deutschland zu arbeiten. Natürlich, endlich bestand die große Chance, dieses Paradies mit eigenen Augen zu sehen. Begeistert hatten Adrian und Ion zugesagt, erst später hatten sie erfahren, dass sie keinen richtigen Job bekommen, sondern bei Einbrüchen und Überfällen mitmachen sollten. Aber konnten sie den Deutschen, die ja immer so nett zu ihnen gewesen waren, das wirklich antun?

Nach einer Woche in Deutschland waren ihre Bedenken vergessen gewesen. Dieses ach so freundliche Volk lebte in einem Luxus, den Adrian sich nicht hatte vorstellen können, aber entgegen seiner bisherigen Meinung waren die Deutschen ganz und gar nicht bereit, ihn freiwillig daran teilhaben zu lassen. Regelmäßig hörte er Beschimpfungen und spürte die misstrauischen Blicke, wenn er die schäbige Pension, die ihre erste Anlaufstelle hier in Deutschland gewesen war, verließ, und die Skrupel verschwanden.

Nach Ablauf der ersten Woche wurden sie getrennt, Adrian kam zu Kamarovs Gruppe, sein Bruder wurde fast an das andere Ende von Deutschland verfrachtet. Sie trauten sich nicht, dagegen zu protestieren, obwohl zuvor nie die Rede davon gewesen war, dass sie nicht zusammenbleiben konnten.

Schließlich begann Adrian seine Arbeit, im Prinzip machte er das Gleiche, was er früher auch in seiner Heimat gemacht hatte. An Autos herumbasteln, stehlen, einbrechen, nur in einem anderen Stil. Und wesentlich einträglicher. War er früher für Lebensmittel irgendwo eingebrochen, ging es nun darum, großes Geld zu verdienen. In dem Briefumschlag in seinem Kopfkissenbezug hatte er schon fast fünftausend Euro gespart, für rumänische Verhältnisse ein beachtliches Vermögen.

Die Paste war gut, während er sie mit einer harten Nagelbürste verrieb, verfolgte er, wie seine Finger sauber wurden. Jetzt noch ein Sprung unter die Dusche – was für ein unglaublicher Luxus, eine Dusche in einem Auto –, und dann ab auf die Matratze. Die kommende Nacht versprach, sehr anstrengend zu werden.

4

»Möchtest du auch noch etwas Wein?«

Ulli Zander sah seine Verlobte fragend an und wartete auf eine Reaktion. Katharina Thalbach machte sich auf der poppig bunten Auflage der Gartenliege lang und gähnte.

»Gern. Aber nur ein halbes Glas bitte.«

»Kommt sofort«, lächelte der auf die vierzig zugehende Sozialarbeiter und verschwand in der Wohnung.

Katharina stellte die Lehne ihrer Liege fast senkrecht, zog die Knie an und grabschte sich von dem kleinen Plastiktischchen ihre Zigarettenschachtel. Als ein Stängel brannte, nahm sie den Kugelschreiber und fügte der Liste ihres täglichen Nikotinkonsums einen weiteren Strich hinzu. Bisher lag sie bei acht Stück; stramme Leistung, vielleicht schaffte sie es heute ja, unter ihrem streng gesetzten Limit von zehn Kippen pro Tag zu bleiben. Genussvoll zog sie den Qualm in ihre Lungen, hielt für einige Sekunden die Luft an und stieß den Rauch dann langsam wieder aus. Dabei glitt ihr Blick über die Ruhrwiesen, die sich an ihren Garten anschlossen.

»So, die Dame, einmal den lieblichen Mazedonischen«, scherzte Ulli, als er wieder auf die Terrasse trat. »Kommt das alles auf einen Deckel?«

»Okay, ich bin heute großzügig. Bist eingeladen.«

Ulli legte sich ebenfalls wieder hin und nahm einen großen Schluck von dem leicht süßlichen Rotwein.

»Ist schon ein geiles Gefühl, dass uns die Hütte jetzt gehört, was?«, bemerkte er, nachdem auch seine Lieblingszigarettenmarke die Abendluft verpestete.

»Schon. Aber um Oma Herbold tut es mir leid. War eine nette alte Dame.«

»Selbstredend. Aber sie ging langsam auf die neunzig zu. Ich wäre froh, wenn ich genauso lange so fit bleiben würde. Und wenigstens ging es schnell.«

»Trotzdem, sie wird mir fehlen.«

Vor vier Wochen war die alte Frau, die in der Wohnung unter der ihren gewohnt hatte, plötzlich verstorben. Kurz nachdem Katharina und Ulli vor Jahren die hundertdreißig Quadratmeter große Maisonettewohnung bezogen hatten, hatte ihnen ihre Vermieterin den Vorschlag gemacht, das Haus zu kaufen, für eine unverschämt geringe Anzahlung, der Rest sollte auf Rentenbasis vergolten werden. Warum sie damals gezweifelt hatten, ob sie auf den Vorschlag eingehen sollten, war Katharina und Ulli im Nachhinein schleierhaft.

»Wann ist der letzte Rest unten raus?«, fragte Katharina.

»Soweit ich weiß, Anfang nächster Woche. Auf ein oder zwei Tage kommt es nicht an.«

»Nein, aber ich würde mich schon gerne mal da unten so richtig umsehen. Ob wir etwas renovieren müssen oder ob es Schäden in der Wohnung gibt.«

»Paar Eimer Farbe an die Wand und fertig«, meinte Ulli optimistisch.

»Hoffentlich. Nicht dass wir da noch viel Geld reinstecken müssen.«

Ulli verschränkte seine Arme hinter dem Kopf. »Sollen wir denn da einziehen? Oder willst du lieber hier oben bleiben?«

»Mir wär es lieber, wir blieben hier. Die Wohnung von Frau Herbold ist zwar auch ein Traum, aber willst du auf diesen herrlichen Blick verzichten?«

»Nein. Andererseits hab ich aber auch keine Lust mehr, die Treppen rauf und runter zu laufen, wenn wir mal im Garten sind. Außerdem ist die Terrasse unten wesentlich größer als unsere. Gar nicht zu reden von den vierzig Quadratmetern, die die Wohnung mehr an Fläche hat.«

»So viel Platz brauchen wir doch gar nicht, unsere Wohnung ist groß genug.«

»Schatz, zu viel Platz kann man nie haben. Außerdem könnten wir dann ein Zimmer als Büro einrichten. Und Arne wird sich irgendwann auch weiter ausbreiten wollen.«

»Klar, Sozialarbeiter brauchen dringend ein Arbeitszimmer«, schmunzelte die Kommissarin. »Du willst doch nur eine Ecke haben, in der du ungestört im Internet stöbern kannst. Aber vielleicht hast du Recht, bevor wir uns später ärgern, dass wir die größere Wohnung nicht genommen haben …«

»Sag ich doch«, bekräftigte Ulli.

»Mir graut es nur vor einem Umzug.«

»So schlimm wird das allerdings nicht. Wir müssen das Zeug ja nur eine Etage tiefer tragen, keine Treppe nach oben. Und um unsere derzeitige Wohnung werden sich die Leute prügeln. Das dürfte kein Problem darstellen, die zu vermieten.«

»Ich darf gar nicht daran denken, dass wir demnächst Führungen veranstalten müssen«, seufzte Katharina. »Hoffentlich fallen wir nicht auf die Nase.«

»Warum sollten wir? Bei der Miete, die wir nehmen können, reduziert sich der Kreis der Interessenten sofort um ein Vielfaches.«

»Hast du dich etwa schon erkundigt?«

»Na klar. Eintausend kalt ist absolut kein Problem, damit liegen wir gut im Mietspiegel.«

»So viel?«, fragte die Blonde ungläubig.

»Was denkst du denn? Das hier ist eine Top-Lage, damit sind wir noch nicht mal unverschämt, eigentlich könnten wir noch höher gehen.«

»Irre, damit hätte ich nicht gerechnet«, freute sich Katharina. »Und wenn man bedenkt, dass die Zahlungen an Oma Herbold künftig wegfallen … dann geht es uns ja richtig gut.«

Ulli vernichtete den Rest seines Weins und atmete theatralisch aus. »Haben wir uns verdient. Endlich müssen wir nicht mehr jeden Pfennig einzeln umdrehen.«

»Cent«, korrigierte Katharina.

»Sei nicht so pingelig. Auf jeden Fall kannst du dir unbesorgt einen anderen Wagen leisten, bevor deine Schrottkarre endgültig den Geist aufgibt.«

Katharina strich sich die langen blonden Haare aus dem Gesicht und überlegte. Ihr Fiesta war schon arg betagt und knirschte an allen Ecken und Enden; bei ihrem Fahrstil wahrlich kein Wunder.

»Vielleicht sollte ich mich wirklich langsam nach einem Neuen umsehen.«

»Entweder das oder einem guten Gebrauchten. Soll ich mal gucken?«

»Nix da, du kommst mir dann wieder mit einem BMW oder einer anderen Schleuder, die ich nicht haben will. Da kümmere ich mich selbst drum.«

»Wann gehen wir denn endlich zum Standesamt?«, wechselte Ulli das Thema.

Katharina leerte ebenfalls ihr Glas und griff automatisch zur neunten Zigarette des Tages. »Das läuft uns doch nicht weg«, wich sie aus. »Im Augenblick haben wir mit dem Haus genug am Hals.«

Ulli runzelte die Stirn. »Kannst du mir mal sagen, was das soll?«

»Was meinst du?«

»Jahrelang hast du mir in den Ohren gelegen, wir sollten endlich heiraten. Vor fast zwei Jahren habe ich dich dann gefragt, ob du mich heiraten willst – und du hast Ja gesagt! Und wenn ich jetzt das Thema zur Sprache bringe, kommen von dir irgendwelche Ausflüchte. Hast du es dir anders überlegt?«

»Quatsch«, erklärte Katharina unbehaglich. »Aber wir müssen das doch nicht übers Knie brechen, oder?«

»Wenn ich das früher gesagt habe, erntete ich dafür immer blöde Kommentare«, seufzte Ulli und starrte angestrengt über das Geländer in den Abendhimmel. »Und deshalb meine ich meine Frage ernst: Hast du dir die Sache mit dem Heiraten noch einmal überlegt?«

»Natürlich nicht«, antwortete Katharina schnell. »Ulli, ich möchte, dass unsere Hochzeit ein absoluter Traum wird, dass alles stimmt, dass wir keinen Kompromiss eingehen, in keinerlei Hinsicht. Und ich habe eben das Gefühl, der richtige Zeitpunkt ist noch nicht da.«

»Der richtige Zeitpunkt? Was verstehst du denn unter dem richtigen Zeitpunkt?«

»Ich weiß nicht, wie ich dir das erklären soll. Mir war es damals wichtig, dass du mich fragst, dass du überzeugt davon bist, mich heiraten zu wollen. Danach war irgendwie dieser Druck, den ich hatte, weg. Und jetzt wünsche ich mir ganz einfach, dass alles so schön wie möglich wird.«

»Mit anderen Worten, wir heiraten irgendwann in den nächsten zwanzig Jahren«, schnaubte Ulli und ließ das leere Glas zwischen seinen Handflächen hin- und herrollen. »Findest du nicht, du hättest mir das früher erklären sollen … oder müssen?«

»Vielleicht. Ja, bestimmt.«

»Na prima, wenigstens etwas«, meinte Ulli, wobei der Sarkasmus in seiner Stimme nicht zu überhören war. »Wenn wir schon mal dabei sind, verrate mir doch bitte auch, warum du dich in fast jeglicher Hinsicht verändert hast.«

Katharina verschluckte sich an dem Rauch ihrer Zigarette. »Bitte?«, krächzte sie dann.

»Jetzt tu nicht so, als ob du nicht wüsstest, was ich meine. Manchmal habe ich den Eindruck, du kommst nur noch zum Schlafen, Essen, Wäschewechseln und Duschen nach Hause. Würde mich nicht wundern, wenn Arne irgendwann Tante zu dir sagt.«

»Du spinnst doch!«, erregte sich Katharina. »Wer kümmert sich denn um den Kleinen, wenn du wie hypnotisiert vor dem Compi sitzt?«

»Ich weiß, das war ein wenig übertrieben ... aber wann haben wir, um mal konkret zu werden, das letzte Mal miteinander geschlafen?«

Die Blonde öffnete den Mund, blieb aber stumm. So lange war das noch nicht her. Oder doch?

»Ich führe keinen Kalender darüber«, erwiderte sie schließlich matt.

»Ich auch nicht. Aber gut sechs Wochen liegt das mindestens zurück.«

»Unmöglich.«

»Gar nicht unmöglich. Letzte Woche hattest du deine Regel. Und zwischen deinen beiden letzten Zyklen lief gar nichts.«

Mit einem Griff zur Seite nahm die Kommissarin ihr Limit in Angriff. Die zehnte Zigarette glomm auf.

»Ulli, vielleicht hab ich eine Phase, in der ich ... nicht ganz so viel Lust auf Sex habe. Das geht wieder vorbei.«

»Zwischen phasenweiser und völliger Enthaltsamkeit existiert aber ein gewaltiger Unterschied«, gab Zander müde zurück. »Mir fällt es jedenfalls schwer.« Wütend zerquetschte er seine heruntergebrannte Kippe im Aschenbecher und stand auf. Als sich seine Hände um das Balkongeländer krampften, quollen seine Fingerknöchel weiß hervor.

»Vielleicht komme ich ja schon in die Wechseljahre«, vermutete Katharina leise. »Oder irgendeine andere Hormonumstellung. Ich weiß es doch selbst nicht.«

»Reize ich dich nicht mehr?«, fragte Ulli, ohne sie anzusehen.

Die Blonde biss sich auf die Lippen. »Doch. Und, um der nächsten Frage zuvorzukommen, es gibt auch keinen anderen.«

»Da bin ich ja beruhigt ... Aber das ist es ja nicht allein. Früher haben wir die Nähe des anderen gesucht, ständig miteinander gekuschelt. Heute verziehst du dich in deine Ecke und gehst auf Distanz.«

Katharina legte ihre Zigarette in den Aschenbecher und stand ebenfalls auf. Zärtlich schob sie ihre Arme um Ullis Oberkörper und verschränkte ihre Handflächen vor seiner Brust. Dabei blies sie ihm verführerisch in den Nacken.

»Es tut mir leid. Du bist der Mann, mit dem ich zusammen alt werden will. Und wenn dir demnächst etwas auf der Seele liegt, dann sofort raus damit.«

Ullis verkrampfter Oberkörper entspannte sich ein wenig, sein Rücken drückte sich gegen Katharinas Bauch und ihre Brüste. Er seufzte sehnsüchtig.

»Was hast du noch auf dem Herzen?«

»Ach, ich weiß auch nicht. Irgendwie habe ich das Gefühl, dass es mit uns bergab geht. Und bei dem Gedanken, irgendwann ohne dich leben zu müssen, geht mir der Gaul durch.«

»Schhhhh«, machte Katharina. »Davon redet kein Mensch. Ich verspreche dir, ich gebe mir Mühe, mich wieder zu ändern, okay?«

Ulli nickte stumm.

Sie legte ihre Wange auf seinen Rücken und ließ ihre Hände sanft nach unten gleiten. Als sie die Leistengegend ihres Verlobten erreichte, wollten ihre Finger einen winzigen Moment zurückzucken, doch das ging sofort vorbei. Gleichzeitig drückte sie sich noch enger an ihn.

Zander atmete bereits heftiger, mit geschlossenen Augen legte er den Kopf in den Nacken und genoss ihre Berührungen.

»Gefällt dir das?«, flüsterte Katharina.

»Und wie.«

»Dann warte ab ... es kommt noch viel besser.«

5

»Na los, du Luder, beweg deine Karre endlich aus dem Weg, woll!«, fluchte Peter Marohn und knüppelte den Schalthebel zurück in den ersten Gang. Der Smart vor ihm hoppelte ungelenk in eine Parklücke, in der ohne weiteres auch ein Siebeneinhalbtonner Platz gefunden hätte, und machte die Straße frei.

Marohn trat das Gaspedal durch, sein SLK-Cabriolet schoss nach vorn und spießte fast einen der unzähligen Fahrradfahrer auf. In Münster Auto zu fahren war kein Spaß.

Der grobschlächtige Mann hinter dem Lenkrad fluchte wieder und fuhr nun gesitteter an. Er war sowieso schon zwanzig Minuten zu spät, auf ein paar Minuten mehr kam es eigentlich auch nicht mehr an.

Langsam näherte er sich der Neubrückenstraße, in der Nähe der St.-Martin-Kirche fand er sogar einen legalen Parkplatz. Bis zu dem Café, in dem er garantiert schon erwartet wurde, war es nicht mehr weit.

Schwitzend schob er seine fast drei Zentner durch die Eingangstür des Lokals und sah sich um. Sax hatte sich bestimmt einen Tisch im hinteren Bereich gesucht. Richtig, in der Nähe der Toiletteneingänge erkannte Marohn die Umrisse seines Kumpels.

»Wird aber auch langsam Zeit«, maulte Werner Sax, als sich Marohn mit einem knappen Kopfnicken zu ihm an den Tisch hockte. »Ich warte schon eine geschlagene halbe Stunde.«

»Auf der 43 war ein Unfall«, gab Marohn zurück. »Außerdem kommt man in diesem Scheißkaff nicht richtig vorwärts. Hättest ja einen anderen Treffpunkt vorschlagen können.«

Demonstrativ sah sich Sax um. Das Durchschnittsalter der Gäste in dem Café lag bei Mitte zwanzig, die beiden Mittvierziger eingerechnet. »Hier hört wenigstens keiner mit«, meinte Sax und schob Marohn die Getränkekarte zu. »Ich warne dich, nimm bloß nicht den Kaffee. So was Erbärmliches hab ich noch nie getrunken.«

»Hatte ich eh nicht vor«, murmelte Marohn und studierte das Angebot. Am verlockendsten erschien ihm ein Cocktail, aber Sax hätte ihn gevierteilt. Bei Alkohol und Auto fahren verstand sein Boss keinen Spaß.

Als sich die Bedienung mit ihrem Tablett vor ihnen aufbaute, hefteten sich ihre Blicke auf Marohns tätowierte und muskelbepackte Oberarme – ein beeindruckender Anblick.

»Was darf ich Ihnen bringen?«, flötete die junge Frau.

»Ist der Orangensaft frisch gepresst? Oder aus der Tüte?«

»Frisch natürlich.«

»Dann nehme ich einen«, meinte Marohn und starrte der Kellnerin unverhohlen auf die Brust. Die Kleine war niedlich, aber die Klamotten ließen Marohn auf Studentin schließen: entweder Philosophie, Politik oder so ein Scheiß wie Ernährungswissenschaften.

»Gerne«, gab die Kellnerin sichtlich kühler zurück. »Möchten Sie auch noch etwas?«

Sax winkte ab.

»Geile Schlampe«, grinste Marohn, als die Männer wieder ungestört waren. »Auf'm Strich oder beim Table-Dance könnte die richtig Kohle machen, woll.«

Sax verzog das Gesicht. Das kurze, lediglich aus vier Buchstaben bestehende Anhängsel, das Marohn in schöner Regelmäßigkeit an die Enden seiner Sätze anzuhängen pflegte, traf ihn regelmäßig bis ins Mark. Aber diesen, durch die westfälische Herkunft bedingten Geburtsfehler musste er seinem Kumpel wohl zugestehen. »Tu mir einen Gefallen und lass deinen Schwanz so lange in Urlaub, bis wir fertig sind.«

»Ich mein ja nur …«

»Schnauze«, befahl Sax. »Ist für heute Abend alles klar?«

Marohn nickte. »Sicher. Hab vorhin noch mal mit Juri telefoniert, ist alles vorbereitet.«

»Die Jungs wissen, was sie besorgen sollen?«

»Werner, mach dir keinen Kopp. Ist nicht der erste Bruch dieser Art, woll.«

»Immerhin soll die Lieferung an den Schweizer gehen. Du weißt, wie nervig der manchmal sein kann.«

»Aber er zahlt gut.«

Die vielleicht angehende Ökotrophologin brachte Marohn den Orangensaft und stellte das Glas wortlos auf den Tisch. Zügig machte sie dann auf dem Absatz kehrt, um sich nicht weiteren schmierigen Blicken aussetzen zu müssen.

Marohn nippte an seinem Glas und verzog das Gesicht. Der Saft war tatsächlich frisch gepresst, so sauer konnte kein Tütenprodukt sein.

»Was liegt eigentlich als Nächstes an?«, wollte er wissen.

»Unser Kunde in Bremen hat sich vorgestern wieder gemeldet. Ein Gemälde, auf das er schon seit Jahren scharf ist, ist vor Kurzem in München versteigert worden. Ist in eine Privatsammlung gegangen. Irgendein durchgeknallter Kunsthistoriker. Angeblich keine besonderen Sicherheitsvorkehrungen, müsste nur alles gecheckt werden.«

»Was bringt uns das?«

»Der Schinken ist vierhunderttausend wert, wir kriegen das übliche Viertel.«

»Hast du Fotos?«

Sax griff in die Seitentasche seiner Jacke, die er trotz der Hitze trug, und legte drei Bilder auf den Tisch.

»Für so einen Scheiß? Das ist ja nur Geschmiere, woll«, wunderte sich Marohn.

»Banause. Außerdem soll es dir nicht gefallen, du sollst dafür sorgen, dass es geklaut wird.«

»Ich versteh einfach nicht, warum manche Leute für so einen Müll eine Heidenkohle ausgeben. Für vierhundert Riesen kriegste doch locker ’nen geilen Ferrari.«

»Manche setzen eben andere Prioritäten«, grinste Sax und nippte an seinem abgestandenen Mineralwasser. »Welche Truppe kommt dafür infrage?«

»Toralf«, entschied Marohn sofort. »Seine Leute sind eh zurzeit unten im Süden, außerdem dürfte das wohl nicht schwer werden, wie du sagst, woll. Ich seh mir das aber vorher selbst mal an.«

»Gut«, entschied Sax. »Dann hab ich einen ganz heißen Tipp gekriegt. Wird aber eine haarige Kiste.«

»Und was?«

»Ende nächsten Monats kommt in Rostock eine Ladung Kokain an. Ümit ist scharf darauf.«

»Ach, der alte Kümmeltürke lebt noch?«

»Und wie. Hat sich ein bisschen bedeckt gehalten, nach dieser Sache in Hannover. Jetzt will er wieder mitmischen.«

»Über wie viel reden wir?«

»Satte fünfhundert Kilo.«

Marohn überschlug kurz den Schwarzmarktwert der Lieferung und pfiff anerkennend durch die Zähne. »Donnerwetter, das lohnt sich. Warum macht er das nicht selbst?«

»Familiäre Probleme«, sagte Sax und kratzte sich hinter der rechten Ohrmuschel. Die Narbe, die dort kaum sichtbar verlief, juckte bei diesen Temperaturen fürchterlich. »Die Lieferung gehört eigentlich seinem Vetter.«

»Und?«

»Wenn Ümit das mit seinen Leuten selbst macht, fällt er unter Umständen auf. Und dann gibt es ein Blutbad oder eine Familienfehde, was weiß ich. Wir kassieren dafür aber sogar ein Drittel.«

»Und wie soll das laufen?«

»Die Ladung kommt per Schiff, getarnt zwischen irgendwelchem anderen Kram in einem Container. Ümits Vetter hat zwei Leute vom Zoll bestochen, damit das Zeug anstandslos durchgeht. Wir schnappen uns das Koks, wenn es per Lkw weitertransportiert wird.«

Marohn legte zweifelnd die Stirn in Falten. »Gefällt mir nicht! Wie ich die Türken kenne, lassen die den Lkw nicht einsam durch die Gegend schaukeln, sondern da passt bestimmt eine kleine Privatarmee drauf auf, woll. Die Nummer ist für unsere Jungs zu groß.«

»Das fürchte ich auch. Müssen wir eben nachrüsten.«

»Häh?«

»Juri hat doch vor einiger Zeit erzählt, dass er Kontakt zu einigen seiner ehemaligen Kameraden aufgenommen hat, die für einen gelegentlichen Job dankbar wären. Soll er sie halt rüberkommen lassen, damit die den Job für uns erledigen.«

»Gefällt mir nicht«, wiederholte Marohn. »Je mehr Leute wir für uns arbeiten lassen, umso gefährlicher wird das.«

»Dass du immer so schwarz sehen musst. Die bekommen ihre Anweisungen von Juri, für die Bewaffnung sollen sie selbst sorgen. Wenn es klappt, stellen die den Container an eine vorher bestimmte Stelle, kassieren ihren Lohn und die Sache ist erledigt. Wenn es schief geht, gibt es so gut wie keine Verbindung zu uns. Du weißt, diese Russen sind verdammt verschwiegen.«

»Trotzdem … Und wenn das in einer wilden Schießerei endet?«

»Dann sind wir nicht dabei.« Sax leerte sein Glas und legte die Beine übereinander. Dabei griff er erneut in die Innentasche seiner Jacke, zog einen gräulichen Umschlag hervor und schob diesen Marohn zu. »Hier, Spesen und Gehalt für die Jungs. Nach dem Job heute Abend sollen die mal die Puppen tanzen lassen, das hebt die Moral.«

Marohn klappte die Lasche des Umschlags zurück und lugte hinein. Ein dickes grünes Bündel lachte ihn an.

»Okay, gebe ich an Juri weiter, woll.«

Sax sah sich nach der Bedienung um. Die junge Frau hatte sich scheinbar entschlossen, ihren Tisch zu meiden, sie war weit und breit nicht zu sehen. »Machst du die nächste Tour nach Frankreich?«, fuhr er fort.

»Wann?«

»Weiß ich noch nicht genau, innerhalb der nächsten zwei Wochen. Zwei Kasachen und ein Ukrainer, die Pässe kriege ich übermorgen.«

»Ist ein guter Fahrer dabei?«

»Der Ukrainer auf jeden Fall, bei den anderen weiß ich es nicht. Warum?«

»Die, die wir jetzt haben, sind seit fast drei Monaten hier, wird mal Zeit, dass die eine Auszeit nehmen.«

»Okay, dann merke ich die beiden vor. Brauchen wir sonst noch Ersatz?«

»Im Augenblick nicht, die nächsten vielleicht so in fünf, sechs Wochen.«

»Na gut.« Sax fuhr sich mit der Hand durch seine Haarbüschel. »Gib mir morgen Bescheid, wie es heute gelaufen ist, du erfährst dann den Übergabeort an den Schweizer.«

»Noch was«, sagte Marohn. »Wir haben so gut wie keine Handys mehr. Hast du noch welche?«

Sax seufzte. In seinem Job konnte man nicht vorsichtig genug sein. Und es bestand die Gefahr, dass man abgehört oder belauscht wurde, deshalb war es ein ungeschriebenes Gesetz, ein Handy maximal zwei Tage zu benutzen. So war der Bedarf an Mobiltelefonen groß. Es war zwar kein Problem, sich mit geklauten Handys zu versorgen, sofern man die richtigen Kontakte hatte, aber die Sicherheit hatte ihren Preis.

»Ich hab noch dreißig Stück, kannst du meinetwegen haben. Ich kümmere mich um Nachschub. Dafür regelst du das mit der Rechnung, einverstanden?«

Sax erhob sich und klopfte seinem Kumpanen zum Abschied auf die Schulter. Dann schlängelte er sich an den kaum besetzten Tischen vorbei Richtung Ausgang.

Marohn sah seinem Boss verdutzt nach und steckte sich eine Kippe zwischen die Lippen. Der Abend hatte gerade erst angefangen; bis die Jungs den Job in Bochum erledigten, war es noch ein paar Stunden hin. Blieb genug Zeit, noch etwas für den Hormonhaushalt zu tun.

Aus den Augenwinkeln bemerkte er die Bedienung, die mit einem leeren Tablett zur Theke ging. Er winkte sie zu sich, während er den Umschlag mit den Hundertern achtlos zusammenfaltete und in die Hosentasche steckte, nicht ohne zuvor zwei Scheine herausgenommen zu haben. Spesen waren schließlich für alle da.

»Ja, bitte?«, fragte die Kellnerin.

»Zahlen.«

»Zusammen?«

Marohn nickte und begutachtete erneut den Körperbau der Studentin.

»Fünf achtzig.«

Der Tätowierte zog einen Zwanziger aus seiner Geldbörse und schob ihn gönnerhaft über den Tisch. »Stimmt so, woll«, erklärte er und nahm einen tiefen Blick in ihren Ausschnitt, während sie den Geldschein einsammelte. Die Titten waren das Trinkgeld wert …

6

Jörn Kaludzinsky riss die Hülle seines Schokoriegels auf und biss hinein. Noch während er das süße Zeug hungrig durchkaute, setzte er den Plastikbecher mit dem Kaffee an seine Lippen und nahm einen großen Schluck. Um diese Zeit kämpfte er immer gegen den toten Punkt, die Spanne zwischen Viertel nach drei und halb fünf war die schlimmste. Danach ging es besser, der Feierabend war schon in Sicht, vor allem im Sommer fiel es ihm leicht, noch die letzten Stunden einer Schicht abzusitzen. Wenn die Dämmerung langsam heraufkroch, gab ihm das jedes Mal einen Schub, als ob gleichzeitig mit der aufgehenden Sonne seine Lebensgeister geweckt würden.

Diese Idioten in der Zentrale! Als ob es nicht schon reichen würde, ihn während der Nachtstunden durch die Stadt zu jagen … Nein, natürlich hatten sie ihm eine andere Route aufs Auge gedrückt. Kalle hatte sich eine Stunde vor Arbeitsbeginn krank gemeldet, Kaludzinsky und Matthes, der dritte Kollege aus der Nachtschicht, hatten sich Kalles Route nun teilen müssen, Ersatz war so kurzfristig nicht mehr zu beschaffen gewesen. Nicht dass sie deswegen in Stress gerieten, aber die Zeitfenster zwischen den einzelnen Kontrollen wurden kleiner und der gewohnte Rhythmus verschob sich. Einige Objekte konnten sie nur oberflächlich überprüfen. Na ja, die Kunden würden wahrscheinlich gar nichts davon mitbekommen.

Der Wachmann zupfte den Kragen seiner Arbeitskleidung zurecht, schluckte den letzten Rest der Pampe aus Schokolade, Karamell und Kaffee herunter und schraubte den Verschluss der Thermoskanne fest. Auf zur nächsten Etappe.

Kaludzinsky gähnte herzhaft, fuhr sich mit der linken Hand über den rasierten Schädel und warf einen Blick auf sein Clipboard. Er war fast genau im Zeitplan, auf seiner gewohnten Route hätte er sich natürlich nicht vergewissern müssen, er hatte die Abläufe und Kontrollzeiten im Kopf. Aber auf außerplanmäßigen Sondertouren schadete es nicht, hin und wieder zu prüfen, ob man im Plan war oder nicht.

Als Nächstes war die ›Einkaufsfahrt‹ über die Kortumstraße dran, das Sicherheitsunternehmen hatte etliche Auftraggeber, die Objekte auf der Shoppingmeile besaßen. Der Wachmann setzte den Blinker nach rechts, bog von der Massenbergstraße in die Schützenbahn ein und rollte im Schritttempo an der Sparkasse vorbei. Kaludzinsky beobachtete aufmerksam seine Umgebung. Einerseits kontrollierte er mit geschultem Blick die Fassadenfronten, andererseits musste er normalerweise damit rechnen, dass ihm irgendwelche Betrunkenen vor den Wagen liefen. Aber heute herrschte in dem Viertel tote Hose.

Hinter der Sparkasse bog er nach links ab, schwenkte in die Harmoniestraße ein und kniff überrascht die Augen zusammen. Zwei mächtige Scheinwerfer sendeten grelles Licht in seine Richtung, spontan klappte er die Sonnenblende seines Wagens nach unten. Diese armen Schweine von Lieferanten hatten noch erbärmlichere Arbeitszeiten als er selbst ... 'ne komplette Nachtschicht war okay, aber morgens um halb zwei aufstehen zu müssen, um pünktlich am Großmarkt zu sein oder irgendwo am Arsch der Welt Ware aufnehmen zu müssen, nein danke, das war nichts für ihn.

Irgendetwas war nicht in Ordnung, aber Kaludzinsky kam nicht darauf, was. Durch das geöffnete Seitenfenster hörte er den Motor des Lkw, trotzdem bewegte sich der Koloss keinen Zentimeter. Hatte sich der Typ vielleicht verfranzt? Ein Supermarkt, den er hätte beliefern können, war in dieser Höhe der Kortumstraße eh nicht zu finden, die Boutiquen und anderen kleinen Läden wurden erst kurz vor oder nach der Öffnung beliefert.

Er ließ seinen Wagen ausrollen, schnappte sich die Taschenlampe vom Beifahrersitz und öffnete die Tür. Vielleicht konnte er dem Kollegen ja behilflich sein. Zumindest war es eine kleine Abwechslung in dieser blöden Routine.

Kaludzinsky hob die Hand, um dem Lkw-Fahrer, dessen dunkles Gesicht er oberhalb der starken Scheinwerfer nur erahnen konnte, zuzuwinken, doch seine Bewegung erstarb schon im Ansatz. Aus den Augenwinkeln hatte er den Benz bemerkt, der mit laufendem Motor auf seine Besatzung wartete.

Der Wachmann runzelte die Stirn. Was sollte das alles?

Plötzlich vernahm er neben den Motorengeräuschen Stimmen. Kaludzinskys Oberkörper ruckte vor, augenblicklich wurde ihm klar, dass er die Situation völlig falsch eingeschätzt hatte. Denn hinter dem Lkw erschien eine maskierte Gestalt, die verdutzt stehen blieb.

Der Glatzköpfige schrak zusammen. Ein weiterer Schreck durchfuhr ihn, als sein Blick auf den silbrigen Lauf der Waffe fiel, dann endlich konnte er seine Beine wieder bewegen. Der Bug des Lkw gab ihm Deckung, wie ein Wiesel drehte er sich um und rannte auf seinen eigenen Wagen zu. Warum, verdammt nochmal, hatte er ihn überhaupt verlassen?

In diesem Moment brüllte der Diesel ohrenbetäubend auf. Der Lkw schoss nach vorn, begleitet von einem erbärmlichen Kreischen der Hinterachse, die irgendetwas abbekommen haben musste. Trotzdem nahm das Gefährt unbeirrt Geschwindigkeit auf.

Kaludzinsky drehte den Kopf, sein Gesicht verzog sich zu einer ängstlichen Fratze. Der Bug des Lkws war höchstens noch vier Meter entfernt, die Scheinwerfer frästen einen grellen Lichtkegel um ihn. Keuchend vor Anstrengung beschleunigte Kaludzinsky seine Schritte, schlug einen Haken, um das Unvermeidliche doch noch abzuwenden. Aber in seiner Verwirrung lief er genau auf die Fassade des nächsten Ladens zu und grenzte seinen Bewegungsspielraum so selbst ein.

Als der Wachmann seinen Irrtum bemerkte, war es längst zu spät. Voller Panik streckte er die Arme aus, um sich an der Schaufensterscheibe, in der sich der heranrollende Koloss spiegelte, abzustützen. Dann traf ihn die Front des Lasters in den Rücken und quetschte ihn an das Sicherheitsglas.

Das Letzte, was Jörn Kaludzinsky in seinem Leben hörte, war das Krachen und Splittern der Scheibe. Als der Lkw mit ihm als neuer Kühlerfigur das Glas durchbrach, war er bereits tot.

Der Maskierte ließ die Hand mit der Pistole sinken und starrte mit offenem Mund auf die Szene. Der Körper des Wachmanns lag mitten in den Auslagen des Geschäftes, die Gliedmaßen unnatürlich verrenkt, unter dem Rumpf und dem Kopf breitete sich eine Blutlache aus. Neben sich hörte der Maskierte ein Würgen. Einer seiner Komplizen schlug entsetzt die Hand vor den Mund und wandte sein Gesicht zur Seite.

Auf dem Pflaster breitete sich ein schwacher Lichtschein aus, in einem Nachbargebäude war jemand wach geworden. Der Maskierte stieß einen saftigen Fluch aus, drückte dem anderen eine Sporttasche in die Hand und rannte zum Führerhaus des Lkw. Zum Glück war auf der Beifahrerseite die Tür noch zugänglich.

In der Ferne erklang erstes Sirenengeheul. Jetzt hieß es schnell handeln.

7

»Um Himmels willen, was ist denn hier los?«

Katharina Thalbach hämmerte ihren Fuß auf das Bremspedal und starrte ungläubig auf die vor ihr liegende Szenerie. Am Ende des Husemannplatzes war zwischen zwei Streifenwagen großzügig Flatterband gespannt worden, hinter der Barriere kreisten unzählige Blaulichter.

Die Kommissarin quetschte ihren Fiesta vor den Eingang des Glascafés und stieg aus. Trotz der frühen Tageszeit hatten sich bereits einige Schaulustige eingefunden, die aufgeregt tuschelnd beieinander standen. Katharina drängte sich an den Gaffern vorbei, nickte einem Uniformierten, der die Menge zurückhielt, zu und schwang sich über die Absperrung.

»Wow, du warst aber schnell hier«, empfing sie Bernd Wielert, Leiter des KK 11 und damit Katharinas Chef. »Benutzt du neuerdings einen Helikopter?«

»Quatsch«, schmunzelte die Blonde. »Du solltest mal an einem unserer Fahrsicherheitstrainings teilnehmen, dann schaffst du das in der gleichen Zeit wie ich. Ist sonst schon jemand hier?«

»Berthold wird bestimmt bald eintreffen, Karl Heinz hab ich nicht erreicht.«

Katharina zog die Brauen hoch. »Ist der schon wieder im Dienst? Ich dachte, die sind noch in den Flitterwochen.«

»Seit heute nicht mehr.« Wielert schüttelte den Kopf.

Katharina griff nach einer Zigarette, überlegte einen Moment und zog den Glimmstängel schließlich doch hervor. Eigentlich war es ja bei Androhung von sechs Wochen Innendienst verpönt, an einem Tatort zu rauchen, aber immerhin befanden sie sich auf der Haupteinkaufsstraße Bochums. Eine Kippe mehr konnte eigentlich keinen Schaden anrichten.

»Was ist denn genau passiert?«, fragte sie, als die ersten Rauchzeichen in den Himmel stiegen.

»Soweit ich informiert bin, haben ein paar clevere Jungs versucht, den Juwelier zu knacken. Eigentlich sollte das nicht möglich sein, aber die haben sich einen Lkw besorgt, die Ladeklappe verstärkt und damit das Panzerglas geknackt.«

Katharina verzog verärgert das Gesicht. »Und dann ruft man uns? Ist doch ein Fall für die Kollegen vom Raub.«

»Im Prinzip ja, die Kollegen sind ja auch schon vor Ort. Aber etwas ist schief gelaufen. Sieh mal da vorn.«

»Wo?«

»Direkt gegenüber von C&A.«

Katharina setzte sich langsam in Bewegung, Wielert folgte ihr mit einem Schritt Abstand. Den Lastwagen in der Häuserfront hatte sie natürlich sofort gesehen, die graue Wolldecke, die mitten in einem Schaufenster lag, allerdings nicht.

»Ist es das, wofür ich es halte?«

»Leider«, nickte Wielert. »Ich hoffe, du hast noch nicht gefrühstückt.«

Katharina machte sich lang und lupfte vorsichtig ein Ende der Decke an. »Allmächtiger«, entfuhr es ihr.

»Kein schöner Anblick, ich weiß.«

»Weiß man schon, wer das ist?«

»Der Mitarbeiter eines privaten Wachdienstes. Wir brauchen schweres Gerät, um den Lkw aus dem Kaufhaus zu ziehen.«

»Gibt es Zeugen?«

»Nein. Einer der Anwohner ist zwar von dem Getöse auf der Straße wach geworden und hat sofort die Notrufnummer gewählt, aber als er dann aus dem Fenster geschaut hat, war kein Mensch mehr zu sehen. Als die Scheibe des Juweliers zu Bruch ging, wurde natürlich sofort Alarm ausgelöst, unsere Kollegen waren etwa zwei Minuten nach der Meldung hier, ein Streifenwagen befand sich zufällig in der Nähe. Sie haben noch beobachtet, wie eine Limousine mit sehr hoher Geschwindigkeit davongefahren ist, aber sie haben sie nicht mehr erwischt.«

»Läuft die Fahndung?«

»Natürlich.«

Die beiden Beamten verzogen sich wieder an ihren ursprünglichen Ausgangsort und sahen interessiert in die Runde. Die Kriminaltechnik nahm jeden Zentimeter unter die Lupe, die Szenerie wurde aus allen erdenklichen Perspektiven fotografiert. Schließlich löste sich ein groß gewachsener Mittfünfziger aus einem Pulk von Zivilbeamten und kam auf Katharina und Wielert zu.

»Grüßt euch«, nickte der Riese schon auf fünf Meter Entfernung. »Schöne Bescherung, was?«

»Das kannst du wohl laut sagen«, entgegnete Wielert und hielt dem Kollegen die Rechte hin. Bernd Wilde leitete schon seit ewigen Zeiten die Abteilung für Eigentumsdelikte, die alles vom einfachen Diebstahl bis zum schweren Raub bearbeitete.

»Man soll es einfach nicht für möglich halten«, dozierte Wilde mit dröhnendem Bass, der so gar nicht zu seinem hageren Körper passen wollte. »Da sichert sich der Juwelier mit allen zur Verfügung stehenden Mitteln gegen einen Einbruch ab und dann reicht doch brachiale Gewalt, um die Technik zu überlisten. Guckt euch das mal an. Panzerglas schützt nicht, versenkbare Stahlpoller schützen nicht … Was sollen wir denn noch empfehlen?«

»Kann es sein, dass du den Bruch persönlich nimmst?«, erkundigte sich Wielert.

»Irgendwann hat man einfach keine Lust mehr. Auf die Idee mit dem Lkw musst du erst mal kommen. Vor ein paar Jahren ist der Laden schon mal ausgeräumt worden, danach erfolgte dieser Umbau. Und wieder alles umsonst.«

»Kommt euch die Masche bekannt vor?«, fragte Katharina.

»Bei uns in der Ecke hat es bisher noch keinen solchen Bruch gegeben. Aber neu ist die Methode trotzdem nicht.«

»Erzähl«, bat Wielert.

»Das BKA ist anscheinend hinter einer Bande her, die bundesweit für solche Sachen bekannt ist. Vor ein paar Wochen haben wir eine Info gekriegt, dass in Kassel auf ähnliche Art und Weise ein Juwelier ausgeraubt worden ist.«

»Betrifft das immer nur Juweliere?«

»Bisher weiß niemand von uns etwas Konkretes, das BKA hat uns gegenüber nicht alle Karten aufgedeckt. Aber wenn sich die Bundesbeamten um solche Sachen kümmern, steckt mit Sicherheit wesentlich mehr dahinter.«

»Also organisierte Kriminalität«, schloss Katharina. »Hat es schon mal einen Todesfall gegeben?«

»Wohl nicht, scheint mir auch eher ein Unfall zu sein, das mit dem Wachmann. Ich habe schon mit dem Schichtleiter dieser Firma telefoniert, die mussten ihre Leute letzte Nacht umorganisieren, weil einer wegen Krankheit ausgefallen ist. Normalerweise wäre die Tour über die Kortumstraße zum Zeitpunkt des Einbruchs längst durch gewesen.«

»Dann war der arme Kerl zur falschen Zeit am falschen Ort.«

»Sieht alles danach aus«, stimmte Katharina zu. »Aber mich wundert, warum der Wachmann aus seinem Wagen gestiegen ist, anstatt sofort über Funk oder Handy Alarm zu geben.«

»Vielleicht hat er die Situation falsch eingeschätzt«, vermutete Wilde.

»Dann erklär mir, was man an einem Lkw, dessen Heckklappe in der Schaufensterauslage eines Nobeljuweliers parkt, missverstehen kann«, sagte Wielert.

»Schon gut, war eine blöde Bemerkung.«

Wielert nickte leicht. »Hast du das BKA schon über den Bruch informiert?«

»Natürlich, ich will mir doch keinen Rüffel einfangen. Ich hab zwar noch keine Rückmeldung, aber ich schätze, noch vor Mittag ist jemand aus Wiesbaden da.«

»Na dann viel Spaß«, grinste Katharina. Sie hatte selbst oft genug mit den Supermännern der Bundespolizei zu tun gehabt, um die Arroganz der Kollegen nicht zu mögen.

»Was meint denn ihr, wie ist das abgelaufen?«, fragte Wilde.

»Das mit dem Toten?«, meinte Wielert. »Schwer zu sagen. Wenn der während seiner Streife hier vorbeikam und den Bruch beobachtet hat, gab es wirklich keinen Grund für ihn, den Wagen zu verlassen und sich in Gefahr zu begeben. Hatte der Wachmann seine Zentrale informiert?«

»Nein.«

»Merkwürdig. Er registriert den Einbruch und verlässt dennoch seinen Wagen. Ihm muss eigentlich klar gewesen sein, dass er im schlimmsten Fall mit seinem Leben spielt.«

»Manche Leute reagieren in Stresssituationen widersinnig«, gab Wilde zu bedenken.

»Oder er wusste genau, was los war, und wollte sich davon überzeugen, dass alles glatt lief«, schlug Katharina vor.

»Wie meinst du das?«, fragte Wielert.

»Kann doch sein, dass er den Gangstern Tipps gegeben hat. Zum Beispiel, wann am wenigsten los ist oder wann die Touren der Sicherheitsfirma hier vorbeigingen. Aus welcher Richtung ist er gekommen?«

»Von der Sparkasse her, zumindest war sein Wagen so abgestellt.«

»Also ist er direkt auf den Juwelier zugefahren. Um die Zeit war es zwar noch fast stockfinster, aber die Schaufenster- und Straßenbeleuchtung gab genug Licht. Der Wachmann hätte genug erkennen können müssen.«

»Hm«, machte Wilde. »Und als die Bande die Beute verstaut hatte, wollten sie den lästigen Mitwisser beseitigen.«

»Denkbar ist das«, nickte Wielert. »Wir werden diesen Wachmann gründlich unter die Lupe nehmen.«

Katharina schnippte ihre bis zum Filter heruntergebrannte Kippe zur Seite und ließ ihren Blick erneut durch die Gegend wandern. »Ist eigentlich niemand von der Staatsanwaltschaft da?«

»Bis jetzt noch nicht. Meinetwegen können die sich auch noch Zeit lassen, die stehen uns eh nur im Weg herum.«

Wielert tippte seiner Kollegin an den Ellbogen und reckte sein Kinn Richtung Lkw. Kommissar Rex, der Leiter der Spurensicherung, hatte sich das Plastikhäubchen von der spärlichen Behaarung gezupft und kam gähnend auf die Kripobeamten zu.

»Jetzt erzählen Sie uns doch ausnahmsweise mal etwas Brauchbares«, bat Wielert, »um diese Uhrzeit vertrage ich einfach keine schlechten Nachrichten.«

»Sie betrachten die Dinge von einem falschen Standpunkt. Wenn ich Ihnen schon das Frühstück versaue, kann der Tag doch eigentlich nur noch besser werden«, kalauerte die Schnüffelnase.

Der Kriminaltechniker, der seinen Spitznamen weniger seiner Tätigkeit, sondern vielmehr seinem unglaublich treuen Hundeblick verdankte, wischte sich mit dem Handrücken über die Augen und holte noch einmal tief Luft.

»Also, jungfräulich ist die Karre auf gar keinen Fall, im Führerhaus sind etliche Prints, von wie vielen Personen kann ich zurzeit noch nicht sagen. Allerdings wäre es hilfreich zu wissen, ob der Lkw früher einen festen Fahrer hatte oder ob die alle Nase lang gewechselt haben.«

»Alles schon geklärt«, mischte sich Wilde ein. »Die Karre wurde vor einiger Zeit als gestohlen gemeldet, der Kollege, der die Anzeige bearbeitet hat, konnte sich noch gut erinnern. Der Wagen hatte wohl nur einen Fahrer, der Mann war tief betroffen, anscheinend war der Wagen sein Ein und Alles.«

»Jedenfalls«, übernahm Rex wieder das Wort, »dürfte es eigentlich ziemlich einfach sein, die Fingerabdrücke der Täter auszusortieren … Sofern es überhaupt welche von denen gibt und die keine Handschuhe trugen.«

»Welch schöne Hoffnung«, warf Wielert illusionslos ein.

»Wir werden sehen. Bisher haben wir uns nur das Cockpit angeschaut, den Rest des Wagens nehmen wir uns lieber in unserer Werkstatt vor. Da er über mehrere Tage im Besitz der Täter war, ist die Wahrscheinlichkeit, etwas zu finden, doch recht hoch. Vor allem, weil der Wagen ja baulich verändert wurde.«

»Sie meinen die Heckklappe?«, fragte Katharina.

»Genau. Ich wette ’ne Dauerkarte vom VfL, dass da irgendetwas zu finden sein wird.«

»Im Großen und Ganzen ist das trotzdem reichlich wenig«, meinte Wilde enttäuscht.

»Ihr lasst mich ja nicht ausreden«, grinste Rex. »Das Beste wisst ihr noch gar nicht.«

Er legte eine Kunstpause ein. Bevor sie zu lang wurde, hatte er ein Einsehen. »Wir haben Blut gefunden, im Führerhaus. An der Scheibe, auf der Konsole, auf dem Lenkrad und auf dem Sitz, ein bisschen weniger auf dem Beifahrersitz und auf den Metallstufen über dem rechten Vorderreifen. Sieht ganz so aus, als ob einer der Täter erheblich verletzt wurde.«

»Angeschnallt war er wahrscheinlich nicht«, mutmaßte Wielert stirnrunzelnd. »Was meinen Sie, wie schnell war der Lkw, als er in das Schaufenster gekracht ist?«

»Mein Gott, fragen Sie mich was Leichteres. Vielleicht fünfundzwanzig, dreißig Stundenkilometer. Große Geschwindigkeiten erreichen solche Fahrzeuge auf kurzen Strecken nicht.«

»Zumindest war er schnell genug, dass sich der Fahrer verletzen konnte«, stellte Wilde fest.

»Sonst noch was?«, fragte Katharina.

»Nein, so auf die Schnelle … Die Sitze müssen wir noch in aller Ruhe auf Stofffasern untersuchen, genauso den Teppich im Fußraum, die Innenverkleidung und so weiter und so weiter … Wahrscheinlich kann ich heute Abend Genaueres sagen, aber im Augenblick wären das nur Schnellschüsse.«

»Na denn«, meinte Wielert. »Sie wissen ja, wann wir Feierabend machen.«

»Eher als wir«, gab Rex humorlos zurück und tigerte wieder zurück zu seinen Leuten.

»Wollen wir? Ich habe den Eindruck, wir stehen hier nur im Weg.«

Katharina sah Wielert überrascht an. Normalerweise war ihre Verweildauer an Tatorten wesentlich länger.

»Meinetwegen. Ich könnte ’nen Kaffee gebrauchen.«

»Kannst uns ja einen kochen«, scherzte Wielert und hob unerwartet die Hand, um zu winken. Hofmanns Stoppelhaarschnitt war hinter der Absperrung aufgetaucht. »Wir bekommen eure Unterlagen.«

»Klar«, antwortete Wilde und tippte sich an die Stirn. »Mit der Leiche geb ich mich nicht ab, die überlasse ich gern euch.«

Wielert grinste und machte auf dem Absatz kehrt. Katharina war mit zwei schnellen Schritten neben ihrem Boss. »Sag mal, Bernd, ist das nicht ein etwas übereilter Abgang? Immerhin haben wir da einen Toten liegen.«

»Den ich ungern vom Asphalt kratzen will. Außerdem gehe ich jede Wette ein, dass wir spätestens heute Nachmittag nichts mehr mit dem Fall zu tun haben.«

»Du denkst an das BKA?«

»Natürlich. Du hast Wilde doch gehört, anscheinend sind die schon lange hinter diesen Leuten her. Glaubst du, dass sie sich von uns in die Karten sehen lassen?«

»Nee«, gab Katharina zu.

»Siehste«, nickte der Hauptkommissar ernst und warf noch einen letzten Blick auf die Szenerie. »Ist auch besser. Wenn ich mir das so ansehe, bekomme ich ein arges Grummeln in der Magengegend ...«

8

Gleichzeitig mit dem Auflodern eines grellen Blitzes knallte der Donner erbarmungslos in Marohns Ohren. Der Dreizentnermann fuhr hoch, blinzelte, als der nächste Blitz folgte, und rieb sich verschlafen die Augen. Dann warf er einen Blick auf seinen Radiowecker. Vier Minuten nach sechs.

Missmutig rappelte er sich hoch und zuckte zusammen, als seine nackten Füße auf den kalten Fliesen landeten. Er hatte sich schon etliche Male vorgenommen, wenn nicht einen Teppichboden, dann doch zumindest einen Läufer vor sein Bett zu legen.

Marohn schlüpfte in die weichen Hausschuhe, gähnte herzhaft und taperte unsicher in den Flur. Zu oft war er morgens, noch halb im Tiefschlaf, auf dem Weg zum Badezimmer vor den schmiedeeisernen Garderobenständer oder gegen den Schuhschrank aus massiver Eiche geknallt. Heute jedoch erreichte er unbeschadet sein Ziel.

Wuchtig warf er die Badezimmertür zu, zog die seidene Schlafanzughose herunter und stellte sich vor die Schüssel. Seine Blase schrie Zeter und Mordio, doch so sehr er sich auch entspannte, kein Tropfen wollte nach draußen.

Jedes Mal das gleiche Spielchen. Er hatte Druck wie nach dem Konsum eines Kastens Bier, doch wenn er dann endlich laufen lassen konnte, hielt er einen Rohrkrepierer in der Hand. Vielleicht sollte er sich doch endlich einen Termin bei einem Urologen geben lassen, normal konnte das nicht mehr sein.

Ungeduldig wippte Marohn auf den Fußsohlen vor und zurück, dachte an stürzende Wasserfälle, reißende Gebirgsbäche und lauschte dem Platzregen, der fast gleichzeitig mit den Blitzen eingesetzt hatte. Nichts, die Schüssel blieb trocken.

Marohn seufzte und griff zum letzten Mittel. Fast schon verzweifelt spitzte er die Lippen, holte tief Luft und begann zu flöten. Unmelodisch hallten die Pfiffe durch das bis zur Decke gekachelte Badezimmer, dabei versuchte er, seinen Kopf von allen Gedanken zu befreien … und endlich, endlich quollen die ersten Tropfen aus der Spitze seines Schniedels, nahmen an Anzahl zu und vermehrten sich schließlich zu etwas, was man mit einigem guten Willen als Strahl bezeichnen konnte.

Der Mann atmete auf, beendete sein morgendliches Konzert und genoss das Gefühl der einsetzenden Leere. Für dieses Mal war es überstanden. Jetzt noch zwei oder drei Stunden schlafen und die Welt sah wieder besser aus.

Marohn war inzwischen klar genug, um den Hindernissen in der Diele bewusst ausweichen zu können, aber noch nicht so wach, dass er beim Einschlafen Schwierigkeiten bekommen würde. Schon wesentlich besser gelaunt als noch vor fünf Minuten, streifte er die Hausschuhe ab und ließ sich wieder auf die Matratze fallen.

Der Körper auf der anderen Seite des Bettes geriet in Bewegung und rollte ein kleines Stück auf die durch seinen schweren Körper verursachte Kuhle zu. Marohn streckte seine Pranke aus und schob Olga – oder Tanja – oder Natascha – zurück auf ihre Seite.

Seit knapp einer Woche teilte die Kleine mit ihm das Bett. Das Mädchen stammte irgendwo aus der Nähe des Ural, war zuckersüß, noch keine zwanzig, bombastisch feste Titten, alles echt, ein Hintern, der selbst Scheintote zum Leben erwecken konnte, und ein Mund, der zum Blasen wie geschaffen war.

Marohn seufzte und schmiegte sich an den elastischen Körper. Die Kleine hatte noch keine Ahnung, dass sie in nicht allzu ferner Zukunft für jeden die Beine breit machen würde, der bereit war, mindestens dreißig Euro zu zahlen. Bis es so weit war, würde er noch ein wenig Überzeugungsarbeit leisten müssen.

Das S.O.S.-Zeichen trällerte los, als Marohn kurz davor war, wieder im Land der Träume zu versinken. Mochte der Donner vorhin auch um einiges lauter gewesen sein, die Wirkung des Handyruftons war ungleich elektrisierender.

Marohn schoss aus dem Bett und grabschte nach seiner Hose, um das Handy vom Gürtel zu reißen. Nur zwei Leute besaßen die Nummer für diesen Apparat und um diese Uhrzeit konnte ein Anruf nur eine mittelschwere Katastrophe bedeuten.

Endlich hielt er das schlanke Gerät in der Hand, das Display leuchtete auf. Als Marohn den Rufknopf drückte, zitterten seine Hände leicht.

»Ja?«, krächzte er.

»Ich bin's.«

Marohn wurde blass. Kamarov.

»Was ist los?«

»Ist schief gegangen. Alles. Wir sitzen in der Scheiße.«

»Erzähl schon!«

»Am Telefon?«

»Ja, verdammt! Wir entsorgen die Geräte nachher, woll.«

»Gut. Es hat einen Toten gegeben.«

Der Dicke war inzwischen in seiner Küche gelandet. Beim letzten Satz stützte er sich entsetzt auf der ehemals weißen, nun schmierigen Arbeitsplatte ab.

»Was?«, blökte er. »Warum?«

»Einer der Jungs hat die Nerven verloren. Wir waren fast fertig, als ein Mann vom Wachdienst auftauchte.«

»Aber wie konnte das passieren? Du hast doch alles gecheckt!«

Kamarov wurde ungeduldig. »Ja, das habe ich. Keine Ahnung, normalerweise hätte die Tour längst durch sein müssen. Jedenfalls stand der Typ plötzlich direkt vor dem Laster.«

Marohn spürte, wie seine Knie langsam nachgaben. Ächzend ließ er sich auf einem der Küchenstühle nieder. »Und dann?«

»Der Kleine ist ausgeflippt. Eigentlich hätte er längst in dem anderen Wagen sitzen müssen, aber irgendwie hockte er plötzlich in dem Laster. Und als er den Wachmann gesehen hat, hat er Gas gegeben.«

»Nein«, hauchte Marohn.

»Jedenfalls ist der Wachmann tot.«

»Warte ’nen Moment«, bat Marohn. Seine Augen flitzten suchend über den kleinen Resopaltisch. Ja, da lag noch eine Schachtel Zigaretten.

Als die Glut in der düsteren Küche aufleuchtete, nahm Marohn das Handy wieder ans Ohr. »Seid ihr noch alle weggekommen?«

»Ja, aber es war knapp. Die Bullen rückten schon an.«

»Wo seid ihr jetzt?«

»Immer noch in Bochum. Den Kleinen hat es erwischt.«

»Erwischt? Wieso erwischt?«

»Hat den Laster in ein Kaufhaus gesetzt und dabei einiges abgekriegt. Er blutet wie Sau. Eigentlich müsste er dringend zu einem Arzt.«

»Scheiße«, fluchte Marohn. »Warum seid ihr nicht zum Wohnwagen gefahren?«

»Wir hatten Angst vor Straßensperren, wir wären aufgefallen. Wir haben ein ganz gutes Versteck, mach dir keine Sorgen. Aber was sollen wir jetzt machen?«

Marohn ließ das Handy wieder sinken und dachte angestrengt nach. Er hatte seinen Lebensunterhalt nie durch etwas anderes verdient als durch Diebstähle, Einbrüche, Zuhälterei oder Betrug. Aber ein Toter? Das war selbst für ihn zu viel.

Nervös nahm er einen tiefen Zug von seiner Kippe. Was er jetzt sagen musste, würde ihm bestimmt noch in ein paar Monaten Magenschmerzen bereiten.

»Habt ihr noch einen sauberen Wagen?«

»Nein.«

»Besorgt euch einen, woll. Und dann fahrt so schnell es geht zum Wohnwagen.«

»Du spinnst. Wir haben die Beute dabei. Und was mache ich mit dem Jungen?«

»Deponier das Zeug irgendwo, in ’nem Schließfach am Bahnhof oder so. Wenn das Zeug weg ist, ist es eben weg. Und dann kümmerst du dich um den Kleinen, woll.«

»Und wie?«

Marohn holte tief Luft. »Sorg dafür, dass er uns keine Probleme mehr machen kann.«

Am anderen Ende der Verbindung waren zunächst nur Atemzüge zu hören. »Okay«, meinte Kamarov dann leidenschaftslos. »Wir brauchen aber Ersatz. Kümmerst du dich darum?«

»Ja«, meinte Marohn. »Ich ruf dich an.«

»Bis dann.«

Marohn kappte die Verbindung. Dann starrte er ungläubig auf das Handy, so als könne er nicht begreifen, was er gerade gehört hatte. Und vor allem, dass er eben die Anweisung gegeben hatte, einen Menschen zu töten.

Draußen tobte das Gewitter. Schwerfällig wuchtete der Dicke seinen Körper vom Stuhl, trat an den Kühlschrank und nahm sich eine Flasche Mineralwasser heraus.

Irgendwann musste ja mal etwas schief gehen, sie hatten schon viel zu lange Glück gehabt. Aber dass das gleich so furchtbar aus dem Ruder lief …

Marohn seufzte zum wiederholten Male und zündete sich eine weitere Zigarette an. Dann griff er wieder zum Handy und tippte eine zwölfstellige Nummer ein.

»Ich bin's«, meinte er kurze Zeit später. »Wir haben ein Problem …«

9

Die Bildqualität war unglaublich gut. Vollmert verzog den Mund zu einem zufriedenen Grinsen und setzte die Übertragung der Daten von der Kamera zum PC in Gang. Gabriele Schepers war gestochen scharf zu erkennen, der Zoom hatte keine Beeinträchtigungen bewirkt.

Zusammen mit den Bildern, die er mit dem Handy aufgenommen hatte, verfügte er über etwa achtzig Aufnahmen von dem Treffen in der Gastronomie beim Freizeitbad und von dem Schäferstündchen hinter dem Friedhofsparkplatz.

Der Detektiv schnalzte mit der Zunge, der Körper der Frau konnte sich sehen lassen. Kleine, knackige Brüste, bei denen die Wirkung der Schwerkraft noch nicht zu erkennen war. Und das verlängerte Rückgrat war ebenfalls sehr anschaulich.

Nun, sein Auftraggeber würde zufrieden sein, das Beweismaterial war erdrückend.

Vollmert kramte sein Notizbuch hervor, suchte die Nummer des gehörnten Immobilienmaklers im Adressverzeichnis und gab die Ziffern ein. Kurz darauf hatte er den feisten Kerl am Rohr.

Der Detektiv bat um einen Termin für den nächsten Abend, ohne konkret zu werden; schließlich hatte er vor dem Treffen noch etwas zu erledigen.

Nach dem Telefonat überprüfte er wieder den PC. Die Übertragung der Daten war inzwischen beendet, Vollmert klaubte einen Rohling aus der Spindel, startete das Brennprogramm und zog die eben kopierten Fotos in das Datenfenster zum Brennen. Diese Prozedur wiederholte er noch zweimal, kontrollierte jeweils das Ergebnis und verstaute danach eine CD in seinem Rucksack. Die beiden anderen landeten beschriftet in dem braunen DIN-A4-Umschlag, der auch die übrigen Rechercheergebnisse im Fall Schepers enthielt, unter anderem auf vier weiteren CDs.

Vollmert mochte sich privat auch noch so schlunzig geben, für seine Arbeit galten andere Maßstäbe. Nach einer Beschattung wurden die gewonnenen Erkenntnisse sofort in ein Ablaufprotokoll übertragen, kopiert und gesichert. Vor neun Monaten hatte er über zwei Wochen einen der wenigen interessanten Aufträge bearbeitet, bei dem es um Industriespionage gegangen war. Als der fragliche Diplomingenieur dann tatsächlich Blaupausen und Konstruktionsunterlagen an einen Vertreter der Konkurrenz übergeben hatte, war die Speicherkarte von Vollmerts Digi-Cam prallvoll gewesen. Bis er wieder Platz auf dem Speicher geschaffen hatte, war der Deal gelaufen. Zwei Wochen Arbeit waren für die Katz gewesen, so etwas passierte ihm nur einmal.

Zufrieden lehnte sich Vollmert zurück, tippte im Geiste schon die Rechnung für den Immobilienfuzzi und überlegte, was er sich zum Frühstück zubereiten sollte. Sein Büro lag auf demselben Flur wie seine Wohnung, zwei Räume, im Vorzimmer ausreichend Platz für eine Sekretärin – die er sich natürlich nicht leisten konnte –, und eine kleine Kochnische. Den Büroraum selbst füllten eine wuchtige Schreibtischkombination, ein gut ausgerüsteter Computerarbeitsplatz, ein Bücherregal, in dem neben einiger Fachliteratur und Elektronikzeitschriften auch der eine oder andere Thriller zu finden war, und ein kleines Schränkchen, in dem die Unterlagen seiner laufenden Fälle deponiert waren. Für Vollmerts Geschmack hätten ruhig mehr als die drei kümmerlichen Schnellhefter darin stehen können.

Als der letzte Rest Kaffee durch die verkalkten Röhrchen der Maschine gluckerte und der Detektiv gerade das Brotmesser in einem Körnerbrötchen versenken wollte, klingelte es. Vollmert sah auf die Uhr. Viertel vor zehn. Einen Termin hatte er nicht.

Nachdem er den Türöffner gedrückt hatte, ließ er das Brötchen und den Käse in einer der Schreibtischschubladen verschwinden, wischte mit dem Ärmel die Krümel von der Tischplatte und ging zur Tür, um seinen Besucher zu empfangen.

Auf der alten Holztreppe waren schwere, schlurfende Schritte zu hören. Vollmert öffnete genau in dem Augenblick, als sein Besucher an seine Bürotür klopfen wollte.

»Was kann ich für Sie tun?«, fragte der Detektiv so freundlich wie möglich. Dabei musste er sich ein Grinsen verkneifen. Der Typ, der da vor ihm stand, wirkte von Kopf bis Fuß lächerlich. Strähnige, fettige Haare, ein pausbäckiges Gesicht, Brillengläser so dick wie Glasbausteine. Der schlecht geschnittene, billige Anzug verbarg höchstens fünf der zwanzig Kilo Übergewicht. Um die Griffe der schäbigen Kunstlederaktentasche krampften sich ungepflegte Wurstfinger.

»Haben ... haben Sie einen Moment Zeit?«, fragte der Dicke, der Vollmert selbst auf Zehenspitzen stehend lediglich bis zum Kinn gereicht hätte.

»Aber selbstverständlich. Treten Sie ein, Herr ...?«

»Werner«, hauchte der Dicke verschüchtert.

Vollmert trat zur Seite und wies seinem Besucher mit dem rechten Arm den Weg zum Besucherstuhl. Der Dicke sah sich schüchtern um, dann setzte er sich endlich in Bewegung.

»Darf ich Ihnen etwas anbieten? Kaffee? Oder ein Wasser?«

Der billige Anzug hockte inzwischen auf der Kante der Sitzgelegenheit und stellte die Aktentasche auf seine angewinkelten Knie. Die Hände landeten, Halt suchend, jeweils an den Seiten des Griffs. »Einen Kaffee, wenn es keine Umstände macht.«

»Milch? Zucker?«

Werner schüttelte den Kopf.

Vollmert kramte eine saubere Tasse hervor und schenkte zunächst seinem Gast, dann sich selbst ein. »Nun, was kann ich für Sie tun?«

»Es ... es geht um meine Frau«, stotterte Werner.

Nicht schon wieder, dachte der Detektiv. Wenn er nicht verhungern wollte, blieb ihm aber nichts anderes übrig, als Interesse zu heucheln. »In welcher Angelegenheit?«

»Ich fürchte, sie hat einen Liebhaber«, kam Werner sofort zur Sache, wobei ihm beim letzten Wort fast die Stimme versagte. »Ich brauche Gewissheit.«

Vollmert erwiderte ernst: »Ich habe vollstes Verständnis für Ihre Sorgen. So etwas kann einen fertig machen.«

Werner sah dankbar auf und zeigte sogar ein schiefes Lächeln. Endlich jemand, der ihn verstand. »Haben Sie das auch schon mal mitgemacht?«

»Nein. Aber ein nicht unbeachtlicher Teil meiner Auftraggeber schlägt sich mit ähnlichen Problemen herum wie Sie. Oft erlebe ich dabei wahre menschliche Tragödien, glauben Sie mir.«

Werners Hände strichen über das Kunstleder seiner Aktentasche, seine Nasenflügel begannen deutlich sichtbar zu beben. Und dann kullerten tatsächlich ein paar Tränchen unter den Glasbausteinen hervor.

»Ich liebe meine Frau, wissen Sie? Ich liebe sie über alles. Und sie ist mir auch immer eine gute Frau gewesen. Nur seit ein paar Monaten … da ist alles anders. Glaube ich.«

»Haben Sie konkrete Anhaltspunkte?«

»Es ist mehr so ein Gefühl. Seit einiger Zeit geht sie immer öfter abends allein aus dem Haus, angeblich trifft sie sich mit Freundinnen oder besucht Weiterbildungskurse. Dabei hat sie doch einen guten Posten, uns fehlt es an nichts.«

Vollmert beugte sich vor und nickte wissend. »Das sind meistens die ersten Alarmsignale. Erst waren es nur ein oder zwei Abende im Monat, dann vier oder fünf und jetzt ist sie bestimmt jede Woche mehrmals ohne Sie unterwegs, nicht wahr?«

»Woher wissen Sie das?«, fragte Werner verdattert.

»Ich mache meinen Job schon seit einigen Jahren.«

»Ich habe Sabine darauf angesprochen, aber sie hat mich nur ausgelacht.«

Vollmert nippte an seinem Kaffee und tat so, als dächte er nach. Werner hatte seine Tasse noch nicht angerührt.

»Sie wollen also Gewissheit«, meinte der Schnüffler bedächtig. »Ich kann Ihnen helfen.«

Werner entspannte sich ein wenig und packte den Griff seiner Tasche wieder fester. »Es geht mir nur darum, Bescheid zu wissen. Ich will sie nicht verlieren, selbst wenn sie mich hintergeht, kriegen wir das wieder hin. Aber diese Ungewissheit macht mich wahnsinnig.«

»Ein undankbarer Zustand. Aber wir werden das schon schaukeln. Zunächst brauche ich allerdings einige Informationen.«

»Natürlich.«

»Ihre Frau heißt Sabine?«

»Ja, Sabine. Sabine Mempel-Werner, sie wollte unbedingt ihren Mädchennamen behalten.«

Vollmert schrieb eilig mit. »Haben Sie ein Foto Ihrer Gattin dabei?«

»Selbstverständlich«, nickte Werner und griff in die Innentasche seines Jacketts. Mit der Rückseite nach oben schob er das Bild über den Schreibtisch.

Vollmert nahm das Bild entgegen und drehte es um. Einen Augenblick später stieß er unbewusst einen Pfiff aus.

Das Foto zeigte eine Blondine, vielleicht Ende dreißig, lange, natürliche Locken bis auf die Schultern, ein dümmlich-naives Lächeln in einem schmalen Gesicht. Das Bild war offensichtlich während eines warmen Sommertages aufgenommen worden, die Frau trug ein schulterfreies Top und einen extrem kurzen Minirock.

Der Detektiv verstand die Welt nicht mehr. Warum suchten sich die geilsten Tussis nur die hässlichsten Kerle aus? »Das ist Ihre Frau?«, fragte er ungläubig. »Wie alt ist das Bild?«

»Vom letzten Sommer«, gab Werner stolz zurück, »ich habe das Foto in unserem Garten gemacht.«

»Wie lange sind Sie schon verheiratet?«

»Sieben Jahre, im Oktober werden es acht.«

Vollmert betrachtete zweifelnd seinen Besucher. Sofern er

nicht einen Unfall gehabt oder einige missglückte Schönheitsoperationen hinter sich hatte, hatte er zum Zeitpunkt der Hochzeit bestimmt nicht wesentlich besser ausgesehen als jetzt.

»Berufstätig?«

»Ja, ich bin Buchhalter bei der …«

»Nein, nicht Sie. Ihre Frau Gemahlin.« Vollmert hatte es sich angewöhnt, über seine Observationsobjekte immer so positiv wie möglich zu sprechen, solange er keine Beweise für ein Vergehen hatte.

»Ach so, ja. Sabine arbeitet bei der Sparkasse.«

»Hier in Bochum?«

»Ja.«

»Hat Ihre Gattin feste Gewohnheiten? Bestimmte wiederkehrende Termine in der Freizeit?«

»Da müsste ich erst nachdenken … Ja, doch, donnerstagsabends geht sie immer zum Sport, Fitness und Aerobic, da bin ich ihr auch schon einmal hinterhergefahren. Ansonsten informiert sie mich immer nur sehr kurzfristig über ihre Pläne.«

»Mhm«, machte Vollmert, »dann wird das eine ziemlich aufwändige Observation. Dieses Sportstudio, sind Sie sicher, dass sie da trainiert?«

»Ich habe sie hineingehen sehen.«

»Na und? Beispielsweise könnte der Laden einen zweiten Ausgang haben. Oder sie trifft sich dort mit jemandem.«

Werner zog die Stirn kraus. Anscheinend hatte er diese Möglichkeit noch nicht bedacht.

»Wie auch immer«, meinte Vollmert, »ich werde, falls Sie sich zur Auftragsvergabe entschließen können, Ihre Gattin einige Tage beobachten. In spätestens zwei Wochen ist die Ungewissheit vorbei, das verspreche ich Ihnen.«

»Sie fährt in einigen Tagen zu einer Fortbildung. Deswegen mache ich mir die meisten Sorgen.«

Vollmert sprangen sofort Dollarzeichen in die Augen. »Eine Fortbildung?«

»Von der Sparkasse aus, sie nimmt da auch wirklich daran teil, ich habe mich schon davon überzeugt.«

»Und wo liegt dann das Problem?«

»Sie will während der Zeit im Hotel wohnen und abends nicht nach Hause kommen. Dabei ist es nur eine Dreiviertelstunde Fahrt bis zum Tagungsort, höchstens eine Stunde.«

»Wo findet die Fortbildung denn statt?«

»In Geldern.«

Geldern? Wo zum Teufel lag Geldern? Vollmert kramte in seinen bescheidenen geografischen Kenntnissen. Er tippte auf den Niederrhein, war sich aber nicht sicher. »Soll ich Ihre Gattin dort etwa auch observieren?«

»Wenn Sie es zeitlich einrichten könnten …«

Vollmert lehnte sich zurück und tat so, als müsse er überlegen. Endlich hatte er die passenden Worte gefunden. »Das sollte machbar sein, allerdings muss ich vorher mit einigen anderen Auftraggebern Rücksprache halten. Und ich müsste Ihnen einen Aufschlag berechnen, Sie verstehen?«

»Wie teuer würde das Ganze denn?«

Der Detektiv rang sichtlich mit sich. Sollte er hoch pokern? Der Feiste schien nicht gerade am Hungertuch zu nagen, obwohl sein Anzug von der Stange stammte und höchstens neunundvierzig Euro gekostet haben konnte. Aber so eine Frau heiratete man nicht, wenn man Sozialhilfeempfänger war.

»Dreihundertfünfzig pro Tag, plus Spesen. Das ist schon inklusive der Mehrwertsteuer.«

»Einverstanden«, sagte Werner und schien erleichtert.

Vollmert ärgerte sich augenblicklich, wahrscheinlich hätte er noch einen Hunderter draufpacken können.

»Dann kann ich also jetzt einen Vertrag aufsetzen? Übrigens ist es üblich, einen kleinen Vorschuss zu leisten. Sind fünfhundert in Ordnung?«

»Selbstverständlich«, nickte Werner eifrig und zückte seine Brieftasche. »Wenn ich dafür Gewissheit bekomme …«

Vollmert nickte verständnisvoll, drehte seinen Stuhl zum Computerarbeitsplatz und startete das Textverarbeitungsprogramm mit dem abgespeicherten Dienstleistungsvertrag.

10

Katharina starrte angestrengt auf das Poster, auf dem Charlie Chaplin die Füße hintereinander kreuzte, einen extrem traurigen Blick erkennen ließ und gleichzeitig elegant sein Spazierstöckchen schwang. Sie hatte sich an diesem Motiv zwar schon satt gesehen, aber der Anblick war ihr allemal lieber als das verzweifelte Häufchen Elend auf der Couch unter dem Bild.

Astrid Beckmann zerfaserte wohl schon das fünfte Papiertaschentuch, ihre Jeans war übersät mit kleinen weißen Fetzen. Das Gesicht der jungen Frau wirkte seelenlos, wie in Stein gemeißelt, nur gelegentlich durchbrach ein leises Schluchzen die gespenstische Stille.

Die Kommissarin riss ihre Augen endlich von der Fotografie los und sah sich um. Auf dem Wohnzimmertisch stand zwar ein mit Kippen überfluteter Aschenbecher, aber die Blonde traute sich trotzdem nicht, ihre Schachtel mit den Aktiven aus der Tasche zu holen und sich eine anzuzünden.

»Sollen wir jemanden anrufen?«, fragte Hofmann, der sich in den zweiten Sessel gekauert hatte. Seine Stimme klang dabei alles andere als fröhlich.

»Es geht schon«, seufzte Beckmann, holte tief Luft und unterdrückte einen weiteren Schwall Tränen.

»Ich glaube, es wäre keine gute Idee, wenn Sie allein in der

Wohnung blieben«, fuhr der Kommissar fort. »Wir machen das gern für Sie.«

»Nein, es geht schon. Meine Freundin wollte nachher sowieso vorbeikommen. Mein Sohn ist im Moment bei ihr.«

Katharina nickte stumm und räusperte sich verhalten. An derartige Situationen hatte sie sich auch nach den vielen Jahren im KK 11 nicht gewöhnt. »Fühlen Sie sich in der Lage, uns einige Fragen zu beantworten?«

»Was für Fragen?«, fragte Beckmann.

»Wir sind natürlich daran interessiert, die Umstände, die zum Tod Ihres Freundes führten, so schnell wie möglich zu klären«, fuhr Katharina fort. »Dabei kann die kleinste Kleinigkeit hilfreich sein.«

»Aber was kann ich Ihnen denn dazu sagen?«, wollte Beckmann erstaunt wissen. »Ich habe doch erst heute Morgen erfahren, dass Jörn tot ist.«

»Nun«, mischte sich Hofmann ein und versuchte, seine Worte nicht peinlich klingen zu lassen, »es besteht die theoretische Möglichkeit, dass Ihr Freund die Täter gekannt haben könnte.«

Beckmann sah verständnislos zwischen den beiden Polizisten hin und her.

»Vielleicht Bekannte, denen er mal erzählt hat, wie eine Tour abläuft. Oder in welchen Geschäften besonders wertvolle Beute gemacht werden könnte«, erklärte der Stoppelhaarige.

»Aber warum sollte Jörn so etwas tun?«, schluchzte die nun allein Stehende auf.

»Doch nicht absichtlich, vielleicht im Rahmen einer ganz normalen Unterhaltung. Und jemand hat die Informationen für dieses Verbrechen genutzt.«

»Ich weiß es nicht«, erklärte Beckmann nach einer Pause, während der sie nicht wirklich nachgedacht hatte.

»Wissen Sie, Frau Beckmann, wir haben vorhin mit dem Schichtleiter der Sicherheitsfirma gesprochen. Alle Mitarbeiter, auch Ihr Freund, hatten strikte Anweisungen, wie sie sich in einem Fall, wie er heute früh leider vorgekommen ist, zu verhalten haben. Herr Kaludzinsky hat ganz anders gehandelt, ist sogar aus seinem Auto ausgestiegen. Vielleicht, weil er die Täter kannte.«

»Auf gar keinen Fall«, gab Beckmann entschieden und traurig zugleich zurück. Anscheinend hatte sie inzwischen begriffen, worauf die Frage abzielte. »Jörn mag zwar äußerlich bedrohlich ausgesehen haben, aber er war eine Seele von Mensch. Wissen Sie, warum er bei diesem Wachdienst gearbeitet hat? Weil er den Menschen helfen wollte, weil er einen wahnsinnigen Gerechtigkeitssinn hatte. Bei der Polizei wollten sie ihn ja nicht, da hat er sich diesen Job gesucht. Und er hat ihn gerne gemacht.«

»Das bezweifelt ja auch niemand«, sagte Katharina freundlich. »Vielleicht hatte er Freunde oder Bekannte, denen Sie so einen Einbruch zutrauen würden?«

»Nein«, kam sofort die Antwort. Dabei blitzten die Augen der Frau angriffslustig. »Nicht jeder, der sich eine Glatze rasiert, ist ein Schwerverbrecher. Und Jörns Freunde sind alles ganz normale Leute, einige stammen aus der Firma, die meisten aus seinem Fußballverein oder noch von damals, von der Schule.«

»Frau Beckmann, wir müssen sämtliche Möglichkeiten in Betracht ziehen.«

»Ich weiß. Aber Sie sind auf dem Holzweg.«

»Und wäre es vielleicht denkbar, dass Herr Kaludzinsky ohne Ihr Wissen in etwas hineingeschlittert sein könnte? Hatte er vielleicht finanzielle Probleme?«

Astrid Beckmann lachte böse auf. »Sehen Sie sich doch mal um. Sieht das hier so aus, als ob wir im Luxus leben? Von dem Gehalt einer Kindergärtnerin und eines Wachmanns können Sie keine großen Sprünge machen. Aber wir hatten uns, und das hat uns gereicht. Unsere Ansprüche waren nicht sonderlich groß, Jörns nicht und meine auch nicht.«

»Frau Beckmann, wir danken Ihnen fürs Erste. Sollten wir noch Fragen haben, melden wir uns wieder bei Ihnen.«

»Machen Sie das«, antwortete die Frau auf der Couch teilnahmslos und griff zum sechsten Papiertaschentuch.

»Und, was meinst du?«, fragte Hofmann, als die Polizisten aus dem Hausflur traten. »Sackgasse?«

»Keine Ahnung«, seufzte Katharina. »Sollte sie uns was vorgespielt haben, war sie verdammt gut. Lass uns mal das Konto des Toten prüfen, vielleicht haben wir ja dann etwas in der Hand. Und die Telefonrechnung sollten wir ebenfalls checken.«

»Na schön«, grinste Hofmann freudlos.

»Ich fürchte, Wielert hatte mit seiner Vermutung am Tatort Recht: Das ist ein verdammt undankbarer Fall.«

11

Mit leeren Augen starrte Claudia de Vries auf die Unterlagen auf ihrem Schreibtisch. Obwohl die Fotos, die aus der noch dünnen Kladde gerutscht waren, einen entsetzlich zugerichteten Leichnam zeigten, drangen die Bilder nur bis zu ihrer Netzhaut, eine Verarbeitung des Gesehenen geschah nicht. Zumindest nicht mehr.

Missmutig stieß sich die Staatsanwältin mit den Füßen am Boden ab und ließ ihren Drehstuhl zurückgleiten. Sie achtete darauf, dass sie nur noch das Fenster im Blick hatte und nicht den mit Aktenbergen übersäten Schreibtisch.

Am liebsten hätte sie sich ein paar große Müllsäcke besorgt, alles, was nach Arbeit aussah, da hineingeschaufelt und sich mit gepackten Koffern zum nächstbesten Flughafen begeben, um irgendwohin in die Sonne zu fliegen. De Vries musste sich eingestehen, dass sie fertig war.

Seit sie vor gut drei Jahren nach Bochum versetzt worden war, hatte sie insgesamt höchstens vier Wochen Urlaub genommen, davon nur einmal zehn Tage am Stück.

Normalerweise hatte sie kein Problem mit der Arbeitsbelastung, ganz im Gegenteil. Sie liebte ihren Job, den Stress, die Macht, die sie über die ermittelnden Polizeibehörden ausüben konnte. Ganz besonders liebte sie es jedoch, einen Gewalttäter so weit zu bringen, dass er vor ihr zusammenbrach und sämtliche Straftaten seit der Ermordung Abels durch seinen Bruder Kain gestehen wollte. In solchen Momenten fühlte sie sich wie elektrisiert, eine Gänsehaut breitete sich an ihren Armen und Beinen aus, ein tiefes Gefühl der Befriedigung stellte sich ein. Doch diese Momente hatte sie in den letzten Monaten immer seltener erlebt.

Als sie heute Morgen der Anruf wegen der Leichensache auf der Kortumstraße erreichte, hatte sie schlaftrunken den Hörer abgenommen, sich angehört, was der Typ von der Kripo erzählte, und war dann wieder eingeschlafen. Etwas Derartiges war ihr zuvor noch nie passiert.

Natürlich wagte es niemand, sie für ihr Schwänzen am Tatort zur Rechenschaft zu ziehen, die Behauptung, ihr Auto sei nicht angesprungen und das georderte Taxi habe sie versetzt, hatte ausgereicht, um jeden vorwurfsvollen Blick im Keim zu ersticken.

De Vries hatte sich selbst natürlich am meisten geärgert, sich zur Ordnung gerufen und sich strikt vorgenommen, nach Durchsicht der Unterlagen besonderen Elan an den Tag zu legen. Und dann hatte sie die Akte, die von der Kripo herübergeschickt worden war, aufgeschlagen und als Erstes die Bilder gesehen – und schlagartig war es mit ihren guten Vorsätzen vorbei gewesen.

Alles war wieder da, so, als hätte sie einen Flashback oder

ein Déjà-vu. Der Sommertag vor fast genau zwei Jahren, als sie sich mit der unglaublichsten Frau hatte treffen wollen, die sie bis dahin kennen gelernt hatte. Plötzlich stand de Vries wieder in Bochum am Terminal, dem umstrittenen Kunstwerk in der Nähe des Hauptbahnhofes, wartete vor der roten Fußgängerampel. Was dann passiert war, lief vor ihrem geistigen Auge immer noch ab wie ein schlechter Horrorfilm: Carla op den Hövel trat aus dem Hotel und versuchte, vor den ebenfalls anwesenden Kollegen der Kripo zu fliehen.

De Vries hatte entsetzt mit ansehen müssen, wie die Frau, in die sie sich bis über beide Ohren verliebt hatte, von einem Bus überfahren wurde.

Als sie aus den Akten erfuhr, weswegen Carla von der Kripo verhaftet werden sollte, hatte das ihre Seelenqualen nur noch verstärkt. Diese Frau hatte so viel Schlimmes durchgemacht, dass de Vries ihr eigener Leidensweg wie ein Kindercomic vorkam.

Ihr Privatleben war seit dem Vorfall eine einzige Katastrophe. Veronika, ihre Lebensgefährtin, war eine Frau, die de Vries insgeheim beneidete. Sie war jünger, sah blendend aus, war intelligent und beruflich als Investmentberaterin sehr erfolgreich. Alles, was die Staatsanwältin sich hatte hart erarbeiten müssen, war ihrer Freundin einfach so zugeflogen. Von der früheren gemeinsamen Begeisterung und Leidenschaft war nicht mehr viel übrig geblieben, heute lebten sie mehr oder weniger nebeneinander her, wechselten meistens nur notwendige oder belanglose Sätze und leisteten im Bett nur noch ein geringes Pflichtprogramm ab.

Veronika war sowieso kaum noch zu Hause. Und manchmal, wenn sie dann spätabends heimkam, angeblich vom Sportstudio oder woher auch immer, roch de Vries ein fremdes Parfüm. Einmal hatte sie lange blonde Haare auf der Jacke ihrer Lebensgefährtin gefunden. Sie hatte nicht nachgefragt. Erstens, weil es sie nicht wirklich interessierte, zweitens, weil sie Angst vor der Antwort hatte, und drittens, weil sie meinte, die Antwort schon zu kennen.

Seufzend fuhr sich de Vries über ihren schwarzen Pagenkopf und sah auf die Uhr. Gleich musste sie los, ob sie wollte oder nicht. Die Kripo erwartete sie bestimmt schon, und dass sich die Ermittlungen verselbstständigten, das wollte sie auch nicht. So wie sich der Fall im Moment darstellte, konnte sie mit Routine nichts falsch machen, außerdem würde das BKA eh bald seine Finger auf die Akten legen.

Die Staatsanwältin seufzte erneut, raffte ihre Unterlagen zusammen, steckte den Ordner in ihre Aktentasche und schlüpfte in ihre Sommerjacke. Während sie das bunte Seidentuch um den Hals schlang, nahm sie sich vor, so bald wie möglich Urlaub zu nehmen und endlich mal wieder auszuspannen. Mit oder ohne Veronika.

12

»Gestatten? Fresenius, Günter Fresenius.«

Wielert hob verärgert die Augen und starrte, genauso wie seine Mitarbeiter, zur Tür. »Kann ich Ihnen helfen?«, fragte er unfreundlich.

»Nein. Aber ich beziehungsweise wir Ihnen. Wir sind vom BKA.«

Hinter dem stramm auf die sechzig zugehenden Besucher, dessen grauer Haarschopf in einem millimetergenau gezimmerten Maßanzug steckte, tauchte eine zierliche Frau auf, höchstens Ende zwanzig. »Meine Kollegin, Frau Schwenke. Hier haust doch das KK 11, nicht wahr?«

Wielert heftete eine gezwungene Fröhlichkeit in sein Gesicht und nickte. »Natürlich, kommen Sie doch bitte herein … auch wenn wir uns dann endgültig nicht mehr umdrehen können.«

Fresenius lächelte. »Besitzt die Bochumer Kripo keinen Raum, in dem wir alle Platz finden?«

»Eigentlich schon. Aber der Besprechungsraum wird zurzeit renoviert.«

Fresenius nickte und gab seiner Mitarbeiterin per Kopfzeichen die Erlaubnis, Wielerts Büro zu betreten. Die Frau schleppte zwei dicke Aktentaschen, das Gewicht ihres Gepäcks drückte sich tief in ihre Handflächen.

»Es wird schon gehen«, meinte der BKA-Mann und folgte seiner Kollegin auf den Fersen. »Mit wem habe ich es bitte zu tun?«

Wielert schluckte eine freche Antwort herunter und stellte die Anwesenden vor. Außer seinen eigenen Leuten hatte auch Wilde vom Bruch an der Besprechung teilgenommen.

»Unsere Kreisel-Bande hat also auch bei Ihnen zugeschlagen?«, kam Fresenius zum Thema, nachdem er jedem Einzelnen einen Blick gegönnt hatte.

»Kreisel-Bande?«, fragte Gassel. »Hab ich noch nie etwas von gehört.«

»Unter diesem Decknamen laufen die Ermittlungen unserer Soko. Wir versuchen schon seit fast zwei Jahren, diese Leute unschädlich zu machen. Wie Sie nach dem heutigen Morgen selbst erfahren konnten, bisher leider erfolglos.«

»Sind Sie sich denn sicher, dass Ihre Bande auch hier am Werk war?«, fragte Hofmann.

Schwenke, die bisher geschwiegen hatte, warf eine ihrer roten Locken aus dem Gesicht und schenkte dem Stoppelhaarigen einen langen Blick. Ihre Stimme war warm und tief. »So gut wie. Die Vorgehensweise passt zu den Kreiseln, wie ich sie mal etwas salopp nennen möchte. Der Modus Operandi ist uns vertraut. Novum ist der Tote, so etwas ist bisher noch nicht vorgekommen.«

»Was haben die denn alles auf dem Kerbholz?«

Schwenke warf Fresenius einen fragenden Blick zu, und als dieser keine Einwände erhob, öffnete sie eine der Aktentaschen und zog einen Packen ordentlich geklammerter Blätter hervor.

»Ich habe ein ausführliches Dossier mit unseren bisherigen Ermittlungsergebnissen mitgebracht. Um die Quintessenz vorwegzunehmen, wir schätzen allein die Zahl der schweren Einbrüche und Raubüberfälle, die auf das Konto dieser Leute gehen, auf weit über einhundert, dazu kommen noch etliche Fälle schweren Betruges, höchstwahrscheinlich auch Menschenhandel, Förderung der Prostitution, Drogenhandel und und und. Wir haben es also mit organisierter Kriminalität zu tun.«

Wielert nickte bedächtig. »Wo liegt das Haupteinsatzgebiet der Bande?«

»Jetzt wird es interessant«, antwortete Fresenius und beugte sich auf seinem Stuhl nach vorn. »Nirgendwo. Diese Bande ist bundesweit tätig, wir wissen auch von einigen Vorkommnissen, die sich in Nachbarländern ereignet haben und die wir ebenfalls den Kreiseln zurechnen. Und wir sprechen in jedem Fall über eine generalstabsmäßig geplante Aktion. Allein die Tatsache, dass es bisher nie Personenschäden gegeben hat, spricht für eine penible Vorbereitung der Taten.«

»Der getötete Wachmann fuhr eine außerplanmäßige Schicht«, bestätigte Wilde. »Wahrscheinlich haben sich die Jungs den Verlauf des Bruchs ein wenig anders vorgestellt.«

»Gibt es Verdächtige?«, fragte Katharina. »Observieren Sie bereits?«

Schwenke blies ein wenig die Backen auf, bevor sie antwortete. »Nein. Wir haben weder eine Ahnung, wer der Drahtzieher dieser Aktionen ist, noch um wen es sich bei den ausführenden Personen handelt. Um es ganz ehrlich zu sagen: Wir tappen völlig im Dunkeln.«

»Nach zwei Jahren Ermittlungsarbeit?«, wunderte sich Wielert.

»Ich weiß, das klingt wie eine Bankrotterklärung. Aber die Organisation der Bande ist perfekt. Wir vermuten, dass fast ausschließlich mit Ausländern gearbeitet wird, die in der Hauptsache nur für die jeweilige Tat einreisen. An keinem der Tatorte haben wir verwertbare Spuren gefunden, keine Fingerabdrücke, kein biologisches Material.«

»Das kann ich kaum glauben«, murmelte Wielert. »Selbst mit der aufwändigsten Logistik und aller Vorsicht sollte es nicht möglich sein, so viele Verbrechen zu begehen und keine einzige Spur zu hinterlassen.«

»Wir gehen von einer dezentralen Organisation der Bande aus«, erklärte Fresenius, wobei er ein wenig provozierend in die Runde der Kriminalbeamten blickte. »Wir vermuten mehrere ... nun ja, Aktionstruppen, die die eigentlichen Taten begehen, ein paar Leute, die sich um die Vorbereitungen kümmern, und eine Person, maximal zwei, die die Einsätze der Täter plant und die Einteilung vornimmt. Außerdem muss es jemanden geben, der den Nachwuchs rekrutiert und sich darum kümmert, dass die Täter unbehelligt bundesdeutsches Hoheitsgebiet betreten können.«

»Und bis heute haben Sie noch keinen Hinweis auf irgend einen Namen?«, beharrte Katharina. »Trotz einer Soko?«

Schwenke und Fresenius tauschten einen schnellen Blick. Der Maßanzug nickte zustimmend.

»Wir befürchten eine undichte Stelle«, erklärte die junge Frau, »von der die Bande mit Informationen versorgt wird. Einige wenige Male haben wir im Vorfeld Tipps aus dem Milieu oder von V-Leuten bekommen. Allesamt ein Schlag ins Wasser.«

Wielert hob die Augenbrauen. »Es gibt einen Maulwurf?«

Fresenius hob abwehrend die Arme. »Ich will hier keine Unterstellungen verbreiten, aber die Vermutung liegt nahe.«

»Wie viele Personen wissen denn von Ihren Ermittlungen?«

»Mit Frau Schwenke und mir vielleicht fünfzehn Köpfe, alles Mitglieder der Soko. Darüber hinaus gibt es ein paar V-Leute. Nicht zu vergessen die Mitarbeiter der Bundesstaatsanwaltschaft ... Es sind zu viele, um den Verdacht zu konkretisieren.«

»Unglückliche Situation«, meinte Wielert. »Dann mal viel Glück. Wann kommt der Rest Ihrer Leute?«

Fresenius grinste, der Sarkasmus des Kriminalhauptkommissars war ihm nicht verborgen geblieben. »Ich wünsche uns allen viel Glück. Die Bearbeitung dieses Falls bleibt in Ihren Händen, Frau Schwenke und ich sind lediglich hier, um Sie zu unterstützen und unsere Ermittlungsergebnisse abzustimmen.«

Die Bochumer machten allesamt ein überraschtes Gesicht.

»Das heißt, wir machen die Arbeit und Sie heimsen die Lorbeeren ein?«, sprach Hofmann aus, was alle dachten.

Fresenius lachte. »Keineswegs. Ich will Sie nicht beleidigen oder demotivieren, aber es wäre ein Wunder, wenn Sie in diesem Fall Erfolg hätten. Ich gehe jede Wette ein, die Täter sitzen entweder schon längst in einem Flugzeug und haben die Grenze hinter sich gelassen oder sie verstecken sich in ihrem Schlupfloch. Ohne Spuren am Tatort fangen Sie doch bei weniger als null an.«

»Wer sagt denn, dass wir keine Spuren haben?«, fragte Wielert gemütlich.

Fresenius runzelte verdutzt die Brauen. »Bitte?«

»Einer der Täter wurde verletzt, wir haben sein Blut. Der endgültige Bericht liegt uns noch nicht vor, aber es gibt einen Ansatzpunkt.«

»Das ist ja hervorragend!«, freute sich Fresenius. »Ich bin sicher, Ihre Kriminaltechnik arbeitet ausgezeichnet, trotzdem biete ich Ihnen die volle Unterstützung unseres Labors an. Unsere Möglichkeiten sind fast unerschöpflich.«

»Wir kommen darauf zurück«, erwiderte Wielert. »Und wie haben Sie sich das weitere Vorgehen vorgestellt?«

»Sie haben doch sicherlich Ihre üblichen Ermittlungen eingeleitet. Ich wäre entzückt, wenn sich Frau Schwenke mit einigen Ihrer Kollegen zusammentun könnte, um direkt vor Ort mitzuhelfen. Wenn es Ihnen nichts ausmacht, würde ich überwiegend hier im Präsidium bleiben, um die Ergebnisse zusammenzutragen, zu analysieren und Ihnen beratend zur Seite zu stehen.«

Also Kaffee trinken, Papier wälzen und den großen Macker machen, wenn es angebracht ist, dachte Wielert. Aber gab es eine andere Möglichkeit, als gute Miene zu machen?

»Gut, das dürfte geklärt sein«, fuhr Fresenius fort und nahm dem Leiter des KK 11 die Entscheidung ab. »Haben Sie einen Raum für mich?«

Vom Flur her näherten sich energische Schritte, schwungvoll bog de Vries um die Ecke und blieb überrascht stehen, als sie den Pulk von Leibern sah. »Was ist denn hier los?«

»Dienstbesprechung«, erklärte Wielert. »Mit Verstärkung aus Wiesbaden.«

Die Staatsanwältin musterte die Runde. Als ihr Blick auf Fresenius fiel, wurden ihre Augen kugelrund. »Was machen Sie denn hier?«

Fresenius' Mimik blieb unbewegt. »Frau de Vries, was für eine Überraschung. Sie hier in Bochum?«

»Sie kennen sich?«, fragte Wielert überflüssigerweise.

»Der Kriminalhauptkommissar und ich sind uns schon einmal begegnet«, antwortete de Vries säuerlich.

»Kriminalrat«, verbesserte Fresenius.

»Geht doch nichts über ein herzliches Wiedersehen«, flüsterte Katharina ein bisschen zu laut. Wielerts Blick hätte sie fast getötet.

»Wie kommt jemand wie Sie zu einer Beförderung?«, spöttelte die Juristin.

»Kompetenz und Leistung. Und warum hat man Sie ins Ruhrgebiet degradiert?«, konterte Fresenius.

»Ich wollte mich verbessern«, giftete de Vries zurück. »Haben Sie sich den Fall schon unter den Nagel gerissen?«

»Keineswegs. Wir sind nur hier, um die hiesigen Kollegen zu unterstützen und zu beraten, verantwortlich für die Ermittlungen bleibt selbstverständlich der Kollege Wielert.«

»Falsch«, stellte die Staatsanwältin fest, die plötzlich wieder ein wenig ihrer alten Power spürte. »Verantwortlich bin immer noch ich. Und ich wäre sehr dankbar, Herr Wielert, wenn wir uns nun schnellstmöglich unserer Arbeit zuwenden würden.«

Wielert nickte. »Sofort. Nur fünf Minuten, ich zeige unseren Gästen eben ihr Büro.«

»Sehr freundlich von Ihnen«, lächelte Fresenius süßlich und gönnte de Vries keinen Blick, als er an ihr vorbei auf den Flur trat.

13

»Hoppala«, meinte Vollmert und schwenkte den Kopf nach halb rechts. Die Frau hatte unvermutet einen Parkplatz auf dem Seitenstreifen des Südrings gefunden und den Audi in einem halsbrecherischen Manöver in die Lücke dirigiert. Er selbst stand vor einer roten Ampel und guckte zu, wie Gabriele Schepers ausstieg und den Parkscheinautomaten ansteuerte.

Nervös heftete der Detektiv seinen Blick auf die parkenden Autos am Straßenrand und sandte ein Stoßgebet zum Himmel. Und tatsächlich, das Schicksal meinte es gut mit ihm. Keine dreißig Meter weiter vorn leuchtete ein Blinker auf.

Sobald die Ampel auf Gelb sprang, drückte Vollmert das

Gaspedal bis zum Bodenblech durch, touchierte beinahe eine gehbehinderte Rentnerin und knüppelte den Wagen auf den Bürgersteig.

Als er endlich seinerseits einen Parkschein zog, sah er Schepers in der engen Passage der Luisenstraße verschwinden. Schnell platzierte er das Zettelchen hinter der Windschutzscheibe seines Autos, zog den Riemen seines Rucksacks fest und folgte eilig der Frau.

Schepers stand anscheinend der Sinn nach einem Kaffee, er erkannte ihre elegante Gestalt im Inneren des Cafés *Zentral.* Die Frau hielt Ausschau nach einem freien Tisch im hinteren Bereich des Lokals und setzte sich.

Vollmert blieb unschlüssig stehen. War sie verabredet? Oder wollte sie vor einer ausgiebigen Shoppingtour noch eine kleine Stärkung zu sich nehmen?

Er sah auf seine Armbanduhr. Fünf Minuten vor vier. Der Detektiv beschloss, fünfzehn Minuten zu warten. Sollte sie verabredet sein, dann garantiert zur vollen Stunde.

Er hatte Recht. Um kurz nach vier näherte sich der Besitzer des VW-Busses dem Eingang des Cafés.

Sofort setzte sich Vollmert in Bewegung. Wenn er den Mann abfangen wollte, dann musste das geschehen, bevor Schepers ihn kommen sah.

»'tschuldigung, haben Sie mal einen Moment Zeit?«

Der Schlaffi im Ökolook starrte Vollmert verdattert an. »Eigentlich nicht.«

»Ich weiß«, lächelte der Detektiv. »Frau Schepers wartet schon auf Sie. Genau darum geht es auch.«

Der Typ wurde knallrot. Sein Mund öffnete sich, aber es kam nur ein Krächzen heraus.

»Ich gebe Ihnen den guten Rat, auf dem Absatz kehrtzumachen und wieder zu verschwinden. Gabrieles Mann weiß Bescheid – und er ist gar nicht erbaut von der Tatsache, dass seine Frau mit so einem Loser wie dir rumfickt.«

»Aber … aber woher?«, stammelte der Mann.

»Deine Freundin greift sich doch schon seit Jahren jeden Kerl, der ihr vor die Flinte kommt. Und ihr Mann fährt ihr ab und zu mal nach, um auf dem Laufenden zu bleiben. Benutzt du wenigstens 'nen Präser?«

»Was?«, fragte der Öko entsetzt. »Nein, ich dachte …«

»Denk darüber nach, wo du einen Aids-Test machen lassen kannst. Und wenn du innerhalb der nächsten fünf Minuten nicht einem rachsüchtigen Ehemann gegenübertreten willst, solltest du jetzt schnellstmöglich Land gewinnen.«

Die Vorstellung eines schäumenden Ehegatten schien dem Liebhaber nicht zu behagen. Nach einem letzten, heiseren Krächzen ließ er den Detektiv stehen und gab tatsächlich Fersengeld.

Vollmert grinste hämisch. Er ging jede Wette ein, dass der Typ sich nie mehr in die Nähe seiner Geliebten wagen würde.

Das *Zentral* war relativ schwach besucht. Schepers hatte inzwischen einen Eiskaffee vor sich stehen und blätterte in einem kleinen Taschenkalender. Sie trug ein sehr luftiges, blaues Sommerkleid.

Vollmert steckte den Daumen unter den Tragegurt seines Rucksacks, sah sich noch einmal abschätzend um und trat dann an ihren Tisch. »Guten Tag. Darf ich mich zu Ihnen setzen?«

Schepers blickte auf. Einen Augenblick musterte sie ihr Gegenüber abschätzend, dann konzentrierte sie sich wieder auf ihre Lektüre. »Ich warte auf jemanden.«

Der Detektiv stellte sein Gepäck auf den Boden und zog sich einen Stuhl unter den Hintern. »Ich weiß, ich weiß. Doch ich kann Ihnen mitteilen, der junge Mann ist verhindert.«

Die dezent mit Lidschatten geschminkten grünen Augen schossen unverkennbar Blitze ab. »Wovon reden Sie?«

»Darf ich mich vielleicht vorstellen? Günter Vollmert. Privatdetektiv.«

Sollte diese Aussage Eindruck auf die Rothaarige machen, behielt sie das gekonnt für sich.

»Ihr Mann hat mich vor einiger Zeit beauftragt, Ihre ... sagen wir mal, Freizeitaktivitäten zu recherchieren«, fuhr Vollmert fort. »Und was ich beobachtet habe, war mitunter höchst interessant.«

»Was Sie nicht sagen«, entgegnete Schepers kühl.

»Doch, wirklich. Solche Aufträge sind mein täglich Brot, aber Sie sind trotzdem ein besonderer Fall. Was finden Sie eigentlich an diesem Körnerfresser?«

»Ich weiß nicht, wovon Sie sprechen.«

»Frau Schepers, wie lange wollen wir dieses Spielchen spielen? Glauben Sie in der Tat, ich könnte das, wovon ich rede, nicht beweisen?«

Zum ersten Mal zeigte die Frau eine Reaktion. Ihre Schultern versteiften sich, an den Mundwinkeln deutete sich ein nervöses Zucken an.

Vollmert zog den Reißverschluss seiner Tasche auf, holte einen bräunlichen DIN-A5-Umschlag hervor und schob ihn ihr zu.

Unschlüssig ruhte Schepers' Blick auf dem Umschlag. Gerade, als sie ihn an sich nehmen wollte, kam die Bedienung. Vollmert bestellte sich ein Mineralwasser, dann waren sie wieder ungestört.

»Nur zu«, ermunterte der Detektiv die Frau. »Ist nichts drin, was beißen könnte.«

Seufzend zog sie den Umschlag heran, öffnete ihn und fingerte vorsichtig darin herum. Einen Augenblick später hielt sie drei Fotos ans Licht. Als sie verstanden hatte, schloss sie resignierend die Augen.

»Behalten Sie die ruhig, ich habe mehr davon. Viel mehr. Allein Ihre Nummer in dem VW-Bus hat mir gut und gerne sechzig Fotos eingebracht. Ich habe Sie und Ihren Freund doch gut getroffen, oder?«

»Was wollen Sie?«, fragte Schepers leise.

»Immer mit der Ruhe. Warum ausgerechnet dieser Schmierkopp?«

Die Frau sah auf. »Was?«

»Ich möchte wissen, warum eine derart attraktive Frau wie Sie sich ausgerechnet von so einem Typen in einem versifften VW-Bus vögeln lässt. Ich verstehe das nicht, Sie bräuchten nur mit den Fingern zu schnippen und Ihnen würden ganz andere Männer zu Füßen liegen.«

Vollmert lehnte sich abwartend zurück und sperrte die Ohren auf. Momente wie diese, in denen er die ertappten Sünder bis zur Ohnmacht quälen konnte, entschädigten ihn für tagelanges, stupides Rumsitzen in seinem durchgesessenen Autositz mehr als angemessen.

»Er ist zärtlich«, brach es aus Schepers heraus. »Und er gibt mir das Gefühl, begehrt zu werden.«

»Daran glauben Sie doch selbst nicht, oder?«

»Niemand zwingt Sie, mir zu glauben«, zischte sie wütend zurück. »Ulf ist ein hinreißender Mensch. Und auch wenn das nicht in Ihr beschränktes Hirn passt, es geht uns beiden nicht nur um Sex. Er ist ein Mann, mit dem ich reden kann.«

Der Detektiv hob zweifelnd die Augenbrauen und grinste dann wieder unverschämt. »Von reden hab ich aber nie viel gesehen. Wie lange geht die Geschichte mit euch denn schon?«

»Ein Dreivierteljahr. Wir haben uns in der Volkshochschule kennen gelernt.«

»Was war das denn für ein Kurs? Ehebruch für Fortgeschrittene?«

»Der Minnesang im Mittelalter«, ätzte Schepers zurück. Mit einer wütenden Handbewegung hätte sie beinahe das Mineralwasser vom Tablett der Bedienung gefegt.

»Putzig«, erklärte Vollmert, als die Kellnerin sie wieder verlassen hatte. »Ihr Ulf scheint ja ein richtiger Frauenversteher zu sein.«

»Sie langweilen mich«, entgegnete Schepers. »Was wollen Sie eigentlich von mir?«

»Kommt darauf an.«

»Worauf?«

»Was Ihnen Ihre Ehe wert ist.«

Die Rothaarige lachte verbittert auf. »Meine Ehe? Keine fünf Cent. Meinetwegen kann mein Mann in der Hölle schmoren.«

Vollmert warf demonstrativ einen Blick auf die Fotos, die Schepers mit der Rückseite nach oben auf den Tisch gelegt hatte. »Ich kann nicht gerade behaupten, dass mir Ihr Mann sympathisch wäre. Ich kann verstehen, dass Sie sich einen Liebhaber zugelegt haben.«

»Sie haben doch keine Ahnung. Schon seit Jahren behandelt mich dieser Schuft wie ein Stück Dreck, so als existiere ich gar nicht. Und loswerden will er mich auch.«

»Ups. Hat der auch was am Laufen? Vielleicht seine Sekretärin?«

Schepers verzog das Gesicht. »Eher sein achtzehnjähriger Auszubildender.«

Vollmert stutzte und lachte. »Das ist ein Homo? Und steht auch noch auf halbe Kinder? Sie tun mir leid.«

Die Frau klopfte die Glut ihrer eben angerauchten Zigarette heftig in den Aschenbecher und sah Vollmert böse an. »Schreien Sie noch lauter, damit es bloß jeder mitbekommt.«

Der Gescholtene winkte ab, nahm einen Schluck Wasser und lächelte. »Tja, jeder wie er will. Kann ja sein, dass Ihnen Ihre Ehe nichts wert ist; Ihr Lebensstandard aber bestimmt, oder nicht? Wie sagte Ihr Gatte doch so schön? ›Wenn die Schlampe mich betrügt, mach ich sie fertig. Wenigstens hab ich damals Gütertrennung mit ihr vereinbart.‹ Trifft das zu?«

Schepers nickte stumm.

»Also«, erklärte Vollmert. »Es liegt an Ihnen. Machen Sie mir ein seriöses Angebot und ich erzähle Ihrem Mann morgen, dass Sie die Treueste der treuen Ehefrauen sind. Ich höre.«

»Was bezahlt Ihnen mein Mann?«

»Etwa zweitausend.«

Die Rothaarige überlegte einen Moment. »Fünf. Und ich kriege dafür alle Fotos, Berichte und kann dabei zusehen, wie Sie Ihre Computerdateien löschen. Sie haben das doch auf dem PC, oder?«

»Kluges Köpfchen«, bestätigte Vollmert. »Sagen wir zehn und die Sache ist geritzt.«

»Sie sind ja wahnsinnig!«, erregte sich Schepers.

»Ja? Ich möchte nicht wissen, wie viel Kohle Sie im Monat allein für Kleidung und Schuhe ausgeben. Dafür sind zehntausend Euro doch wirklich nicht unverschämt. Wenn ich Ihrem Mann den Bericht überreiche, haben Sie gar nichts mehr. Na ja, zumindest wesentlich weniger als jetzt.«

Schepers überlegte noch einen Moment, signalisierte dann aber ihr Einverständnis.

»Morgen früh um zehn«, befahl Vollmert nachdrücklich. »Und kommen Sie dann nicht und sagen, Sie hätten das Geld nicht so schnell auftreiben können. Entweder oder.«

»Sie kriegen Ihren Judaslohn«, giftete Schepers.

»Und noch was«, erklärte Vollmert geheimnisvoll. »Wenn ich will, kann ich genauso verständnisvoll sein wie dein Ulf. Verstanden?«

14

»Hier sind eure Tickets.«

Alexej und Miguel sahen erst ihren Boss und dann sich gegenseitig verwundert an. Kamarov hielt jedem einen dicken Umschlag unter die Nase.

»Euer Zug geht um Viertel nach zwei vom Bochumer Hauptbahnhof, um zwanzig vor sechs seid ihr am Frankfurter Flughafen.«

»Aber warum?«, fragte Alexej.

»Hier ist es im Moment zu heiß«, erklärte Kamarov. »Der Chef will euch lieber im Ausland haben. Der tote Wachmann ist ein Problem.«

»Was ist mit Kohle?«, ließ Miguel zur Überraschung der beiden anderen Männer seine Stimme hören.

Der Russe nickte. »Im Umschlag sind für jeden von euch zweitausend Euro, damit kommt ihr erst mal über die Runden. In zwei, drei Monaten ist hier Gras über alles gewachsen, dann könnt ihr zurückkommen.«

»Sind da auch Pässe drin?«

»Klar. Sonst kommt ihr doch gar nicht in den Flieger. Macht euch eine schöne Zeit und erholt euch.«

Alexej und der Südamerikaner waren zwar noch nicht restlos von der Notwendigkeit eines Urlaubs überzeugt, aber was hätten sie anderes machen sollen, als Kamarovs Befehl zu befolgen? Widerworte konnten fatale Auswirkungen auf den Gesundheitszustand haben.

»Was ist mit dem Kleinen?«

»Adrian? Ich kümmere mich um ihn.«

»Und wie?«

»Der Chef hat einen Arzt besorgt, aber da kann ich erst heute Nacht hin, ist sonst zu gefährlich. Und ihr verschwindet jetzt. Besorgt euch noch ein paar frische Klamotten und seht zu, dass ihr den Zug nicht verpasst.«

Alexej öffnete demonstrativ den Umschlag, sah prüfend hinein und nickte. »Gut. Und was machst du?«

Kamarov grinste. »Ich bring die Beute zum Chef und mach dann auch Urlaub. War lange nicht mehr in Moskau …«

Die beiden Männer verstauten die Umschläge in ihren Jacken, nickten ihrem Anführer noch einmal zu und checkten dann die Umgebung rund um das leer stehende Fabrikgebäude. Es war zwar erst später Nachmittag, trotzdem war weit und breit niemand zu sehen. Die graublauen Wolken am Himmel drohten jede Sekunde aufzubrechen und einen neuen Regenguss abzusetzen.

Kamarov schaute seinen Kumpanen hinterher und seufzte. Von wegen Moskau, das konnte er sich abschminken. Nicht weil er dafür keine Zeit gehabt hätte, sondern weil es für ihn absolut lebensgefährlich gewesen wäre, noch einmal in seine Heimatstadt zurückzukehren.

Als er an seine bevorstehende Aufgabe dachte, seufzte er erneut. Er hatte zwar keine Probleme damit, zu töten, immerhin hatte er dieses Handwerk gelernt und schon etliche Male ausgeübt. Aber Adrian tat ihm ein bisschen leid. Der Junge war ja fast noch ein Kind und ihm waren die Nerven durchgegangen ... Allerdings hatte es sich bei diesen afghanischen Bastarden damals ähnlich verhalten. Und bei denen hatte es regelrecht Spaß gemacht, den Abzugshahn seiner Pistole durchzuziehen beziehungsweise ihnen die Kehle aufzuschlitzen.

Der junge Rumäne lag im zweiten Stock, in einem der ehemaligen Büroräume, der kein direktes Fenster zur Straße hatte und deshalb von außen nicht eingesehen werden konnte. Bisher war er sehr tapfer gewesen, die Wunde am Kopf hatte von allein aufgehört zu bluten, aber Adrian musste darüber hinaus innere Verletzungen erlitten haben. Jede Bewegung tat ihm weh, er schien zu fiebern, und wenn er schlief, stöhnte er in regelmäßigen Abständen auf.

Kamarov machte sich nichts vor, wenn Adrian nicht schnell zu einem Arzt kam, würde er sowieso draufgehen. Der Gedanke beruhigte den Russen ein wenig.

Kamarov ging in die Halle, in der der Benz stand, und öffnete den Kofferraum. Bis jetzt hatten sie noch keine Gelegenheit gehabt, den Wagen zu entsorgen.

Mit einigen hastigen Handgriffen riss der Russe die Stoffverkleidung des Kofferraums auf und zog die grün-braun gefleckte Armeetasche hervor. Der Beutel war prall gefüllt, Kamarov öffnete ihn und nahm als Erstes die neun Millimeter Automatik heraus, dann zog er den Schalldämpfer hervor und schraubte ihn geschickt auf den Lauf der Waffe. Nachdem er sich vergewissert hatte, dass die Waffe gesichert war, steckte er sie hinten in den Hosenbund.

Kamarov überlegte. Sollte er nachher mit dem Benz verschwinden? Oder den Wagen an Ort und Stelle stehen lassen? Nein, besser, man fand ihn nicht in unmittelbarer Nähe von Adrians Leiche. Er würde den Wagen mitnehmen und irgendwo in Brand stecken. Dann war für die Bullen vielleicht auch der Zusammenhang mit dem Bruch nicht so ersichtlich.

Als er die Stufen, die ins zweite Stockwerk führten, emporstieg, knallte der erste Donner über das Gelände. Perfekt, bei diesem Getöse würde er den Schalldämpfer im Grunde nicht benötigen.

Der Rumäne war wach. Miguel hatte ihm aus einigen Stoffresten, die sie unten in der Halle gefunden hatten, so etwas wie eine Matratze gebastelt.

»Juri«, hauchte Adrian schwach.

»Hallo, mein Junge.«

Zwei fieberglänzende Augen starrten den Russen unter dem schwarzen Haarschopf an. »Wo ist Miguel? Und Alexej?«

Kamarov ging in die Knie und strich dem Verletzten sanft über die heiße Stirn. »Ich hab die beiden weggeschickt, einen Arzt holen.«

Adrian nickte schwach. »Danke.«

Kamarov zwinkerte ihm aufmunternd zu und setzte sich neben die schmutzigen Stofffetzen. Noch erfolgten die Donner mit großen zeitlichen Abständen. Er wollte absolut kein Risiko eingehen.

»Juri?«

»Ja?«

»Werde ich sterben?«

»Quatsch! Du bist ziemlich schwer verletzt, aber wenn erst mal der Arzt da ist, wird das wieder. Versprochen.«

»Es tut mir leid.«

Kamarov sah fragend nach unten. »Was?«

»Dass ich durchgedreht bin.«

»Mach dir deswegen keine Sorgen, beim nächsten Mal passiert dir das nicht mehr.«

»Ist der Mann tot?«

»Ja«, nickte Kamarov langsam. »Der sah nicht gut aus.«

Adrian schluchzte leise auf. »Ich wollte das nicht. Glaub mir, ich wollte das nicht.«

Sein Körper bebte. Kamarov tastete nach Adrians Hand, der Junge griff mit überraschender Kraft zu und seine Finger verkrallten sich in denen des Russen.

»Ich hör auf mit den Brüchen«, meinte Adrian verzweifelt. »Ich will nach Hause.«

»Bald«, beruhigte der Russe. »Wenn du gesund bist.«

Das blutverschmierte Gesicht verzog sich. »Ich will zu meiner Mama. Und dann geh ich nie wieder fort. Von zu Hause. Nie wieder.«

Kamarov schluckte den Kloß im Hals herunter und löste vorsichtig seine Finger aus denen des Verletzten. Was war los mit ihm? Wurde er alt? Kamarov hatte bestimmt vierzig Burschen in dem Alter von Adrian ins Jenseits befördert. Warum fragte er sich jetzt, ob er das Richtige tat?

Vielleicht ging es leichter, wenn der Kleine schlief oder benebelt war. Kamarov nestelte wieder in seinem Beutel und suchte, bis er das Päckchen mit den Medikamenten gefunden hatte. Morphium hätte er haben müssen, dann hätte er Adrian einfach eine Überdosis gespritzt. Doch er fand nur ein Schmerzmittel für Krebspatienten. Damit konnte er den Jungen zwar betäuben, aber nicht umbringen.

Der Russe schüttete etwas Mineralwasser in einen Becher und gab dann gut einhundert Tropfen der klaren Flüssigkeit dazu. Innerhalb der nächsten zehn Minuten würde der Bengel ein buntes Farbspektrum zu sehen bekommen.

»Hier, trink das. Ist gegen die Schmerzen.«

Der Rumäne rappelte sich ein wenig auf, wobei er das Gesicht schmerzhaft verzog. Kamarov hielt ihm den Becher an die Lippen, Adrian trank in kleinen Schlucken.

»Schmeckt ekelig«, erklärte er.

»Aber hilft schnell, wirst schon sehen.«

»Juri?«

Kamarov sah nervös zur Seite. Was kam wohl jetzt wieder?

»Ja?«

»Hast du Kinder?«

»Nein«, erklärte der Gefragte erleichtert. »Keine, von denen ich weiß.«

»Ich hatte nie einen Vater, keinen richtigen. Die Pater aus dem Kloster haben viel für uns getan, aber das war etwas anderes.«

»Ist dein Vater gestorben?«

»Nein, ist abgehauen, noch vor der Geburt. Meine Mutter hat uns ganz allein großgezogen.«

Kamarov nickte stumm. Seine Lebensgeschichte wies einige Parallelen auf.

»Wolltest du nie Kinder?«, fragte Adrian weiter.

»Hab nie drüber nachgedacht. War auch nie lange genug mit einer Frau zusammen, um das in Angriff zu nehmen.«

»Du wärst bestimmt ein guter Vater geworden«, sinnierte der schon halb Bewusstlose.

In Kamarovs Magen stach es schmerzhaft. Hoffentlich hörte der Bengel bald auf zu reden.

»Hast dich immer um mich gekümmert«, fuhr Adrian fort. »Wie jetzt ja auch …«

Der Russe wandte sich abrupt ab und stand schnell auf.

»Versuch, ein bisschen zu schlafen«, befahl er. »Wenn du wieder wach wirst, ist bestimmt der Arzt da.«

Adrian lächelte tapfer und schloss gehorsam die Augen.

Mit einigen schnellen Schritten war Kamarov auf dem Flur, dort holte er tief Luft. Verdammt nochmal, es war doch absolut nichts dabei, hinter den Jungen zu treten, die Waffe zu ziehen, zu entsichern, durchzuladen und abzudrücken … Warum machte er sich darüber Gedanken?

Seine Finger zitterten leicht, als er ein verknautschtes Päckchen filterloser Zigaretten hervorzog und eine Kippe anzündete. Er rauchte selten, jetzt allerdings war er froh, sich das Nikotin bis in die Spitzen seiner Lungenflügel saugen zu können.

Kamarov trat ein wenig näher an das Fenster, um die Straße beobachten zu können, ohne selbst gesehen zu werden. Immer noch fielen nur vereinzelte Regentropfen, obwohl es regelmäßig blitzte und donnerte. Ein schwerer Sattelschlepper quälte sich heran und zog an den Straßenrand, direkt vor der Ausfahrt vom Fabrikgelände blieb er stehen. Das Zischen der Pressluft, das die Bremsen von sich gaben, war trotz des Gewitters bis zum Standplatz des Russen zu hören.

Kamarov stieß einen wütenden Fluch aus und kniff die Augen zusammen. Der Fahrer kletterte aus dem Führerhaus und beeilte sich, noch halbwegs trocken einen der nächstgelegenen Hauseingänge zu erreichen.

Nun konnte Kamarov den Gedanken vergessen, sich mit dem Benz aus dem Staub zu machen. Musste denn alles schief gehen?

Nachdenklich zog er an seiner Zigarette. Musste er halt ohne den Wagen verschwinden.

Der Russe schnippte die Kippe weg und sah noch einmal durch das eingeschlagene Fenster nach draußen. Der Regen war inzwischen stärker geworden, es gab keinen Grund, das Unvermeidliche länger hinauszuzögern.

Adrian stöhnte zwar leicht, aber er schien zu schlafen, trotz der Schmerzen hatte er sich auf die Seite gedreht. Kamarov griff langsam zu der Waffe in seinem Hosenbund, entsicherte die Pistole und lud sie durch. Dann trat er an den Schlafenden heran, ging in die Knie und hielt den Lauf in etwa zehn Zentimeter Entfernung vor den Hinterkopf.

Er konnte nicht abdrücken. Verflixt, er war nicht in der Lage, seinen Zeigefinger zu krümmen und die Kugel auf ihre kurze Reise zu schicken.

Kamarov bekam keine Luft mehr, irgendetwas schnürte seinen Hals zu. Er schloss die Augen, drehte den Kopf zur Seite und startete einen zweiten Versuch – vielleicht klappte es ja, wenn er nicht sah, was er tat.

Vergeblich, sein Zeigefinger verharrte wie gelähmt am Abzugsbügel.

»Juri?«, fragte Adrian mit verwaschener Stimme.

Erschrocken zuckte Kamarov zusammen, die Erstarrung löste sich. Wegen des Schalldämpfers hörte er nur ein trockenes »Plopp«.

Kamarov riss die Augen auf. Adrians Kopf war nach vorne geschleudert worden, aus der Eintrittswunde quoll Blut.

Ächzend plumpste der Russe auf seinen Hosenboden und sicherte die Waffe. Seine Lungen brannten, hastig schnappte er nach Luft.

Nachdem er wieder genug Sauerstoff aufgenommen hatte, legte er die Waffe zur Seite und prüfte, ob die Kugel ihren Zweck erfüllt hatte. Adrian war tot, Kamarov spürte keinen Puls mehr.

So weit, so gut, das Schlimmste hatte er hinter sich gebracht … Was jetzt noch kam, das war zwar ekelhaft, musste aber sein. Ein Profi hinterließ niemals vermeidbare Spuren.

15

»Gehen wir noch irgendwo etwas trinken?«

Thalbach und Hofmann sahen sich überrascht an. Während ihrer Ochsentour über die Kortumstraße, auf der sie versucht hatten, Zeugen für den Bruch vom frühen Morgen zu finden, hatte die Tussi vom BKA eisern geschwiegen. Deshalb traf die beiden Bochumer die unvermutete Frage fast wie ein Keulenschlag.

»Ist schon reichlich spät«, erklärte Katharina und unterdrückte ein Gähnen. »Ich für meinen Teil würde gern nach Hause.«

»Kommen Sie«, insistierte Jessica Schwenke. »Ich habe einen fürchterlichen Durst. Das Wort Pause fehlt ja anscheinend in Ihrem Wortschatz.«

Hofmann hämmerte seinen Blick demonstrativ auf seine Armbanduhr. »Es geht schon auf achtzehn Uhr zu. Und ins Präsidium müssen wir auch noch.«

»Ich lade Sie ein. Geht aufs Spesenkonto.« Die BKA-Beamtin blinzelte verschwörerisch. »Oder möchten Sie eine Pizza? Wir könnten auch essen gehen.«

Hofmann seufzte. »Wollen Sie nicht irgendwann mal in Ihr Hotel?«

»Lange Tage sind bei uns nichts Ungewöhnliches. Und sollen wir nicht endlich das Sie vergessen? Ich heiße Jessica.«

Die Kripoleute nuschelten undeutlich ihre Vornamen und liefen weiter auf den Dienstwagen zu. Ihre Begleitung wollte anscheinend die gesamte aufgesparte Konversation des Tages nachholen.

»Also, wie sieht es aus mit der Pizza?«

Hofmann stöhnte. »Wir können doch irgendwo etwas auf

der Hand mitnehmen, wenn Sie vor dem Verhungern stehen. Einen Döner zum Beispiel.«

»Du.«

»Häh? Ach ja, du, meinetwegen.«

»Schaut mal, ich war noch nie in Bochum, hab aber schon viel davon gehört, von diesem Bermuda-Dreieck. Das würde ich mir gerne mal ansehen. Und im Hotel treffe ich bestimmt auf Fresenius. Darauf habe ich keinen Bock.«

Katharina huschte eine leichtes Grinsen über das Gesicht. Arne, ihr inzwischen fast sechsjähriger Sohnemann, konnte auf die gleiche Art und Weise quengeln, wenn auch noch nicht mit dieser Wortwahl.

»Also schön«, gab sie sich geschlagen, »essen wir einen Happen. Da vorn ist eine Pizzeria, du bezahlst.«

»Toll«, strahlte Schwenke und steuerte bereits den Aufgang zu dem nahe gelegenen Restaurant an.

»Bist du bescheuert?«, fragte Hofmann leise. »Die Tussi labert uns noch einen Knopf an die Backe. Als ob es nicht schon spät genug wäre.«

»Lass stecken, Berthold. Eine Calzone auf Staatskosten ist doch auch mal was. Und auf die halbe Stunde kommt es wirklich nicht mehr an. Davon abgesehen, hab ich einen tierischen Hunger.«

Hofmann brummelte unwillig etwas vor sich hin und folgte den beiden Frauen die Treppe hinauf.

Die Pizzeria war nur spärlich besucht, trotzdem herrschte in dem Raum eine Luft wie in einer Dampfsauna. Das Gewitter war inzwischen abgezogen und die Sonne tat wieder ihr Bestes.

»Nehmen wir doch den Tisch hier«, meinte Schwenke. Katharina hockte sich in die Nische, Schwenke quetschte sich auf den Stuhl neben Hofmann.

»Schon mal hier gewesen?«

»Einmal«, maulte Hofmann und griff nach der schmierigen, in billiges Kunstleder gebundenen Speisekarte. »Ist nicht gerade berühmt, aber krank wird man auch nicht von dem Essen.«

»Bist wohl ein Feinschmecker, was?«

»Und wie«, stichelte Katharina, die das Pärchen auf der gegenüberliegenden Tischseite amüsiert betrachtete. Schwenke saß auffällig dicht neben dem Stoppelhaarigen, obwohl der Tisch eigentlich breit genug war. »Und vor allem ein Spitzenkoch. Ich kann mich da an einen Nudelauflauf erinnern – ein absolutes Erlebnis!«

»Echt? Erzähl.«

»Da bin ich aber auch gespannt.«

»Ist zwar schon zehn Jahre her, aber den Geschmack hab ich immer noch auf der Zunge. Jeden Morgen, bevor ich mir die Zähne putze.«

Hofmann wurde rot. »Die olle Kamelle? Ist nicht dein Ernst, oder?«

»Hey, kochen ist doch gar nicht so schwer«, flötete Jessica und stieß ihrem Sitznachbarn vergnügt an den Ellbogen. »Soll ich dir mal ein paar Tipps geben?«

»Nicht nötig«, knurrte Hofmann und fuhr mit dem Zeigefinger über die Speiseauswahl.

»Was meinst du, warum Berthold irgendwann geheiratet hat«, grinste Katharina. »Ausschließlich von Nutellatoasts kann sich eben niemand auf Dauer ernähren.«

Jessica zuckte nicht mit der Wimper. »Kocht deine Frau denn besser als du?«

»Um einiges«, erklärte Hofmann kategorisch. »Also, ich nehm die Pizza mit Krabben.«

»Lass mal sehen«, bat Katharina und nahm Hofmann die Karte aus der Hand. Ein flüchtiger Blick reichte, ihre Lieblingspizza gehörte zum Repertoire des Kochs.

Nachdem die Bestellung aufgegeben war, kramte die Blonde ihre Zigaretten hervor. »Wie lange bist du schon beim BKA?«

»Ich habe dort direkt nach dem Studium angefangen«, erzählte Jessica. »Erst wollte ich ja auch zur Kripo, aber als ich die Zusage aus Wiesbaden bekommen habe, bin ich zum BKA gegangen.«

»Ich weiß nicht … Der Haufen gilt doch als furchtbar steril und hochnäsig. Ich glaube nicht, dass ich da klarkommen würde.«

»So schlimm ist das nicht. Die Typen von der Terroristenbekämpfung sind zwar eine Marke für sich, aber bei uns in der Abteilung herrscht eigentlich ein gutes Klima.«

»Warum habt ihr unseren Fall nicht ganz übernommen?«, fragte Hofmann. »Eure Erklärung von heute Morgen kam mir etwas fadenscheinig vor.«

»Das stimmt aber alles. Die Bande ist einfach zu gerissen, wir haben wirklich noch keine Chance gehabt, an sie ranzukommen.«

»Aber organisierte Kriminalität ist doch eine Sache, die absolut in euer Aufgabengebiet fällt.«

»Natürlich. Nur haben selbst wir zu wenig Leute. In der letzten Zeit hat es zu viele Einbrüche und Überfälle gegeben, die wir bearbeiten müssten. Wir haben einfach nicht genug Kapazität.«

»Was ist denn das zwischen deinem Boss und unserer Staatsanwältin? Die scheinen sich ja zu mögen wie der Teufel das Weihwasser.«

Schwenke hob abwehrend die Hände. »Fragt mich was Leichteres, ich habe keine Ahnung.«

»Wirklich nicht?«, hakte Katharina nach.

»Ehrlich. Ich kenne Fresenius erst, seit ich bei der Soko bin, vorher hatte ich nie etwas mit dem zu tun.«

»Was ist mit Kantinenklatsch?«

»Gibt es nicht.«

»Schade«, meinte Hofmann. »Weißt du, wir in der Provinz lieben Gerüchte. Vor allem, wenn es um Frau de Vries geht.«

»Habt ihr die tatsächlich so gerne, wie es den Anschein hat?«

»Noch mehr«, meinte Katharina ernst. »Die mögen wir noch nicht mal von hinten sehen.«

»Aber warum? Einen so schlimmen Eindruck macht die gar nicht auf mich.«

Katharina setzte zu einer Antwort an, blieb aber stumm. Wenn sie objektiv die Zusammenarbeit mit de Vries betrachtete, musste sie zugeben, dass der Ruf, der der Staatsanwältin vor ihrem Dienstbeginn in Bochum vorausgeeilt war, um einiges übertrieben gewesen war. Prinzipiell klappte die Zusammenarbeit hervorragend, an de Vries' zum Teil beißenden Sarkasmus konnte man sich schnell gewöhnen. Allerdings war während des ersten Falles, den sie in Bochum zu bearbeiten hatte, ein Kollege unnötigerweise ums Leben gekommen … etwas, was das gesamte KK 11 der Staatsanwältin bis heute nicht verziehen hatte.

Schwenke rückte noch etwas näher an Hofmann heran. »Was steht heute noch auf dem Programm?«

»Nicht mehr viel. Kurze Zusammenfassung der Zeugenaussagen. Das dürfte schnell gehen, erfahren haben wir ja nichts.«

»Na ja. War ja auch nicht zu erwarten, dass jemand morgens in aller Frühe hinter seinem Fenster steht, um eventuell ein Verbrechen beobachten zu können. Blöd, dass die Bande schon wieder entwischen konnte.«

»Was soll man machen? Bis die Straßensperren eingerichtet waren – das hat eben etwas gedauert. Und der erste Streifenwagen musste sich zunächst um das Opfer kümmern. Der Mann hätte ja noch leben können.«

»Das war nicht als Vorwurf gemeint«, erklärte Jessica. Sie saß jetzt beinahe bei Hofmann auf dem Schoß. »Nur, so schnell war noch nie ein Einsatzwagen am Tatort wie heute Morgen. Wer weiß, wann wir wieder so eine Chance bekommen.«

Hofmann rückte ein Stück näher an die Heizung heran. Noch immer zeigte sein Gesicht eine leichte Röte.

»Was macht ihr nachher, nach der Arbeit?«, fragte Jessica und verkleinerte die gerade entstandene Distanz wieder.

»Ich muss meinen Verlobten noch ein wenig bespaßen«, antwortete Katharina schnell. »Und mein Sohn soll auch noch etwas von seiner Mutter haben.«

»Och, du hast einen Sohn? Wie alt?«

»Wird demnächst sechs.«

»Süß. Hast du Bilder dabei?«

»Im Büro.«

»Schade. Und was ist mit dir?«

»Ich habe keine Kinder«, antwortete Hofmann vorsichtig.

»Das meinte ich nicht. Schon was vor heute Abend?«

»Nichts Besonderes. Wahrscheinlich werden meine Frau und ich noch ein wenig fernsehen.«

»Geht Sabrina donnerstags nicht immer zum Sport?«, fragte Katharina scheinheilig.

Hofmanns Blick hätte selbst ein Löwenrudel auf der Stelle in die Flucht geschlagen. »Ist heute Donnerstag?«

»Und wie«, lächelte Jessica. »Hey, dann könnten wir doch noch irgendwo hingehen. Hast du Lust, mir Bochum zu zeigen?«

»Ich … äh … ich wollte eigentlich nach Hause.«

»Ach was, sei nicht so ein Stubenhocker. Muss ja nicht so furchtbar spät werden.«

Hofmanns Finger verknoteten sich zu einem Knäuel. Bevor er etwas erwidern konnte, sprang Jessica auf und sah sich suchend um.

»Ich muss für kleine Mädchen. Bevor das Essen kommt …«

»Bist du eigentlich völlig bescheuert?«, giftete der Stoppelhaarige, als Schwenke außer Hörweite war. »Jetzt hab ich die Tussi am Bein.«

Katharina zog gekünstelt die Achseln in die Höhe. »Erweis

dich mal als guter Gastgeber. Auf meine Begleitung hätte sie eh keinen großen Wert gelegt.«

Hofmann schluckte. »Meinst du, ich bin blöd? Wenn du nicht dabei wärst, wäre die wahrscheinlich schon längst über mich hergefallen.«

»Was willst du?«, spottete die Blonde ungeniert weiter. »Die sieht doch ganz gut aus. Kann doch noch ein netter Abend werden.«

»Ich bin verheiratet, das hast du wohl vergessen, oder?«

»Keinesfalls ... Hauptsache, du vergisst das nicht«, grinste Katharina.

»Blöde Kuh.«

16

»Ich bin müde«, stöhnte Wielert und rieb sich die roten Augen. »Wenn das in dem Tempo weitergeht, können wir in zwei Wochen alle eine Kur beantragen.«

»Man soll die Hoffnung auf eine Zweiundvierzigstundenwoche nie aufgeben«, meinte Gassel.

»Witzbold«, antwortete der Leiter des KK 11. »Das würde nur mehr Überstunden bei gleicher Bezahlung bedeuten. Außerdem sollte dir das doch eigentlich egal sein. Wenn ich mich nicht irre, fängt deine Kur doch bald an.«

Gassel lächelte. »Stimmt. Am Montag. Die Koffer sind schon gepackt. Aber keine Angst, bevor ich verschwinde, spendier ich noch ein Tablett Kuchen.«

»Du hast es gut. Gerade erst im Urlaub gewesen und nun vier Wochen Wassertreten vor der Brust.«

Katharina kniff die Augen zusammen und atmete flach durch den Mund. Die beißenden Dämpfe waren zwar nicht lebensbedrohend, nichtsdestotrotz aber sehr unangenehm.

»Wo ist Berthold?«, fragte Gassel.

»Wahrscheinlich schwer beschäftigt«, lachte die Blonde trotz der Schwierigkeiten, genügend Sauerstoff zu inhalieren. »Ich habe ihm aber auf die Mailbox gesprochen, dass er sich beeilen soll.«

Das Auto brannte zwar längst nicht mehr, aber in einigen Bereichen der Fabrikhalle schwelte immer noch Glut. Auf jeden Fall ließen die Feuerwehrleute sie noch nicht an den Ort des Geschehens. Lediglich zwei Beamte der Kriminaltechnik machten sich, bekleidet mit geliehenen Schutzanzügen, bereits an dem Wrack zu schaffen.

»Wann wurde der Brand denn gemeldet?«

»So etwa um halb zehn«, antwortete Wielert. »Muss eine ziemlich heftige Explosion gegeben haben. Fünf Minuten später waren die Löschzüge da, um kurz vor zehn haben sie die Leichenteile in dem Wrack gefunden.«

»Den Rest kenne ich«, nickte Katharina. Um fünf nach zehn hatte das Telefon bei ihr zu Hause geschellt, sie war gerade aus der Dusche geklettert und hatte sich auf eine entspannte halbe Stunde auf der Dachterrasse gefreut. Zu früh gefreut.

»Mal sehen, ob wir schon was Genaueres erfahren können«, knurrte Wielert und setzte sich in Richtung eines Brandmeisters in Bewegung, der ihm aufgeregt zugewinkt hatte.

»Wie waren eigentlich eure Flitterwochen?«, fragte Katharina, als sie mit Gassel allein war. »Wir konnten heute ja noch nicht mal fünf Worte wechseln.«

»Klasse«, grinste der nur wenige Jahre von der Pension entfernte Grauhaarige. »Ich kann Ägypten nur empfehlen: kristallklares Wasser, saubere Strände, tolle Hotels ... Es war einfach gigantisch.«

»Echt? Und das habt ihr alles tatsächlich wahrgenommen?«, zweifelte die Blonde. »Wo ihr doch frisch verheiratet seid ...«

Gassel kniff ihr ein Auge zu. »Nein, aber wir haben uns davon erzählen lassen. Und uns ein paar Postkarten angesehen.«

»Der Urlaub scheint dir auf jeden Fall sehr gut bekommen zu sein. So entspannt und glücklich hast du früher nie gewirkt.«

»Mir geht es auch gut. Ich bin sozusagen gestählt für die Zukunft.«

»Wie meinst du das?«

»So wie es den Anschein hat, ist Carina schwanger. Zumindest spricht alles dafür. Aber behalte das bitte für dich, wenn es tatsächlich so ist, erzähle ich das den anderen selbst.«

Aus den Augenwinkeln beobachtete Katharina, dass Wielert in Begleitung des Brandmeisters die Treppe in die höher gelegenen Stockwerke hinaufeilte.

»Schwanger? Ein Kind? In deinem Alter? Ist das dein Ernst?«

»Warum nicht? Es ist doch immer noch so, dass die Frauen die Babys austragen ... Eine Risikoschwangerschaft wird das also nicht.«

»Ein bisschen was verstehe ich auch davon«, lächelte die Blonde.

Hofmanns Golf quetschte sich an den Löschzügen und den Polizeiwagen vorbei und kam mit quietschenden Reifen zum Stehen. In Anbetracht seines sonst üblichen Fahrstils hatte das fast schon wagemutig gewirkt.

Der Stoppelhaarige pellte sich vom Fahrersitz, auf der anderen Seite stieg Schwenke aus. Selbst auf die Entfernung war zu erkennen, dass ihr Mund nicht still stand und sie Hofmann sogar im Laufschritt voll plapperte.

»Holla«, meinte Gassel und rollte mit den Augen. »Berthold in charmanter Begleitung?«

»Erkläre ich dir später«, entgegnete Katharina und winkte ihrem Kollegen zu.

»Was ist denn jetzt schon wieder los?«, bellte Hofmann schon von Weitem.

»Leichenfund. Na ja, wenigstens Teile davon.«

»In dem ausgebrannten Wagen da?«

»Ja. Bis jetzt wissen wir noch nichts Genaues, wir durften ja noch nicht ran.«

»Ist in Bochum immer so viel los?«, fragte Jessica.

»Eigentlich nicht«, gab Hofmann patzig zurück. Anscheinend war er immer noch auf hundertachtzig.

Wielert erschien etliche Meter über ihnen in einer leeren Fensterhöhle und bedeutete ihnen heraufzukommen. Sein Gesichtsausdruck war alles andere als entspannt.

Die vier Polizisten setzten sich in Bewegung. Die steile Betontreppe lag in einem Teil des Gebäudes, der von den Flammen verschont geblieben war. Eine Dreiviertelminute später standen alle im zweiten Stock. Katharina sah sich suchend um. Wielert wartete etwa fünfzehn Meter entfernt an einem Türeingang. »Was gibt's denn so Aufregendes?«

Statt eine Antwort zu geben, trat Wielert einen Schritt zur Seite. Einen Moment später wurde die Blonde blass.

»Ach du lieber Himmel«, entfuhr es Gassel, als auch er freien Blick hatte.

In der fensterlosen kleinen Kammer lag ein nackter Männertorso. Der Kopf, die Hände und die Füße fehlten.

»Zwei Feuerwehrleute haben das hier gefunden, als sie nach eventuellen weiteren Brandherden gesucht haben«, erklärte Wielert. »Schöne Bescherung, nicht wahr?«

»In der Tat«, presste Gassel tonlos hervor. »Scheint noch nicht lange tot zu sein. Keine Verwesung.«

»Brettschneider wird uns wohl mehr sagen können. Eigentlich müsste der Doc schon längst hier sein.«

»Mhm«, überlegte Katharina, »haben wir es mit einer Leiche zu tun, von der jemand Teile im Wagen verbrannt hat? Oder haben wir zwei Tote?«

»Keine Ahnung. Ein Kopf war unter Garantie im Auto dabei.«

Hofmann hatte seine schlechte Laune augenblicklich vergessen. »Hat sich etwa ein Perverser an dem armen Schwein ausgelassen? Oder haben wir es mit etwas ganz anderem zu tun?«

»Wenn ich dir das beantworten könnte, wäre ich längst Polizeipräsident«, meinte Wielert. »Im Augenblick verstehe ich das alles noch gar nicht.«

»Vielleicht ging es darum, eine Identifizierung der Leiche zu behindern oder unmöglich zu machen?«, spekulierte Katharina. »Ohne Fingerabdrücke, ohne Gesicht und ohne Gebissabdrücke sehen wir ziemlich alt aus.«

»Da könnte etwas dran sein«, meinte Gassel langsam. »Je nachdem, wie stark der Kopf und der Rest verbrannt ist, können wir eine Identifizierung vergessen. Bliebe höchstens das Gebiss, Knochen brauchen extrem lange, bis sie restlos verbrannt sind.«

»Überlassen wir das Feld erst mal den Technikern«, bestimmte Wielert.

In der Halle waren inzwischen die letzten schwelenden Glutnester gelöscht worden. Doch sicherheitshalber pumpten die Feuerwehrmänner immer noch kubikmeterweise Wasser auf dampfende Stellen. Die nächsten vierundzwanzig Stunden würde hier darüber hinaus eine Brandwache einen einsamen Dienst schieben müssen.

Um das Autowrack herum herrschte nun größte Betriebsamkeit. Einige Techniker sammelten alles auf, was irgendwie zu dem Auto gehören konnte. In dem verbeulten Blechhaufen selbst hantierte eine den Kripoleuten wohl bekannte Gestalt.

»Herr Doktor Brettschneider«, rief Wielert lauter als nötig.

Der Exil-Bayer fuhr in die Höhe und schlug mit dem Kopf gegen einen bloßgelegten Metallholm.

»Sakrament!«, fluchte er. »Ich bin doch nicht schwerhörig.«

»Ich dachte, bei dem ganzen Tohuwabohu würden Sie uns nicht bemerken. Unschöne Sache, nicht?«

Der am meisten gefürchtete Gerichtsmediziner westlich des Urals rieb sich mit der linken Hand den Hinterkopf und nickte. »Noch schlimmer als der Kerl heute früh. Ich versteh so was nicht. Können sich die Leute nicht damit begnügen, ihren Opfern eine Kugel ins Herz zu jagen? Müssen die so eine Sauerei anrichten?«

»Wem sagen Sie das. Was haben wir bisher?«

»Wenn ich das Puzzle richtig deute, einen Kopf und ein paar Extremitäten, was genau, weiß ich noch nicht.«

»Zwei Hände und zwei Füße?«, fragte Katharina.

Brettschneider sah sie verärgert an. »Wenn Sie schon nachgeschaut haben, warum musste ich dann überhaupt kommen?«

»Wir haben den Wagen nicht angerührt. Aber oben im zweiten Stock liegt ein Torso, dem genau diese Körperteile fehlen.«

»Kruzifix no amoi. Wieso weiß ich davon nichts?«

»Er ist gerade erst gefunden worden. Soll einer von uns mitgehen?«

»Lassen Sie mal, ich werde es schon finden.«

Brettschneider schulterte sein Köfferchen, nickte den Kripoleuten noch einmal zu und nahm den beschwerlichen Anstieg in Angriff.

»Und was machen wir?«, fragte Gassel. »Nachtschicht?«

»Bringt doch nichts«, antwortete Wielert müde. »Am besten, wir hauen uns alle für ein paar Stunden aufs Ohr. Morgen früh liegen uns hoffentlich die ersten Berichte Brettschneiders, der Feuerwehr und der Spurensicherung vor. Ich für meinen Teil kann schon fast nicht mehr klar denken, mir fallen gleich die Augen zu.«

»Der erste vernünftige Satz heute«, seufzte Hofmann und warf dabei Schwenke einen gehässigen Blick zu. Seit die BKA-Beamtin den Torso gesehen hatte, war ihr Redefluss versiegt.

»Ob die Leiche hier etwas mit der Sache von heute Morgen zu tun hat?«, platzte Gassel plötzlich heraus. »Einer der Täter, der, der den Lkw gefahren hat, war doch verletzt. Vielleicht wurde er für seine Kumpane zu einem Risiko und sie haben ihn beseitigt.«

Wielert wirkte auf einen Schlag wieder hellwach.

»Möglich wäre das«, murmelte er. »Natürlich, wenn der Kerl so stark verletzt war, dass er nicht transportiert werden konnte, war er ein Sicherheitsrisiko für die Bande. Und die haben selbstverständlich ein Interesse daran, dass die Leiche nicht so schnell – wenn überhaupt – identifiziert werden kann.«

»Dann haben wir es mit ganz abgezockten Brüdern zu tun«, meinte Katharina mit trockenem Mund. »Denen möchte ich nicht allein in die Quere kommen.«

»Haut ab und legt euch aufs Ohr«, befahl Wielert. »Ich werde mich nochmal mit Brettschneider unterhalten, er soll das Blut aus dem Lkw mit dem des Torsos vergleichen. Seid um sieben wieder im Präsidium, wir haben viel Arbeit vor der Brust.«

Hofmann griff die käseweiße Schwenke am Arm und bugsierte sie zu seinem Golf. »Ich bringe dich jetzt ins Hotel. Du hast ja gehört, was der Boss gesagt hat.«

Katharina gönnte dem Pärchen einen letzten Blick und angelte nach ihren Autoschlüsseln.

Der Fiesta stand ein wenig abseits, sodass er nicht von einem der anderen Einsatzfahrzeuge hatte eingekeilt oder zugeparkt werden können. Die Blonde kurbelte das Seitenfenster herunter, um Frischluft hereinzulassen, und startete den Motor.

Das krachende Geräusch verhieß nichts Gutes. Erschrocken ließ Katharina den Schlüssel los, startete dann erneut. Wieder nur dieses ohrenquälende Krachen.

»Scheiße!«, fluchte sie. »Konntest du blöde Karre nicht wenigstens bis morgen warten, um zu verrecken?«

Wütend stieg sie aus und sah sich um. Hofmann steuerte gerade die Ausfahrt an. Als sie ihren Arm hob und ihm bedeutete, anzuhalten, starrte er starr geradeaus durch die Windschutzscheibe und fuhr weiter.

17

»Hast du einen Kaffee für mich über?« Katharina blinzelte aus überanstrengten Augen auf den gefüllten Becher in Wielerts Hand. Die letzte Nacht war einfach der Horror gewesen.

Nachdem Hofmann sie mit ihrem Wrack hatte stehen lassen, war einer der Feuerwehrleute so nett gewesen, sich den Fiesta anzusehen. Schon nach dem ersten weiteren vergeblichen Versuch, den Motor zu starten, hatte er entsetzt abgewinkt und Katharina den Tipp gegeben, eine Autoverwertungsfirma anzurufen.

Stattdessen hatte die Blonde Zander vom Sofa hochgeklingelt, der dann gut zwanzig Minuten später mit dem Familienkombi angerauscht kam. Und wie Männer nun mal sind, hatte er sich standhaft geweigert, sofort das Abschleppseil festzuhaken, und stattdessen den Schaden erst einmal begutachtet – mit dem Ergebnis, dass er sich eine Viertelstunde später am Kopf kratzte und das Gleiche sagte wie der Feuerwehrmann zuvor.

Um kurz vor zwei waren sie wieder zu Hause gewesen. Katharina hatte sich in der Dusche den Brandgeruch vom

Körper gewaschen und gerade fünf Minuten im Bett gelegen, als Arne Bauchschmerzen bekam und eindringlich und schrill nach seiner Mama verlangte. Erst um halb vier war sie wieder in die Federn gekommen, nur um zwei Stunden später wieder aufstehen zu müssen.

»Klar, bedien dich. Du siehst ja furchtbar aus.«

»Danke, derartige Komplimente muntern mich wahnsinnig auf«, knurrte Katharina und nahm sich von der schwarzen Brühe. Der Kaffee war so bitter, dass man schon vom bloßen Geruch Sodbrennen bekam, aber das war ihr heute egal.

»Nachdem jetzt alle versorgt sind, können wir ja anfangen«, sagte Wielert mit einem Blick in die Runde. Er hatte zwar auch nicht viel Schlaf bekommen, aber die Aussicht, am bevorstehenden Wochenende eventuell etwas länger im Bett bleiben zu können, verlieh ihm Energie. Zwei freie Tage waren allerdings nicht drin, der Polizeipräsident hätte sicherlich kein Verständnis dafür gehabt, wenn sie bei zwei frischen Leichensachen zu Hause bleiben würden.

»Haben wir denn inzwischen etwas Brauchbares?«, fragte Gassel und unterdrückte ein Gähnen.

»Das will ich meinen. Ich habe den Bericht des Erkennungsdienstes.«

Wielert zog drei Blätter zu sich heran und setzte die Lesebrille auf, die er sich vor einem halben Jahr zugelegt hatte. »Zunächst mal zu dem Auto. Der Wagen ist mit an Sicherheit grenzender Wahrscheinlichkeit mit einem Molotowcocktail in die Luft gejagt worden. Die Kollegen haben die Überreste einer zerschmolzenen Flasche gefunden, in die vermutlich ein mit Benzin getränkter Lappen gestopft war. Der Fußraum, die Sitze und die Rückbank müssen ebenfalls mit Benzin getränkt gewesen sein, anders lässt sich die explosionsartige Verpuffung nicht erklären.«

»Da muss aber einer sehr genau gewusst haben, was er

tat«, warf Hofmann ein. »So eine Stichflamme kann ein ganz schönes Eigentor werden.«

»Der Täter hat einen Zeitzünder benutzt. Eine Kerze, die abgebrannt den Cocktail aktiviert hat. Der Rest war eine Kettenreaktion.«

»Das klingt ein bisschen nach Improvisation«, meinte Katharina. »Der kleinste Windhauch hätte die Kerze ausblasen können. Andererseits muss es sich um einen sehr kaltblütigen Täter handeln. Der einem Menschen Kopf und Extremitäten abtrennt. Das ist doch irgendwie unlogisch.«

»Stimmt. Aber lass uns das später diskutieren, ja?«

»Was wissen wir noch?«, fragte Gassel.

»Der Benz ist schon vor einiger Zeit als gestohlen gemeldet worden, ebenso die Nummernschilder. Vielleicht hat ja irgendjemand den Wagen in der letzten Zeit gesehen. Das müssen wir überprüfen.«

»Fingerabdrücke?«

»Können wir vergessen, dazu war das Wrack zu ausgeglüht.«

»Andere Spuren in der Halle? Oder im Gebäude?«

Wielert grinste gequält. »Jede Menge. Aber ob die von dem Täter stammen, ist fragwürdig. Da drin haben vermutlich schon Generationen von Obdachlosen übernachtet. Jedenfalls haben die Kollegen diverse organische Hinterlassenschaften gefunden. Am Fundort der Leiche sieht es ein wenig besser aus. Neben dem ganzen Dreck lagen zwei Zigarettenkippen, die noch nicht verwittert waren; die Wahrscheinlichkeit, dass der Täter sie geraucht und weggeworfen hat, ist recht groß. Außerdem hat der ED in der Blutlache neben der Leiche einen halben Fußabdruck entdeckt. Das Profil des Schuhs ist ziemlich markant, dürfte kein großes Problem sein, den Hersteller herauszufinden.«

»Gibt es denn dort oben Fingerabdrücke?«

»Ja, aber die meisten sind ziemlich undeutlich und verwischt. Wir lassen alles durch die Kartei laufen, unter Umständen erzielen wir ja einen Treffer.«

»Ich befürchte, dass das nichts bringt«, seufzte Katharina. »Sollte wirklich eine organisierte Bande hinter allem stecken, die sich im Ausland mit Nachwuchs versorgt, sind die Prints doch jungfräulich wie diese bewusste heilige Maria.«

»Ja, aber warum dann dieser Aufwand, die Identifikation der Leiche zu erschweren?«, entgegnete Gassel.

»Das ist sehr merkwürdig, in der Tat«, sagte Wielert. »Wenn es dem Täter vor allem wichtig war, den Kopf, die Hände und Füße zu verbrennen, warum hat er sich die Arbeit gemacht, das alles abzutrennen, anstatt die komplette Leiche in den Wagen zu stecken? Dass muss ein ungeheurer Zeit- und Kraftaufwand gewesen sein. Außerdem muss der Mann danach ausgesehen haben wie ein Metzger am Feierabend. Ich verstehe das nicht.«

»Wohl wahr«, nickte Katharina, bei der der Kaffee langsam, aber sicher Wirkung zeigte.

»Vielleicht ist dem Täter etwas dazwischengekommen«, spekulierte Hofmann. »Eventuell hat er mit dem Torso ja noch etwas vorgehabt, wurde aber durch irgendetwas gestört ...«

»Unwahrscheinlich. Dann hätte er in dem Benz keinen Brandsatz mit Zeitzündung angebracht.«

»Stimmt auch wieder.«

»Konnte schon festgestellt werden, woran der Mann genau gestorben ist?«, fragte Gassel.

Wielert nickte. »In dem verkohlten Kopf befindet sich ein Einschussloch. Brettschneider ist sich sicher, dass der Mann aus nächster Nähe einen Schuss in den Hinterkopf erhalten hat. Genaues erfahren wir aber erst im Abschlussbericht.«

»Hoffentlich steckt das Projektil noch drin.«

»Ja, dann hätten wir einen ganz konkreten Ansatzpunkt.«

»Was ist mit dem Körper? Gibt es außergewöhnliche Merkmale? Tätowierungen? Große Narben?«

»Nein«, antwortete Wielert. »Nach Brettschneiders Schätzung war der Tote noch ziemlich jung, vielleicht so um die zwanzig. Fingerabdrücke können wir vergessen, vielleicht kann man den Kopf rekonstruieren, aber selbst wenn das möglich ist, es würde mehrere Wochen dauern, bis wir ein Ergebnis hätten. Der Körper weist einige Blutergüsse auf, und Brettschneider hat innere Verletzungen vorgefunden. Es ist also tatsächlich möglich, dass der Tote etwas mit dem Einbruch bei dem Juwelier zu tun hat und in dem Lkw saß. Jedenfalls würden die Verletzungen dazu passen. Meine größte Hoffnung zielt auf das Gebiss. So wie ich Brettschneider verstanden habe, hat das die Flammen einigermaßen unbeschadet überstanden.«

»Na super«, sagte Katharina. »Hoffentlich hat das jemals ein deutscher Zahnarzt zu Gesicht bekommen.«

»Wir haben sehr wenig, das stimmt. Sobald wir die Röntgenaufnahmen von dem Gebiss haben, gehen Kopien an sämtliche Polizeidienststellen, die mit dem BKA in dieser Sache zusammenarbeiten. Wir selbst konzentrieren uns nur auf die Praxen in unserer Umgebung. Klingt nicht sehr viel versprechend, aber was sollen wir machen. Fassen wir zusammen: Wir haben zwei Leichen und sonst nichts. Also ziehen wir die volle Routine durch. Ihr beiden nehmt euch die Gegend um die Fabrik vor, eventuell hat ja gestern irgendjemand etwas Verdächtiges beobachtet.« Der Satz galt Thalbach und Hofmann. »Karl Heinz und ich werden uns gleich zu Brettschneider auf den Weg machen. Anschließend kümmern wir uns um die Röntgenaufnahmen von dem Gebiss. Und danach haben wir eine Audienz bei Frau de Vries.«

»Was ist mit den Kollegen aus Wiesbaden?«, fragte Hofmann.

»Ach ja, die gibt es ja auch noch. Dieser Fresenius wollte sich heute Wilde und seinen Leuten aufdrängen. Seine Begleiterin hab ich noch nicht gesehen.«

»Dann nichts wie weg«, meinte Hofmann. »Vielleicht können wir mal in Ruhe unseren Job machen.«

»Falls wir uns heute nicht mehr sehen sollten ...«, konnte sich Gassel nicht verkneifen, »dann bis in vier Wochen.«

»Das habe ich jetzt gebraucht«, meinte Katharina.

»Schönen Dank übrigens für gestern Abend«, maulte Katharina, als Hofmann und sie auf dem Weg zu ihrem Dienstwagen waren. »Hättest ja ruhig anhalten können.«

»Warum? Wolltest du mir noch einen dummen Spruch mit auf den Weg geben?«

»Doofmann. Mein Wagen ist hinüber. Ich musste Ulli anrufen, dass er mich abholte.«

»Hat es deine alte Rostlaube endlich erwischt? War ja nur noch eine Frage der Zeit.«

»Fand ich trotzdem reichlich daneben, dass du dich einfach verkrümelt hast.«

»Entschuldige, ich habe dich nicht gesehen. Diese blöde Kuh vom BKA hatte wieder angefangen, mich voll zu quatschen, kaum dass ich losgefahren bin. Ich wollte die einfach nur aus dem Wagen haben.«

»Wer es glaubt ...«

»Außerdem, wenn jemand Grund hätte, sauer zu sein, bin ich das ja wohl, oder? War schon fast gemeingefährlich, wie du mir diese Schwenke auf den Hals gehetzt hast.«

»Seit wann kannst du keinen Spaß mehr vertragen?«

»Das hat mit Spaß nichts zu tun. Immerhin bin ich glücklich verheiratet.«

»Meine Güte, krieg dich wieder ein. Früher warst du nicht so empfindlich. Bringst du mich denn wenigstens nach Feierabend nach Hause? Oder soll ich den Bus nehmen?«

»Klar, angesichts der Aussicht, den ganzen Tag ohne diese Klammer verbringen zu können, will ich mal nicht so sein«, sagte Hofmann versöhnlich.

Katharina erreichte als Erste den Innenhof. Sie blieb wie angewurzelt stehen.

»O je, ich glaube, das wird nichts.«

»Was?«, fragte Hofmann begriffsstutzig.

Statt einer Antwort zeigte Katharina vor sich auf den Hof. Jessica Schwenke stand dort gegen den Vectra gelehnt und winkte ihnen fröhlich zu.

18

»Emma, kannze mich ma frische Butter holn? Der Pott hier is leer.«

Juri Kamarov fuhr wie von der Tarantel gestochen von der billigen Matratze hoch und versuchte, sich zu orientieren.

»Bewech dich doch selbst«, keifte Emma. »Ich hab den Rinderbraten auff'm Herd.«

Aufatmend sank der Russe zurück auf die geblümten Polster. Die Konversation seiner Campingnachbarn war zwar wenig geistreich, hatte ihn jedoch rechtzeitig geweckt.

Er tastete nach seinen Sachen, die er gestern Nacht achtlos auf den Boden geworfen hatte. Nachdem er endlich diesen Campingplatz erreicht hatte, war er nur noch in der Lage gewesen, unter die Dusche zu springen. Anschließend hatte er sich sofort aufs Ohr gelegt. Sogar auf eine Mahlzeit hatte er verzichtet.

Seine billige Armbanduhr zeigte kurz vor acht. Er hatte noch eine gute Viertelstunde Zeit bis zu seinem Termin.

Müde schleppte sich Kamarov in das kleine Badezimmer des Wohnmobils, klatschte sich eine Ladung kaltes Wasser ins Gesicht und quetschte einen Zentimeter Zahnpasta auf seine Bürste.

Es war gar nicht so einfach gewesen, mit öffentlichen Verkehrsmitteln von Bochum an den Niederrhein zu gelangen. Kamarov hatte um keinen Preis auffallen wollen und eine Taxifahrt über eine derart lange Strecke war ihm zu gefährlich erschienen.

Nach der Prozedur des Zähneputzens spülte er sich den Mund aus und sah wieder auf die Uhr. Sax konnte verdammt ungemütlich werden, wenn man ihn warten ließ.

Schnell schlüpfte er in saubere Wäsche, steckte ein paar Geldscheine in die Hosentasche und stieß die Tür des Wohnmobils auf. Emma und ihr Gemahl stritten sich immer noch – nun über die Wertigkeit des frühestens in vier Stunden zu verzehrenden Mittagessens. Als der Russe ins Freie trat, winkten sie. Juri lächelte zurück und setzte sich in Bewegung.

Sein Platz war nicht allzu weit von der Einfahrt des Campingplatzes entfernt. Zwischen den Wagen und auf den Verbindungsstraßen zu den einzelnen Standwiesen war ziemlich viel los, der Russe nickte permanent nach rechts und nach links, weil er gegrüßt wurde. Er war zwar erst zum dritten Mal auf diesem Gelände, aber anscheinend hatte ihn die Camperfamilie trotzdem schon als einen der ihren akzeptiert.

Bevor er auf den Parkplatz trat, stattete er dem Kiosk einen Besuch ab und kaufte sich einen Kaffee und ein frisches Brötchen. Als er mit seinem Frühstück in den Händen die Schranke an der Einfahrt passierte, bog Sax gerade auf den Parkplatz ein.

Juri hatte Sax noch nicht oft gesehen und ihre letzte Begegnung lag schon einige Zeit zurück. Sein Boss war alt geworden, wirkte wesentlich verbrauchter als andere Endvierziger. Die dunklen Haare waren mit grauen Strähnen durchsetzt genauso wie der ungepflegte Vollbart. Dazu schleppte er zu viel Gewicht mit sich herum.

Sax wuchtete sich aus seiner Limousine. Kamarov bemerkte trotz der verdunkelten Scheiben zwei weitere Gestalten, die auf dem Rücksitz saßen. Die beiden stiegen nicht aus.

Der Russe nippte an seinem Kaffee und schlenderte langsam auf den Wagen zu.

Sax nickte. »Juri, Juri, was habt ihr da nur für einen Scheiß produziert«, begann der Gedrungene. »Kannst du mir das erklären?«

»Ist alles schief gegangen, Boss. Keine Ahnung, warum dieser Wachmann plötzlich aufgetaucht ist. Ich hatte das gründlich überprüft, die müssen die Tour kurzfristig geändert haben.«

Sax strich sich mit den Fingern durch seinen Bart und breitete theatralisch seine Arme aus. »Als Marohn mich gestern früh anrief, habe ich es erst nicht glauben wollen. Da arbeitest du jahrelang auf höchstem, professionellem Niveau und dann baust du so einen Bockmist.«

»Hey, das war nicht meine Schuld«, begehrte Juri auf. »Wenn der Kleine die Nerven verliert, liegt das nicht an mir. Ich suche die Leute nicht aus.«

»Nein«, entgegnete Sax ruhig, »das tust du in der Tat nicht. Aber du hättest doch erkennen müssen, dass dieser Schwachkopf nicht in der Lage war, so ein Ding durchzuziehen. Was hattest du für einen Rang? Hauptmann? Hast du denn nie gelernt, deine Soldaten zu beurteilen?«

»Doch«, fauchte Juri wütend. »Adrian war zwar noch jung, hatte aber vorher nie Scheiß gebaut. Keine Ahnung, warum der plötzlich ausgerastet ist.«

Sax verzog das Gesicht und sah in die Ferne. »Hast du das Problem gelöst? Was ist mit den beiden anderen?«

Kamarov zeigte in die Luft. »Sitzen im Flieger. Die sind aus der Schusslinie.«

»Und der Schwachkopf? Erzähl mir bitte nicht, dass der Typ, von dem das Radio alle halbe Stunde etwas in den Nachrichten bringt, diese säuberlich zerteilte Leiche in Bochum …«

Der Russe bekam einen trockenen Mund. »Doch.«

»Bist du völlig durchgedreht?«, schnauzte Sax. »Es hätte gereicht, ihn umzubringen und dann irgendwo abzuladen. Aber nein, unser ehemaliger *Speznas*-Killer muss seinen Blutrausch ausleben.«

»Schrei noch lauter«, knurrte Kamarov.

»Ich schreie, wie ich will.«

Besorgt sah sich der Russe um. Sie standen inzwischen am Rand des Parkplatzes, weit und breit befand sich niemand in Hörweite.

»Das hat nichts mit Blutrausch zu tun«, entgegnete er schließlich gepresst, »ich habe das nur gemacht, damit Adrian nicht identifiziert werden kann.«

»Das war vollkommen überflüssig. Der taucht in keiner Datei auf, die Bullen hätten noch nächstes Jahr versucht, die Identität zu klären.«

»Ich verlasse mich nicht auf Wahrscheinlichkeiten. Sicher ist sicher.«

Sax sah Kamarov böse an, zuckte aber schließlich mit den Achseln. »Mach so einen Mist nicht noch mal, verstanden? Derartiges Aufsehen können wir nicht gebrauchen.«

»Hast du neue Männer mitgebracht?«, wechselte Kamarov das Thema.

»Sitzen hinten bei mir im Wagen. Zwei Ukrainer, wirst dich wohl ohne Probleme mit denen verständigen können.«

»Und der neue Fahrer?«

»Kommt morgen Nachmittag mit der Bahn, Viertel nach vier kannst du ihn in Wesel abholen. Dann haltet ihr ein paar Tage die Füße still, im Augenblick ist mir das Pflaster ein wenig zu heiß. Für die nächsten zwei Wochen sind alle Aktionen abgeblasen, anschließend sehen wir weiter.«

»Gut. Soll ich die Leute sofort mitnehmen?«

»Bloß nicht. Du verschwindest hier so schnell wie möglich und fährst Richtung Geldern. Nach ein paar Kilometern siehst du auf der rechten Seite ein Gewerbegebiet. Ich warte dort auf dem Parkplatz vor dem Baumarkt. Lass dir ruhig noch eine halbe Stunde Zeit.«

»Okay. Hast du neue Handys dabei? Mein Vorrat wird knapp.«

»Bekommst du, wenn wir uns nachher wieder treffen.«

19

»Wow, das ist wirklich ein absolutes Hammerteil.«

Katharina schlich mit blitzenden Augen um den schwarzen Sportwagen herum und strich mit dem Zeigefinger über den glänzenden Lack. Das Geschoss hatte den direkten Weg in ihr Herz gefunden. Für den Moment hatte sie sogar den Frust vom Vortag vergessen, Hofmann und sie hatten sich nichts anderes geholt als schmerzende Fußsohlen, brauchbare Hinweise hatten sie nicht bekommen. Wenigstens war Wielert so zugänglich gewesen, ihr den Samstagvormittag freizugeben. Ein kleines bisschen Wochenende musste ja schließlich sein.

»Und bis zur letzten Schraube sehr sorgfältig gepflegt, meine Dame«, beeilte sich der überaus freundliche Verkäufer zu versichern. »Wenn Sie sich für den MX5 entscheiden, machen Sie ein gutes Geschäft. Sie werden viel Freude an dem Wagen haben.«

»Das will ich doch hoffen«, lachte die Blonde und umkreiste erneut das Cabriolet. »Garantiert erst 78.000 Kilometer? Nichts am Tacho gedreht?«

»Ich bitte Sie, meine Dame. Mein Geschäft hat einen ausgezeichneten Ruf. Sie können sich zu hundert Prozent darauf verlassen, dass alles seine Ordnung hat.«

»Kann man das nicht überprüfen?«, fragte Veronika Mitschke. »Du hast doch mal so was erzählt, oder?«

»Na klar, ich brauch den Wagen nur den Jungs von der Fahrbereitschaft vorbeizubringen, denen stehen die notwendigen Geräte zur Verfügung.«

Der Gebrauchtwagenhändler zuckte nicht mit der Wimper. »Fahrbereitschaft?«

»Ach«, erklärte Katharina freundlich. »Ich bin bei der Kripo. Sie können sich sicher vorstellen, bei dem ganzen Mist, den wir zu sehen bekommen, wird man leicht misstrauisch.«

»Allerdings. Sie können den Wagen gerne Ihren Kollegen vorführen, meine Dame, die werden Ihnen bestätigen, dass Sie sich nicht verkaufen. Bedenken Sie auch die zweijährige Garantie, die Sie auf das Auto bekommen. Ihr Risiko ist gleich null.«

Katharina kräuselte die Nase. Im Vergleich zu ihrem schrottreifen Fiesta bedeutete der Sportwagen einen Quantensprung. Sie wollte das Auto haben, unbedingt.

Trotzdem schüttelte sie in gespielter Nachdenklichkeit den Kopf. »Ich weiß nicht, achttausend sind ganz schön viel Geld. Und der Wagen hat ja noch nicht mal ein Hardtop.«

»Aber dafür beheizbare Ledersitze. Schauen Sie, dieser MX5 ist noch keine vier Jahre alt, meine Dame, gerade erst durch den TÜV, ohne Mängel, relativ wenig gelaufen, aber auch nicht kaputtgestanden. Ein CD-Radio ist drin, inklusive Soundsystem, die Innenausstattung noch völlig in Ordnung. Und es handelt sich um einen Nichtraucherwagen. Und sehen Sie irgendwo Rost?«

Nein, der Typ übertrieb nicht. Katharina war so weit wie möglich unter den Wagen gekrochen, um mit einer Taschenlampe die Radkästen und den Unterboden in Augenschein zu nehmen. Alles sah tipptopp aus.

»Also schön. Sagen wir sieben fünf? Sie lassen den Wagen zu und ich hole ihn am Montag ab?«

»Mhm, das kann ich nicht machen … sieben acht, einverstanden?«

»Sieben sieben, mein letztes Wort.«

Der Händler schien ins Schwitzen zu geraten, so sehr rang er mit sich. »Also gut«, erklärte er schließlich. »Verkauft. Brauchen Sie ein Finanzierungsangebot?«

»Nein. Ich dachte, ich zahle tausend an, den Rest bekommen Sie am Montag bei Abholung.«

»Wunderbar. Haben Sie denn alles Nötige dabei? Doppelkarte und so?«

Katharina hatte.

»Einfach geil«, freute sie sich gut zwanzig Minuten später, als sie mit ihrer Freundin zu deren Fahrzeug ging. »So einen Wagen wollte ich immer schon haben.«

»Glückwunsch«, lächelte Veronika und entriegelte per Fernbedienung die Türen ihres eigenen Cabrios. Bei dem lauen Lüftchen, das ihnen um die Nase wehte, war es ein Genuss, offen zu fahren.

»Bin gespannt, was Ulli sagt, wenn ich Montag mit dem Auto nach Hause komme. Dem fallen bestimmt die Augen aus dem Kopf. Wetten, der will dann sofort keinen Kombi mehr fahren?«

»Hast du ihm denn nicht gesagt, dass du dir heute ein neues Auto kaufst? Eigentlich hätte er ja mit dir zum Händler fahren können.«

»Ach was. Erstens verstehe ich sowieso mehr von Autos als er und zweitens hatte er Arne versprochen, mit ihm in die Movieworld zu fahren.«

»Na, das wäre doch auch ein netter Familienausflug gewesen …?«

»Im Prinzip ja. Aber mir wird schon auf dem kleinsten Karussell schlecht. Außerdem muss ich ja nachher noch ins Präsidium. Dafür gehen wir morgen Nachmittag alle zusammen auf das Sommerfest der Kita.«

»Ich würde den Kleinen gerne mal wiedersehen, ist ja schon eine Weile her.«

»Dann komm doch einfach auf einen Kaffee vorbei.«

Veronika lachte. »Wann denn? Entweder kommst du erst spät aus dem Präsidium nach Hause oder ich hab Termine. Seit ich diesen festen Job angenommen hab, bin ich doch ständig unterwegs. Und dann haben wir ja beide auch noch unser offizielles Familienleben.«

»Ist schon nicht leicht, ich weiß«, gab Katharina zurück und strich sich eine Haarsträhne aus der Stirn. »Aber da müssen wir wohl durch.«

»Leider. Und was machen wir jetzt?«

»Was wir verabredet haben. Ich lade dich zum Frühstück ein und danach bringst du mich ins Büro.«

»Na, da sag ich nicht Nein.«

Katharina steckte sich eine Zigarette zwischen die Lippen. Eigentlich herrschte in Veronikas Wagen striktes Rauchverbot, aber bei offenem Verdeck duldete sie eine Ausnahme.

»Wie schaut es denn inzwischen mit euren Heiratsplänen aus? Habt ihr einen Termin ins Auge gefasst?«

»Ach, red nicht davon, Ulli hat vor ein paar Tagen auch damit angefangen.«

»Was soll das heißen?«, fragte Veronika ehrlich überrascht. »Ich denke, der Punkt war zwischen euch ein für alle Mal geklärt.«

»Schon, ich habe auch immer gedrängt, endlich zum Standesamt zu gehen. Aber ich weiß nicht mehr, ob das wirklich eine so gute Idee ist.«

»Spinnst du?«

»Es ist ja nicht so, dass ich Ulli nicht mehr heiraten will. Aber andererseits übernimmt man damit auch sehr viel Verantwortung.«

Veronika setzte den Blinker nach rechts und zog den Wagen an den Straßenrand. Als der 206 CC ausgerollt war, löste sie den Sicherheitsgurt und drehte sich so, dass sie die Blonde voll im Blick hatte.

»Kannst du mir bitte erklären, was das mit Verantwortung zu tun hat? Wenn ich so einen Schwachsinn höre, rollen sich mir die Fußnägel auf.«

»Hat es etwa nicht?«

»Nein. Verantwortung hast du für tausend andere Sachen. Für deinen Sohn, okay. Vielleicht auch dafür, deinen Job gut zu erledigen. Aber eine Heirat ändert doch nichts in der Verantwortlichkeit deinem Lebensgefährten gegenüber.«

»Das sehe ich ein wenig anders. Immerhin ...«

»Quatsch mit Soße. Möchtest du mit Ulli den Rest deines Lebens verbringen?«

»Sicher.«

»Was gibt es dann noch zu überlegen? Hast du dir Gedanken über Verantwortung gemacht, als ihr eure Beziehung begonnen habt? Oder als ihr zusammengezogen seid? Jede Wette, noch nicht mal unbewusst. Aber nein, wenn es darum geht zu heiraten, kommt plötzlich diese Verantwortungsscheiße.«

Katharina zog heftig an ihrer Zigarette. Ihr war anzusehen, dass es hinter ihrer Stirn mächtig arbeitete.

»Eigentlich solltest du dir nur eine einzige Frage stellen. Liebst du Ulli ohne Wenn und Aber?«

»Du hast leicht reden«, wich die Blonde aus. »Dir selbst stellt sich diese Frage nicht. Und wird sich auch niemals stellen.«

»Blödsinn. Bei uns hieße das zwar eingetragene Lebenspartnerschaft, aber letztlich läuft das auf das Gleiche raus. Und glaub mir, ich habe mir mehr als genug Gedanken darüber gemacht.«

»Und mit welchem Ergebnis?«

»Ich will Claudia nicht heiraten. Sie ist die Frau, mit der ich momentan zusammenlebe, aber ich weiß, dass es mal anders sein wird. Jedenfalls passt es nicht in meine Vorstellungskraft, noch in zwanzig oder fünfundzwanzig Jahren mit ihr unter einem Dach zu leben. Aber auch das hat nichts mit Verantwortung zu tun, höchstens mit Egoismus, nämlich mit meinem.«

Katharina sah überrascht zur Seite. »Heißt das, dir wäre es egal, wenn eure Beziehung kaputtginge?«

»Nein. Aber ich rechne damit, dass es irgendwann passiert. Und, was wesentlich wichtiger ist, ich würde darüber hinwegkommen, recht schnell sogar. Was würdest du empfinden, wenn Ulli mit dir Schluss machen würde?«

»Das ... das wäre nicht auszudenken.«

»Na siehst du, endlich mal ein ehrlicher Satz. Außerdem, wenn ich Claudia so lieben würde wie du Ulli, hätten wir nie miteinander ins Bett gehen dürfen.«

»Hä? Immerhin ... betrüge ich Ulli ja auch.«

»Ja. Aber das ist trotzdem etwas anderes. Für dich ist es der Reiz des Neuen gewesen, wahrscheinlich hast du es dir schon immer gewünscht, es mal mit einer Frau auszuprobieren. Und als wir uns kennen gelernt haben, war deine Neugier einfach zu groß. Bei mir ist das anders.«

»Warum?«, fragte Katharina. In der Form hatte sie noch nie über ihre Affäre nachgedacht.

»Katharina, ich bin lesbisch. Ich stehe auf Frauen, ich bin mit dir ins Bett gegangen, weil ich wahnsinnig geil auf dich war, auf deinen Körper, deine Brüste, deinen Po, einfach auf alles. Hast du Ulli jemals mit einem anderen Mann betrogen?«

»Natürlich nicht.«

»Siehst du! Wäre dasselbe, was ich mache. Bevor das mit uns passiert ist, war ich die treueste Seele, die es gab. Und was mich noch zusätzlich nachdenklich macht, ist die Tatsache, dass ich dich mag. Wenn du lesbisch wärst, würde ich Claudia auf der Stelle für dich verlassen.«

Katharina fiel vor Schreck der Unterkiefer herab.

»Jetzt verfall nicht in Panik, ich weiß, dass ich gegen Ulli keine Chance habe«, grinste Veronika. »Du würdest dich auf

Dauer mit einer Frau nicht wohl fühlen, davon bin ich überzeugt. Ein bisschen bi okay, aber mehr würdest du nie zulassen. Dafür ist die Hetero-Seite in dir viel zu stark.«

»Hast du Psychologie studiert?«, spöttelte Katharina.

»Nein. Aber ich bin schon zu lange auf Frauen fixiert, um so etwas nicht zu wissen. Und, jetzt mal geschlechtsneutral gesehen, dein Ulli ist ein wahnsinnig lieber Mensch, wenn es den als Frau gäbe, wäre der sogar was für mich. Anstatt zu zaudern, solltest du dich glücklich schätzen, so einen Mann zu haben.«

»Ist mir ja klar. Aber eine Heirat hat so etwas Endgültiges.«

»Ja, auf dem Papier. Nur der Rechtsstatus ändert sich, Folgen hat das nur, solltet ihr euch irgendwann trotzdem mal trennen. Doch das würdet ihr euch eh gründlich überlegen, allein schon wegen Arne. Und das Haus läuft ja auch auf euer beider Namen, oder?«

»Aber ich will auch nicht auf dich verzichten. Das passt doch alles nicht zusammen.«

»Du musst nicht auf mich verzichten. Wenn du das mit deinem Gewissen vereinbaren kannst, und vor allem, wenn deinem Mann und deinem Kind deswegen nichts abgeht – ich habe keine Probleme damit.«

»Ich habe Horrorszenarien vor Augen, was Ulli sagen würde, wenn er das mit uns mal erfahren sollte«, jammerte Katharina und schnippte ihre Kippe auf den Gehsteig.

Veronika runzelte die Stirn. »So wie ich Ulli kenne, wäre das natürlich ein Drama für ihn, aber er würde das verkraften.«

»Wahrscheinlich hast du Recht.« Der gemeine Knoten in Katharinas Magen verschwand allmählich.

»Und jetzt Schluss mit dem Thema. Ich habe Hunger. Wo sollen wir frühstücken?«

»Ich habe Wielert versprochen, spätestens um zwei im Präsidium zu sein. Wir können irgendwo ein paar Brötchen holen und zu uns fahren.«

Veronika platzierte sich wieder korrekt hinter dem Steuer und startete den Motor. Dann sah sie noch einmal fragend hinüber. »Denkst du wirklich nur an Frühstück?«

Katharina zuckte schelmisch die Achseln. »Wer weiß?«

20

Er hatte noch gut zwanzig Minuten Zeit.

Juri Kamarov lehnte sich an den Mast, auf dem in etwa drei Metern Höhe eine dieser typischen Bahnhofsuhren thronte, und nippte an dem Kaffee, den er sich an einem Kiosk gekauft hatte. Er war viel zu früh, aber das störte ihn nicht. Zu warten, das hatte er gelernt.

Er hatte nicht damit gerechnet, sofort einen Parkplatz zu finden. In NRW hatten vor etwas mehr als einer Woche die Sommerferien angefangen, anscheinend hatte es den Großteil der Einheimischen in südlichere Gefilde verschlagen.

Hinter Kamarov befand sich das Bahnhofsgebäude aus rotem Backstein, von seinem Standplatz aus hatte er alle einfahrenden Züge im Blick, außerdem entging ihm auch auf dem angrenzenden Busbahnhof nicht die kleinste Bewegung.

Nicht nur freie Parkplätze gab es en masse, im Ganzen wirkte Wesel wie ausgestorben. Auf der großzügig ausgebauten Hauptstraße verirrte sich nur alle naselang ein Auto und die wenigen Fußgänger, die der Russe in gut achtzig Meter Entfernung die Ladenfronten in der Fußgängerzone passieren sah, beeilten sich, wieder in den Schatten zu gelangen oder eines der Straßencafés zu erreichen.

Kamarov hatte keinen blassen Schimmer, wen er abholen würde. Nach einem Blick auf den Weseler Fahrplan, der in etwa genauso viele Verbindungen anzeigte wie eine gut sortierte Pommesbude Speisen anbot, hatte er allerdings auch keine Bedenken, seinen zukünftigen Kumpanen nicht zu erkennen. Es war selten, dass Leute per Bahn verschickt wurden, aber für diese Fälle gab es einen genauen Verhaltenskodex: nicht auffallen, nicht mit Handys herumspielen, immer nett und freundlich gegenüber den Mitreisenden sein und vor allem natürlich nicht schwarzfahren.

Am Zielbahnhof, egal wo, befand sich der Treffpunkt stets in der Nähe einer Uhr. Nein, es gab keine geheimen Erkennungszeichen wie etwa eine Zeitung unter dem Arm oder eine Rose im Knopfloch. Große Bahnhöfe wurden eh gemieden und an den kleinen Stationen konnte man sich in der Regel nicht verfehlen.

Der Kaffee war gut, heiß, stark, nicht so eine Plörre wie das, was die Deutschen sonst unter Kaffee verstanden. Juri nahm einen weiteren Schluck und gönnte sich die dritte Zigarette des Tages.

Es ging ihm nicht gut. Die beiden neuen, die Sax angeschleppt hatte, waren zwei wortkarge, brutal aus der Wäsche schauende Typen, die, so glaubte Kamarov, ihn ständig beobachteten und ihm bei der ersten sich bietenden Gelegenheit den Hals umdrehen würden. Der Russe hatte die Ukrainer im Wohnmobil untergebracht, sich selbst ein kleines Hotelzimmer gegönnt und jeden überflüssigen Kontakt mit den Kerlen vermieden. Immer noch ging ihm die Sache mit Adrian nicht aus dem Kopf.

Seinen ersten Menschen hatte Kamarov mit neunzehn getötet. Der Russe war ein junger Rekrut in der Roten Armee gewesen, erbärmlich ausgebildet und kurz nach seiner Einberufung nach Afghanistan abgeschoben worden. Auf einer Patrouille gerieten er und seine Kameraden in einen Hinterhalt, von einer Bergkuppe aus waren sie mit einem Maschinengewehr beharkt worden. Zwei Soldaten waren sofort tot, ein weiterer schwer verletzt. Außer Kamarov war nur noch Oleg einsatzfähig gewesen. Zusammen hatten sie, jede Deckung ausnutzend, den strategisch völlig unbedeutenden Hügel erklommen und versucht, die drei Afghanen auszuschalten. Oleg wurde, kurz bevor sie das Nest erreichten, von einer Garbe in der Mitte zerrissen, Juri hatte keine zwei Meter von dem Freund entfernt gestanden.

Der junge Rekrut hatte die drei Kerle kaltblütig erledigt, zwei durch Schüsse aus seiner Pistole, den dritten im Nahkampf mit seinem Messer. Danach hatte er seinen verletzten Kameraden mehr als sieben Kilometer auf seinen Schultern zurück zum Stützpunkt getragen. Diese Aktion hatte ihm die Auszeichnung ›Held der Sowjetunion‹ eingebracht. Igor, der Verletzte, starb zwei Tage nachdem Kamarov den Orden an die Brust geheftet bekommen hatte.

So waren seine Vorgesetzten auf ihn aufmerksam geworden, in mehreren Kämpfen bewies er seine Tapferkeit und Effektivität und zwei Jahre später wurde er zu den *Speznas* versetzt. Diese legendäre Truppe war eine absolute Eliteeinheit, die Ausbildung knochenhart, aber nach Abschluss des Trainings waren die Männer in der Lage, so lautlos und wirksam zu töten wie sonst kein Soldat der Roten Armee. Auch auf taktische Schulung war sehr viel Wert gelegt worden und die psychische Belastbarkeit der Männer fast grenzenlos. Von zwanzig Bewerbern überstanden nur vier die Tests. Kamarov war der Beste seines Jahrgangs gewesen.

Er arbeitete sich hoch, in sehr kurzer Zeit hatte er es bis zum Hauptmann geschafft. Und dann begann der Umbruch.

Die Sowjetunion zerfiel, dieser Verräter Gorbatschow verkaufte das Land an die Kapitalisten und Vaterlandsverräter. Kamarov war nie ein überzeugter Kommunist gewesen, aber er hatte in dem System eine Nische gefunden, in der er sich wohl fühlte. Nun war binnen kürzester Zeit seine Welt zusammengebrochen.

Bei den Streitkräften rollten die Köpfe, Kamarov gehörte zu den Führungskadern, die nicht mehr gebraucht wurden.

Fassungslos hatte er seine Sachen packen und von der Truppe verschwinden müssen. Einen anderen Beruf hatte er nie gelernt. Das Einzige, was er konnte, war töten.

Doch für einen Mann mit seinen Qualitäten gab es im sich wandelnden Russland großen Bedarf. In Moskau traf er auf einen ehemaligen Kameraden, der einen Job als Leibwächter bei einem der Mafia-Bosse ergattert hatte. Die Bezahlung war gut, die Gefahr nicht annähernd so groß, wie Kamarov es gewohnt war ... Was sonst hätte er anfangen sollen?

Während der nächsten Jahre ging es ihm prächtig, er lebte gut, hatte sich fast jeden erdenklichen Luxus gönnen können und stieg in der Hierarchie der Gangster schnell bis fast an die Spitze. Sein Boss übertrug ihm immer anspruchsvollere Aufgaben, Kamarov konnte tun und lassen, was er wollte.

Bis zu diesem verfluchten Abend im August vor vier Jahren, als er nach einer Sauftour mit einigen Geschäftsfreunden restlos betrunken zu dem Anwesen, gut zwanzig Kilometer vor den Toren Moskaus, zurückkam.

Es war eine wunderschöne Sommernacht mit sternenklarem Himmel gewesen. Juri hatte noch auf der Terrasse hinter seinem kleinen Bungalow gestanden, um eine Zigarette zu rauchen und den Wodka sacken zu lassen, als er in dem weitläufigen Gelände die Frau bemerkte.

Nein, falsch, es hatte sich weniger um eine Frau gehandelt als vielmehr um ein wunderschönes Mädchen, maximal zwanzig Jahre alt. Ihr Rock war so kurz, dass er ihre Pobacken im Mondlicht hatte erkennen können, die Bluse so weit aufgeknöpft, dass prächtige Titten sichtbar wurden. Bestimmt ist die Kleine eine dieser teuren Edelnutten, die sich der Boss regelmäßig aus der Stadt holen lässt, hatte Kamarov gedacht.

Er hatte einige Orgien miterlebt, die Mädchen mussten so ziemlich alles über sich ergehen lassen, was sich ein krankes Hirn ausdenken konnte, aber die Entschädigung in Form von Dollar war großzügig genug, um den einen oder anderen blauen Flecken oder auch Schlimmeres vergessen zu lassen.

Kamarov hatte nicht lange überlegt, sein Schwanz hatte ihn quasi direkt zu der Frau geschickt. Die Kleine war völlig zu gewesen, irgendetwas musste sie sich eingeschmissen haben, Koks oder ein anderes Zeug. Bis zu seinem Bungalow ging sie noch freiwillig mit, doch als er die Hand zwischen ihre Schenkel schob, hatte sie angefangen zu keifen.

Der Russe war viel zu betrunken gewesen, um nachdenken zu können, diese Wildkatze gefiel ihm. Je mehr sie sich wehrte, umso geiler wurde er und schließlich war er ausgerastet, ohne zu wissen, was er tat.

Als er am nächsten Morgen mit einem entsetzlichen Brummschädel aufgewacht war, hatte das Mädchen mit gebrochenem Genick am Fußende seines Bettes gelegen.

Die tote Nutte war ärgerlich, aber bei Weitem kein Beinbruch. In der nächsten Nacht würde er die Leiche irgendwo in der Taiga entsorgen, sollte sie jemals gefunden werden, wäre sie nur eine weitere Ziffer in der Statistik ungeklärter Todesfälle. Kamarov duschte ausgiebig und frühstückte, bevor er seinen Bungalow verließ, um ins Haupthaus zu gehen. Der Boss würde ihm garantiert zwei Jungs zur Verfügung stellen, die die Drecksarbeit erledigten.

Im Haupthaus war der Teufel los gewesen. Gestern Nachmittag war überraschend die Nichte des Chefs zu Besuch gekommen und heute Morgen, als man sie zum Frühstück holen wollte, nicht auf ihrem Zimmer gewesen. Es sah so aus, als ob sie in der letzten Nacht ihr Bett gar nicht benutzt hätte. Die Wachleute schworen Stein und Bein, dass niemand das Gelände verlassen habe. Irina war und blieb spurlos verschwunden.

Kamarov verzog keine Miene, als ihm der Boss sein Leid klagte und ihn fragte, ob er das Mädchen gesehen habe. Er zeigte seinem Adlatus ein Foto. Juri hatte ihm schlecht erzählen können, dass die Nichte tot in seinem Bungalow lag.

Er hatte keine andere Möglichkeit gesehen, als so schnell wie möglich zu verschwinden. Bei der erstbesten Gelegenheit hatte er einen Wagen genommen und war nach Moskau gefahren. Dort angekommen, leerte er sein Konto, etwa dreißigtausend Dollar, fuhr weiter bis zum Flughafen und bestieg die erstbeste Maschine raus aus Russland mit nichts anderem als dem Geld und dem, was er am Körper trug.

Seine Odyssee hatte ihn über Tschechien, Bulgarien, Österreich und Frankreich schließlich nach Deutschland geführt, wo er auf Sax traf; getötet hatte er aber seit der kleinen Russin niemanden mehr.

Bis eben vorgestern Adrian hatte dran glauben müssen. Juri war immer noch völlig durcheinander, inzwischen war er überzeugt, dass er niemals abgedrückt hätte, wenn er sich nicht erschrocken hätte, als der Junge zu reden anfing.

Der Kaffeebecher war leer, Kamarov zerdrückte die Pappe in der Hand und sah sich nach einem Papierkorb um. Langsam, aber sicher war es an der Zeit, dass der Ersatzfahrer auf der Bildfläche erschien.

Inzwischen herrschte deutlich mehr Betrieb am Bahnhof als noch vor einer Viertelstunde. Vielleicht fünf oder sechs Busse standen neben den Haltestellen und warteten darauf, neue Fahrgäste abtransportieren zu können, aus dem Bahnhof selbst kam ein ganzer Schwung Menschen, die achtlos an dem Russen vorbeiliefen.

Plötzlich legte sich eine Hand auf seine Schulter. Kamarov wandte den Kopf – und schrie laut auf.

»Nein! Nein!!! Du … bist … doch … tot!!!!«

Der Junge, der seine Hand sofort wieder zurückgezogen hatte, war perplex. Was faselte dieser Kerl da?

»Heilige Jungfrau.« Kamarov wankte entsetzt von dem Mann weg. »Lass mich … du bist tot … das kann nicht sein …«

Er machte noch ein paar Schritte rückwärts, dann drehte er sich um und rannte los. Dem Bus, der sich mit zügiger Geschwindigkeit von links näherte, schenkte er keine Beachtung.

Ion Illic schrie entsetzt auf, als der massige Körper des Russen von dem Gefährt erfasst und mit Wucht auf das Pflaster geschleudert wurde.

21

»Wo kommst du her?«

Veronika Mitschke legte ihren Autoschlüssel auf das Schränkchen in der Diele und zog fragend die Augenbrauen hoch. Eine derart frostige Begrüßung war sie nicht gewohnt.

»Ich habe dir doch gesagt, ich gehe in die Stadt. Und angesichts des tollen Wetters habe ich mich in ein Café gesetzt und die Sonne genossen.«

Claudia de Vries war deutlich anzusehen, dass sie der Erklärung keinen Glauben schenkte.

»Von neun bis nachmittags um drei? Dann müsstest du ja jetzt einen dicken Sonnenbrand haben«, ätzte sie.

»Wenn ich sechs Stunden in der Sonne gesessen hätte, ja. Aber zwischendurch war ich noch shoppen.«

Die Staatsanwältin warf das Buch, von dem sie während der letzten zwei Stunden gerade mal acht Seiten gelesen hatte, auf die Couch und stand auf. »Weißt du was? Ich glaube dir kein Wort.«

Veronika zuckte mit den Achseln. »Dann lass es. Wenn ich schon Rechenschaft ablegen muss, wie ich die Zeit ohne dich verbringe, ist es ja weit gekommen mit uns.«

»Im Prinzip hast du Recht. Allerdings brauchst du das nicht mir anzukreiden. Meinst du, ich weiß nicht, dass du eine andere hast?«

Die Brünette wich dem Blick ihrer Freundin aus. »Blödsinn«, log sie. »Wie kommst du darauf?«

»Oh, durch ganz viele Kleinigkeiten. Zum Beispiel riechst du im Augenblick nach einem Parfüm, welches du selbst nicht benutzt.«

»Himmel nochmal, ich war in einer Parfümerie und habe einen anderen Duft ausprobiert. Aber er hat mir nicht gefallen.«

»Wunderbar. Und was ist mit den Abenden, an denen du angeblich aus dem Sportstudio kommst und ebenfalls nach irgendwelchem anderen Zeug riechst? Benutzt du da auch einen Tester?«

»Claudia, ich bitte dich. Du siehst Gespenster.«

»Ach, wirklich? Und warum unternehmen wir dann kaum noch etwas zusammen? Warum ziehst du dich immer mehr von mir zurück?«

Veronika atmete tief durch. Irgendwann hatte diese Diskussion ja mal kommen müssen. »Seit einiger Zeit hast du dich verändert, bist launisch, mürrisch und ... ja, biestig geworden. Jedes Mal, wenn ich versuche, dich darauf anzusprechen, winkst du ab. Ich weiß, deine Arbeit ist stressig, aber das ist doch ein Dauerzustand, das kann nicht der Grund für deine Veränderung sein. Ehrlich, ich habe mich meinerseits schon gefragt, ob du dich in jemand anderen verliebt hast.«

De Vries lies sich nicht anmerken, wie nah ihre Freundin der Wahrheit gekommen war. »Unfug. Ja, ich habe viel zu tun, ich bin vielleicht verbissener als früher. Hast du eine Vorstellung davon, womit ich tagtäglich konfrontiert werde? Dieser Wachmann auf der Kortumstraße und die geköpfte Leiche. Ich weiß vor lauter Arbeit nicht, wo mir der Kopf steht. Und du bist mir keine Stütze, wenn du mich quasi ignorierst.«

»Jetzt mach aber mal einen Punkt. Als wenn du als Einzige für deinen Lebensunterhalt arbeiten müsstest. Mein Job ist genauso stressig wie deiner, vergiss das bitte nicht.«

Die stämmige Juristin stopfte ihre Fäuste in die Hüften und blies die Backen auf. »Ach ja, Madame geht gerade mal seit einem guten halben Jahr regelmäßig arbeiten und will mir erzählen, wie ungerecht und hinterhältig das Leben ist.«

Veronika starrte fassungslos auf ihr Gegenüber. »Du wirst gemein.«

»Sei nicht so mimosenhaft«, entgegnete ihr die Staatsanwältin.

Die Jüngere ließ sich auf die Couch plumpsen und knetete nervös ihre Finger. »Worum geht es dir eigentlich?«

Einen Moment sah es so aus, als ob sich de Vries auf die ihr körperlich Unterlegene stürzen wollte. Doch dann verengten sich lediglich ihre Augen zu engen Schlitzen. »Also gut, ganz sachlich. Ich glaube, das mit uns hat sich totgelaufen. Von dir kommt kaum noch etwas … und ich gebe zu, von mir auch nicht.«

Veronika glaubte, ein Déjà-vu zu haben. War es wirklich erst ein paar Stunden her, dass sie mit Katharina über das gleiche Thema gesprochen hatte?

»Totgelaufen? Was soll das heißen?«

»Es ist aus. Vorbei. Schluss.«

»Nein«, hauchte Veronika. »Du willst unsere Beziehung einfach so aufgeben? Ohne einen neuen Anfang zu versuchen?«

De Vries lachte abfällig. »Veronika, ich mache mir schon lange Gedanken darüber. Ein neuer Anfang? Machen wir uns nichts vor, vielleicht ginge das zwei, drei Monate gut, aber dann würden wir uns da wiederfinden, wo wir heute stehen. Ich bin für einen rigorosen Schnitt.«

»Aber du kannst mich doch nicht so damit überfahren«, entgegnete Veronika. »So aus heiterem Himmel. Das ist unfair.«

»Was heißt denn schon fair? Etwa, dass wir uns beide etwas vorspielen, was nicht mehr existiert? Ich für meinen Teil habe die Nase voll.«

»Und wie soll das jetzt weitergehen?«

»Ich möchte, dass du ausziehst.«

»Jetzt? Sofort?«

»Habe ich mich etwa undeutlich ausgedrückt? Natürlich sofort.«

»Aber ... aber wo soll ich denn hin?«

»Das ist mir scheißegal!«, schrie de Vries, die nun vollständig die Fassung verlor. »Verzieh dich meinetwegen zu der Schlampe, mit der du mich betrügst. Ich kann das alles nicht mehr ertragen. Ich kann dich nicht mehr ertragen.«

Veronika atmete tief durch und schüttelte entsetzt den Kopf.

»Pack deine Klamotten und hau ab. Und lass mir den Schlüssel da. Deine restlichen Sachen kannst du nächste Woche holen ... oder irgendwann mal.«

Veronika sprang auf und stolperte hastig die Treppe hoch. Kurz darauf knallte im Obergeschoss die Tür zum Schlafzimmer ins Schloss.

Claudia de Vries atmete immer noch heftig, während sie Geräusche von schlagenden Schranktüren vernahm. Eigentlich hatte sie nur in aller Ruhe mit Veronika über ihre Beziehung reden wollen; dass sie sie rausschmiss, bevor das Gespräch überhaupt angefangen hatte, überraschte sie selbst.

Aber so verkehrt war das wohl nicht. Zum ersten Mal seit langer Zeit hatte sie das Gefühl, dass die Zentnerlasten auf ihren Schultern um einen großen Sack leichter geworden waren.

22

»Doktor? Doktor!«

Martina Göbel schoss aus ihrer unbequemen Sitzposition hoch und knallte mit dem Ellbogen gegen die Tischkante. Während ein stechender Schmerz durch ihren Körper schoss, versuchte sie, den umstürzenden Kaffeebecher aufzufangen. Vergeblich, die dunkle Plörre ergoss sich über die kurz zuvor mühsam ausgefüllten Verlaufsbögen.

»Mist!«, fluchte die Chirurgin vom Dienst und rannte zu dem Spender für die Einmalhandtücher.

Es war zu spät, das Ergebnis der nachmittäglichen Schreibarbeit war vernichtet.

»Martina, bist du wach?«, fragte eine Stimme vom Flur her.

»Hellwach«, ächzte die Frau in dem blauen OP-Kittel. »Was ist?«

»Das subdurale Hämatom ist bei Bewusstsein. Solltest du dir besser mal anschauen.«

»Ich komme.«

Die Ärztin säuberte, so gut es ging, den kleinen Schreibtisch, schlüpfte in die ausgetretenen Latschen und durchmaß dann eilenden Schrittes die Intensivstation des evangelischen Krankenhauses Wesel. Erstaunlich, dass der Typ, der gestern Nachmittag vor einen Bus gerannt war, schon wieder in der Realität angekommen war.

Im Vorbeigehen angelte sie die Krankenakte vom Visitenwagen und überflog die bisherigen Eintragungen. Die OP war gut verlaufen, neben der schweren Kopfverletzung hatte der Mann jede Menge Brüche, Quetschungen und innere Verletzungen erlitten. Aber er schwebte nicht mehr in Lebensgefahr.

»Seit wann ist er wach?«, fragte sie die Intensivschwester.

»Vielleicht fünf Minuten. Werte stabil, aber er scheint ’nen kleinen Dachschaden abbekommen zu haben.«

»Warum?«

»Der brabbelt nur unverständliches Zeug. Hör mal.«

Göbel legte die Akte beiseite und beugte sich über den Patienten.

»Ist doch klar«, meinte sie, nachdem sie dem Unfallopfer mit ihrer kleinen Stablampe in die Augen geleuchtet hatte, um die Pupillenreflexe zu kontrollieren. »Wenn du ’nen Tubus im Hals hättest, würde dich auch keiner verstehen.«

»Extubieren?«

Die Ärztin überlegte einen Moment. »Ja, die Vitalfunktionen sind stabil genug. Und je eher er von den Schläuchen wegkommt, umso besser.«

Mit geübten Bewegungen streifte sie die hauchdünnen Gummihandschuhe über. »Ich entferne jetzt den Schlauch aus Ihrem Hals«, informierte sie den Kranken. »Wenn ich es sage, atmen Sie bitte kräftig aus, danach werden Sie einen Hustenreiz verspüren, aber das ist ganz normal.«

Der Mann in dem Bett gab mit keiner Reaktion preis, ob er sie verstanden hatte. Göbel ließ sich nicht beirren, passte den richtigen Moment ab, rief »Ausatmen« und zog den Tubus aus dem Rachen.

Kamarov stöhnte und lief knallrot an, während er kräftig hustete. Dann hatte er das Schlimmste überstanden.

»Sehen Sie, geht doch. Wie fühlen Sie sich?«

Ein Krächzen war die Antwort, dann konnte sich Juri besser verständlich machen. Trotzdem sahen sich die beiden Frauen ratlos an.

»Ich sag’s doch, der hat ’nen Dachschaden abgekriegt. Von wegen Tubus.«

»Schon mal auf die Idee gekommen, dass der gute Mann Ausländer ist und eine Fremdsprache spricht?«

»Vielleicht hast du Recht. Als er eingeliefert wurde, hatte er keine Papiere bei sich. Wir wissen ja immer noch nicht, mit wem wir es zu tun haben.«

»Do you speak english?«, versuchte es Göbel.

»Scheinbar nicht«, kommentierte die Schwester, als ein weiterer Schwall unverständliches Gebrabbel auf sie losgelassen wurde.

»Ein Russe«, entschied die Ärztin. »Hast du das gerade gehört? Jem noga. Heißt ›ein bisschen‹.«

»Wow, seit wann kannst du so gut auswärts?«

»Kennst du den Film *Jagd auf Roter Oktober*? Die Szene, als dieser Ryan das erste Mal auf Kapitän Ramius trifft? In dem U-Boot?«

Die Intensivschwester sah sie an, als zweifelte sie heftig an dem Verstand der Ärztin. »Hatte da auch einer eine Schädelfraktur?«

»Quatsch! Zu Beginn der Szene sprechen die ein paar Brocken russisch, mit Untertiteln. Ist zufällig mein Lieblingsfilm, deshalb kann ich mich gut daran erinnern.«

»Tja, dann brauchen wir ja nur noch Sean Connery, der für uns übersetzt. Hast du seine Handynummer?«

»Es wird in diesem riesigen Krankenhaus doch jemanden geben, der russisch spricht, oder? Fällt dir jemand ein?«

»Auf der Onkologie ist, glaub ich, 'ne Schwester, die aus Russland stammt. Tamara Soundso.«

»Ruf mal an, ob sie heute im Dienst ist. Falls ja, soll sie sofort herkommen.«

Während die Schwester zum Telefon eilte, machte Göbel ihren obligatorischen Rundgang bei den anderen chirurgischen Patienten. Bei keinem zeigten sich Komplikationen, die anbrechende Nachtschicht versprach ruhig zu werden.

Kurz darauf ertönte die Klingel, die gebürtige Russin von der Onkologie war im Dienst und hatte tatsächlich Zeit.

»Verstehen Sie, was der arme Kerl erzählt?«

Tamara lauschte einen Augenblick und nickte. »Einerseits ja, andererseits nein«, erklärte sie mit einem harten Akzent. »Ich vermute, er fantasiert heftig.«

»Warum?«

»Er erzählt etwas von Geistern, von lebenden Toten, die zurück auf die Erde gekommen sind, um sich an ihm zu rächen.«

»Aua«, meinte die Ärztin. »Ich glaube, wir sollten ein CT machen lassen. Fragen Sie ihn, wen er mit den Toten meint.«

Interessiert verfolgte Göbel den darauf folgenden Wortwechsel.

»Mhm, er erzählt etwas von einem Adrian. Und er hat Angst, dass ihm die ganzen toten Mudschaheddin ebenfalls erscheinen und ihm etwas antun wollen.«

»Mudschaheddin?«, fragte die Intensivschwester.

»Freiheitskämpfer, soviel ich weiß«, erklärte Göbel stirnrunzelnd. »Klingt nicht gerade nach Wahnvorstellungen, die durch eine Kopfverletzung hervorgerufen werden. Ich habe schon viele Fantastereien gehört, aber so etwas ist neu. Fragen Sie ihn was Normales, nach seinem Namen. Vielleicht bringt ihn das wieder zu uns zurück.«

Die Dolmetscherin nickte und tat, wie ihr geheißen. Der bandagierte Mann schien ihre Frage nicht aufzunehmen. Das Gebrabbel ging weiter.

»Du meinst, da steckt was Wahres dahinter?«, fragte die Intensivschwester, als klar wurde, dass kein wirklich vernünftiges Gespräch in Gang zu bringen war.

»Keine Ahnung. Erkundigen Sie sich doch bitte mal konkret nach diesem Adrian.«

»Okay«, antwortete Tamara und wechselte wieder in ihre Muttersprache.

Kamarov ratterte los und die Russin unterbrach ihn hin und wieder, um eine Zwischenfrage zu stellen. Je länger der Dialog andauerte, umso bleicher wurde ihre Gesichtsfarbe.

»O Gott«, meinte sie, als Kamarov endlich geendet hatte. »Er sagt, er habe diesen Adrian umgebracht. Hat ihm angeblich aus nächster Nähe eine Kugel in den Hinterkopf gejagt, dann die Leiche zerteilt und in ein brennendes Auto geworfen. Und gestern, am Bahnhof, hat der Tote wieder leibhaftig vor ihm gestanden, hat ihn sogar berührt. Und nun hat er eine panische Angst, dass alle, die er jemals getötet hat, wieder auferstehen und sich an ihm rächen wollen.«

»Ich bleibe dabei, der Kerl hat gewaltig was auf die Mütze gekriegt«, grunzte die Intensivschwester. »Der gehört in die Klapse.«

Göbel hob abwehrend die Hand, irgendetwas an der Schilderung Tamaras hatte sie nachdenklich gemacht. Und dann ging ihr ein Licht auf.

»Habt ihr noch die Zeitungen der letzten Tage hier?«

»Ja, im Stationszimmer. Warum?«

Ohne zu antworten, stürzte die Chirurgin davon. Richtig, auf einem Aktenschränkchen, neben den beiden Kaffeemaschinen, türmten sich die Ausgaben der *Neuen Rhein Zeitung* der letzten Woche. Hastig blätterte sie den Papierstapel durch und fand, was sie suchte.

»Von wegen, der fantasiert. Sieh dir das mal an!«

Die Intensivschwester nahm eines der Blätter in die Hand und überflog den Artikel, auf den die Ärztin ihren Zeigefinger geheftet hatte.

»Ach du liebe Güte«, hauchte sie entsetzt. »Und was machen wir jetzt?«

»Ich glaube, es wäre das Beste, wir rufen die Polizei.«

23

»Achtzehn.«

»Hab ich.«

»Zwanzig.«

»Klar.«

»Zwo.«

»Mein Spiel.«

»Und die Null.«

»Mach dir 'nen Schönen.«

Ulli Zander beäugte misstrauisch seine Karten. Trotzdem wagte er es, den Mund aufzumachen. »Vier hab ich noch.«

»Ich auch.«

Statt eine weitere Kampfansage abzulassen, begnügte sich der Sozialarbeiter damit, Michael Karst den Stock zuzuschieben. Der kleine Gewerkschaftssekretär, der mit seinem flusigen Vollbart und der beginnenden Glatze bei gleichzeitig ab den Ohren lang wachsenden Haaren wie eine Miniaturausgabe von Rübezahl aussah, nahm die beiden zusätzlichen Karten auf, verzog schmerzlich das Gesicht, sortierte zwei andere Karten aus und legte sie vor sich auf den Plastiktisch.

»Kreuz«, informierte er seine Mitspieler.

Zander traute seinen Augen nicht. Er hatte drei Kreuzkarten auf der Hand, dazu den Hochbauern und noch den Herzjungen. Karo war er völlig blank.

»Kontra«, blökte Ulli und kniff seinem Mitspieler Thilo Preuss vergnügt ein Auge zu.

»Aua, der wird böse«, meinte Karst ahnungsvoll und zog einen kleinen Trumpf. Preuss bediente, Ulli übernahm und spielte seine lange Farbe vor.

Der Alleinspieler hatte keine Chance. Nachdem Ulli auch noch das Karo Ass gestochen hatte, wechselte Karst die Gesichtsfarbe. Mit sechsundvierzig Augen am Ende des Spiels war klar, wie böse er es vergeigt hatte.

»So ein Mist, ich hab den Pik Bauern gefunden, eigentlich wollte ich ’nen Karo gegen zwei spielen«, beschwerte er sich, als er seine wenigen Karten nach dem Zählen auf den Tisch warf.

»Unverhofft kommt oft«, grinste Preuss schadenfroh und zückte den Kuli. »Also, dann wollen wir mal. Gegen einen spielt zwei, mal Kreuz sind vierundzwanzig, verloren achtundvierzig, Kontra sechsundneunzig. Drei Bock, drei Ramsch.«

Karst spähte, während er die Karten ordentlich durchmischte, auf den Block, auf dem der Spielstand notiert war. Er lag nach dieser Niete mit hundertfünfzig Miesen im Rückstand.

Preuss nahm die Karten erst auf, als alle ausgeteilt waren, warf einen flüchtigen Blick auf sein Blatt, nickte zufrieden und lehnte sich zurück. Zander kannte seinen Kumpel zu gut, um nicht abschätzen zu können, was als Nächstes kam. Entweder ein ganz dickes Farbenspiel, wahrscheinlicher aber ein Grand oder sogar Grand Hand.

Ulli wollte gerade achtzehn ansagen, als es klingelte.

»Kann Katharina nicht aufmachen?«, fragte Karst, als Ulli Anstalten machte, die Terrasse zu verlassen.

»Die ist mit Arne im Kinderzimmer und lässt sich mit Fingerfarben anmalen«, grinste Ulli. »Bin sofort wieder da.«

Als er die Diele erreicht und den Türöffner betätigt hatte, erahnte er schon wegen des Gepolters, mit dem unten jemand in den Hausflur stürmte, dass es eine mittlere Katastrophe gegeben haben musste. Mit der Person, die die Treppe hochgelaufen kam, hatte er allerdings nicht gerechnet.

»Hallo, Veronika. Was ist denn mit dir los?«

Die Brünette sah reichlich derangiert aus, über dem bunten Sommerkleid thronte ein hochroter Kopf.

»Ist Katharina da?«

»Aber sicher. Komm rein. Sie ist mit Arne im Kinderzimmer.«

Die Frau nickte heftig und trat in die Diele. Ulli bemerkte, dass ihre Hände leicht zitterten, als sie ihre Tasche an die Garderobe hängte.

»Ist etwas passiert?«, fragte Ulli überflüssigerweise.

Veronika stolperte an ihm vorbei, ohne eine Antwort zu geben. Vor Arnes Kinderzimmertür angekommen, klopfte sie einmal gegen das Holz und drückte im nächsten Augenblick schon die Klinke herunter.

»Was machst du denn hier?«, fragte Katharina überrascht, als ihre Freundin im Türrahmen erschien. Ihr Filius hatte sie in ein wandelndes Kunstwerk verwandelt. An ihrem Körper und an der Kleidung gab es kaum einen nicht bemalten Fleck mehr.

»Ich muss mit dir sprechen«, flüsterte Veronika. »Bitte, es ist dringend.«

Katharina zögerte keine Sekunde und stand von dem mit einer Plastikplane abgedeckten Spielteppich auf. Arne hatte seine kreative Phase scheinbar ausgelebt, denn er hatte nichts dagegen, dass seine mobile Leinwand ihn ins Wohnzimmer schob und seinen Erzeuger mit dem Zeigefinger heranwinkte.

»So, was ist denn los?«, fragte die Blonde, als sich die beiden Frauen schließlich allein im Dachgeschoss befanden.

»Claudia hat mich rausgeschmissen«, sagte Veronika so leise, dass Katharina sie kaum verstehen konnte.

»Was? Wann?«

»Gestern, als ich nach Hause kam.«

»O Gott! Hat sie etwas herausgefunden? Über uns?«

»Nein. Sie hat zwar blöde Vermutungen angestellt, aber sie weiß nichts. Nur dass ich eine andere habe.«

»Verfluchter Mist! Komm, setz dich erst mal. Ich springe eben aus diesen beschmierten Klamotten, okay?«

In Windeseile zog sich Katharina aus, entfernte die gröbsten Farbschmierereien, schlüpfte in Shorts und eine Bluse und hockte sich dann neben das Häufchen Elend, das sich inzwischen auf die Kante des Bettes gesetzt hatte.

»So, jetzt erzähl mal. Was war los?«

»Als ich nach Hause kam, ist Claudia restlos ausgeflippt«, erzählte Veronika schleppend. »Hat mir Vorwürfe gemacht, ich würde sie betrügen, ich würde sie ausgrenzen, nichts mehr mit ihr zu tun haben wollen. Sie hat uns nicht den Hauch einer Chance gegeben, noch mal neu anzufangen. Kannst du dir das vorstellen?«

Katharina konnte sich bei de Vries eine Menge vorstellen, sagte das im Augenblick aber lieber nicht. »Na ja, immerhin hast du sie ja auch betrogen. Wir haben doch kurz zuvor noch darüber gesprochen. Und du hast selbst gesagt, du würdest es gar nicht so schlimm finden, wenn es zwischen euch vorbei wäre.«

»Stimmt, Veronika, die ganz Schlaue«, stieß die Brünette verbittert hervor. »Sich etwas vorzustellen ist eine Sache, vor die Konsequenzen gestellt zu werden eine andere. Mir war klar, irgendwann wird es vorbei sein … aber doch nicht schon ein paar Stunden später …«

Katharina rückte näher heran und legte ihrer Freundin tröstend den Arm um die Schulter.

»Das Schlimme ist«, stotterte Veronika nach einer Pause, »ich weiß nicht, was mich mehr fertig macht. Die Tatsache, dass es vorbei ist, oder eher der Umstand, kein Zuhause mehr zu haben.«

»Wo warst du denn gestern Nacht?«

»Ich hab mir ein Hotelzimmer genommen. Ich wusste doch nicht, wohin.«

»Warum bist du nicht sofort hierher gekommen? Du wusstest doch, ich bin zu Hause.«

»Ich musste erst mal allein sein. Das Hotel war schon völlig in Ordnung. Nur, nun muss ich mit jemandem reden. Ich werde sonst noch wahnsinnig.«

Katharina nickte. »Hast du dir schon überlegt, wie es weitergehen soll? Willst du einen Versöhnungsversuch starten?«

»Eher wird der Papst evangelisch. Wenn Claudia sich etwas in den Kopf gesetzt oder entschieden hat, ist das endgültig. Ich weiß nicht, was mit ihr los ist. Sie ist seit Monaten so komisch und jetzt plötzlich explodiert sie.«

»Wer weiß, vielleicht hat sie längst ein klärendes Gespräch führen wollen und damit zu lange gewartet.«

»Schatz, ist alles in Ordnung?«, rief Ulli vom Treppenabsatz her.

»Ja.«

»Ihr könnt auch runterkommen, ich hab die Jungs nach Hause geschickt. Und Arne ist in der Falle, ist ja schon nach acht. Vielleicht mach ich uns erst mal einen Kaffee?«

»Ich sag ja, du hast da ein Juwel«, schmunzelte Veronika unwillkürlich. »Und ein Kaffee wäre echt toll.«

»Okay, wir kommen runter«, rief Katharina. »Und Kaffee ist eine gute Idee.«

Ulli hatte sich mächtig ins Zeug gelegt. Auf dem Balkon waren sämtliche Spuren der Skatrunde beseitigt und in der Küche lärmte schon die Kaffeemaschine.

»So, hockt euch ein wenig in die Abendsonne, das heiße Schwarze kommt gleich und Papiertaschentücher liegen bereit.«

»Du bist ein Schatz«, erklärte Veronika tapfer. »Katharina ist wirklich ein Glückspilz.«

»Musst du ihr sagen, nicht mir«, gab der Sozialarbeiter blinzelnd zurück und verschwand in der Küche.

Die Frauen setzten sich nach draußen.

»Willst du dir hier in Bochum eine Wohnung suchen? Oder ziehst du nach Essen?«

»Frag mich was Leichteres. Eigentlich will ich ganz gerne

in Bochum bleiben, aber jeden Tag die Ochsentour über die A 40 zur Arbeit? Mal sehen.«

Sie hörten das Klappern von Geschirr, gleich darauf erschien Ulli mit einem Tablett, auf dem drei Tassen, Zucker, Kaffeeweißer und eine Thermoskanne standen.

»Ich nehme mir nur ein Tässchen und dann verzieh ich mich. Will ja nicht stören.«

»Du störst nicht«, meinte Veronika. »Danke für den Kaffee.«

»Echt nicht? Ist kein Problem.«

»Jetzt hock dich schon hin«, befahl Katharina und gönnte sich eine Zigarette. Ein Kaffee ohne Nikotinbeigabe war für sie wie ein Konzert von Pur. Fade und überflüssig.

»Um was geht es denn eigentlich?«, fragte Ulli, nachdem er allen eingeschenkt hatte. »Du bist ja völlig durch den Wind.«

»Ihre Freundin hat sie rausgeworfen«, erklärte Katharina knapp. »Und jetzt weiß Veronika nicht wohin.«

»Rausgeworfen? Aber warum denn?«

Mit kurzen Worten wiederholte die Brünette die Geschichte, die sie zuvor Katharina erzählt hatte, allerdings ließ sie die Passagen, die mit Katharina zu tun hatten, natürlich aus.

»Manometer, die Frau scheint ja ein richtiger Drachen zu sein«, seufzte Ulli, als Veronika geendet hatte. »Katharina erzählt ja manchmal von dem, was sich im Präsidium so ereignet, aber dass die privat genauso ist? Eigentlich solltest du froh sein, dass du die Kuh los bist.«

»Ulli!«, warnte Katharina scharf.

Veronika zuckte mit den Achseln. »Weißt du, eigentlich hat er ja Recht.«

»Und jetzt? Eigene Wohnung? Wo bist du denn untergekrochen?«

»Gestern war ich in einem Hotel, nun muss ich mir schnellstens was suchen. Familie hab ich in dieser Gegend ja nicht.«

»Kein Problem. Unser Gästezimmer steht sowieso leer. Komm doch einfach zu uns.«

»Nein!«, platzte es aus Katharina heraus. Ihre Nase war plötzlich wachsbleich geworden. »Das geht nicht!«

»Warum nicht?«, fragte Ulli verwundert. »Hör mal, Veronika weiß nicht wohin und wir haben Platz. Okay, das sind nur knapp zehn Quadratmeter, aber für den Übergang reicht es allemal.«

Veronika sah verdattert von Ulli zu Katharina und wieder zurück. »Nein«, stotterte sie dann auch, »das kann ich unmöglich annehmen. Außerdem, ich muss noch meine ganzen Sachen von Claudia holen, das passt alles gar nicht da rein.«

»Unsinn. Unser Keller ist groß, sauber und trocken. Und darüber hinaus steht die untere Wohnung leer. Sag mal, wäre die nicht was für dich? Ist zwar ein bisschen groß für einen allein, aber 'ne tollere Gegend als diese gibt's in Bochum doch gar nicht.«

»Äh ... ich ... äh, ich weiß nicht, ob das eine so gute Idee ist ...«

»Warum nicht? Mensch, jetzt hab dich nicht so, du brauchst auf jeden Fall erst mal ein Dach über dem Kopf. Katharina und ich wären tödlich beleidigt, wenn du das Angebot ablehnst. Nimm für die erste Zeit das Gästezimmer, dann sehen wir weiter, okay?«

Veronika sah hilflos zur Seite. Katharina spürte plötzlich einen brennenden Schmerz auf den Lippen. Die Glut ihrer Zigarette hatte den Filter angesengt.

»Wäre ja wahrscheinlich nur für ein paar Tage«, brachte sie mühsam hervor. »Das überleben wir schon.«

»Sei nicht so komisch«, meinte Ulli verwundert. »Veronika bleibt hier und kann sich in Ruhe nach einer Bleibe umschauen. Sind deine Sachen noch im Hotel?«

»Nein, im Auto«, gab Veronika automatisch zurück. »Ich wollte mir eigentlich gleich etwas Billigeres suchen.«

»Dann gib mir deine Schlüssel, ich bringe das Zeug schon mal hoch. Und keine Widerrede mehr.«

»Heiliger Himmel«, stöhnte Katharina, als Ulli die Stufen zum Erdgeschoss hinabpolterte. »Das kann ja heiter werden.«

»Ich wollte das nicht«, sagte Veronika eindringlich. »Glaub mir, mir ist es nie in den Sinn gekommen, hier bei euch unterzuschlüpfen. Mit ist das genauso peinlich wie dir.«

»Ich weiß. Und wir können Ulli nun nicht mehr von seiner Idee abbringen, ohne ihm zu sagen, warum das eine blöde Idee ist.«

»Ist bestimmt nur für ein paar Tage, das verspreche ich dir. Sobald ich eine Wohnung gefunden habe, verschwinde ich, egal, wo das auch sein mag. Versprochen.«

Katharina griff nach Veronikas Hand und drückte sie kurz. »Du musst nichts überstürzen. Immerhin sind wir beide erwachsen. Mir ist nur scheiße schlecht vor schlechtem Gewissen …«

24

Es war jedes Mal das Gleiche. Sobald Wielert das Büro der Staatsanwältin betrat, wünschte er sich woandershin, egal wohin. De Vries war schon an neutralen Orten eine harte Nuss, doch wenn sie Heimvorteil genoss, lief sie zu ganz besonderer Höchstform auf.

Nach dem üblichen Begrüßungsgeplänkel hatte sich die Juristin schweigend in die Ermittlungsunterlagen vertieft, sich hin und wieder eine Notiz gemacht und Wielert keines Blickes gewürdigt. Der Kriminalhauptkommissar ertappte sich verärgert dabei, dass er die Hände krampfhaft ineinander verkrallt hielt. Es kostete ihn eine nicht unbeachtliche Willensanstrengung, die Finger voneinander zu lösen.

»Eine sehr ordentliche Arbeit«, brach de Vries unvermittelt das Schweigen. »Unter den gegebenen Umständen haben Sie alles Menschenmögliche getan.«

Wielert sah überrascht auf. Nicht nur der Inhalt des Gesagten überraschte ihn, auch der Ton, in dem de Vries das Lob vorgetragen hatte, passte in keinster Weise zu ihren sonstigen Umgangsformen.

»Trotzdem sind die Ergebnisse mehr als unbefriedigend«, antwortete er daher misstrauisch. »Thalbach und Hofmann haben zwar am Freitag einen Zeugen gefunden, der vage einen Mann beschreiben konnte, der das Fabrikgelände zum wahrscheinlichen Todeszeitpunkt verlassen hat, aber diese Beschreibung passt so ziemlich auf jeden dritten Mann.«

»Vielleicht hilft dieser Zeuge ja noch irgendwann bei einer Gegenüberstellung«, tröstete de Vries. »Alle übrigen Indizien sind dagegen ja weniger viel versprechend.«

»Wie man es nimmt. Die Kugel wurde aus einer Automatikwaffe abgefeuert, Kaliber 7,65, vermutlich mit einem Schalldämpferaufsatz. Solche Waffen benutzt normalerweise kein Durchschnittskrimineller und bis jetzt haben wir keine Anhaltspunkte, dass die Pistole heiß ist.«

»Der Fußabdruck? In der Blutlache?«

»Sicher wissen wir es nicht, aber es könnte sich um einen Armeestiefel handeln, ein endgültiger Abgleich des Schuhprofils war allerdings noch nicht möglich.«

De Vries nahm erneut einige Unterlagen zur Hand. »Brettschneider schreibt von einem Schuss, der höchstwahrscheinlich aus nächster Nähe abgefeuert wurde, maximaler Abstand höchstens zehn Zentimeter.«

»Vermutlich eine regelrechte Hinrichtung. Der Vergleich des Blutes mit den Spuren aus dem Lkw hat eine hundertprozentige Übereinstimmung erbracht. Damit ist eindeutig bewiesen, dass die beiden Fälle zusammenhängen. Der Tote hatte etliche innere Verletzungen, anscheinend waren seine

Kumpane der Meinung, dass ihnen der Mann nur Schwierigkeiten bereiten würde, einen Arzt konnten sie ja schlecht aufsuchen. Und bevor er elendig zu Grunde ging, bekam er halt den Gnadenschuss.«

»Klingt einleuchtend. Über die Identität wissen wir noch nichts?«

»Nein. Brettschneider hat die Blutproben zum BKA geschickt, aber ich glaube nicht, dass das etwas bringt. Die Haut an den Händen war vollständig verbrannt, unmöglich, Fingerabdrücke zu nehmen. Das Gesicht kann in Wiesbaden rekonstruiert werden, doch das dauert Wochen.«

»Die Gebissaufnahmen?«

»Eher aussichtslos. Das Opfer war noch sehr jung, Brettschneider schätzt ihn auf maximal fünfundzwanzig. In einem Backenzahn hatte der Tote eine Plombe, aber es sieht wohl nicht danach aus, als ob das in den letzten Jahren gemacht worden sei. Zwei Zähne hatten Löcher, waren aber nicht saniert. Meiner Meinung nach ergibt es wenig Sinn, alle Zahnärzte der Umgebung abzuklappern.«

»Ich stimme zu. Wie ich sehe, hat auch die Untersuchung des Wagens nichts Neues erbracht?«

»Als Brandbeschleuniger wurde Benzin benutzt. Neben den Leichenteilen haben wir Überreste von Stofffasern gefunden, die bringen uns aber nicht weiter, sind völlig unspezifisch. Und Fingerabdrücke – das können Sie sich bestimmt denken.«

De Vries nickte. »Anscheinend ist Bochum ein besonders gutes Pflaster für hoffnungslose Fälle.«

Wielert stutzte. Am Ende der letzten Woche waren im ehemaligen Herne 2 zwei stark verweste Leichen auf einem Brachgelände gefunden worden, beide mit einem Einschussloch im Hinterkopf. Da Herne auch zum Zuständigkeitsbereich der Bochumer Kripo gehörte, hatte er selbstverständlich mit den ermittelnden Kollegen gesprochen, aber trotz der offensichtlichen Parallelen glaubte Wielert nicht, dass die Fälle miteinander zu tun hatten. Allein schon wegen des großen zeitlichen Abstands der Taten. »Sehen Sie einen Zusammenhang zu den beiden Leichen aus Wanne-Eickel?«

Häufungen von Gewaltdelikten hatten inzwischen fast schon eine gewisse Gesetzmäßigkeit. Manchmal herrschte im Hinblick auf Schwerverbrechen im Verantwortungsbereich des hiesigen KK 11 tote Hose, dann wieder passierte alles gleichzeitig – wie im Moment. Erst der spektakuläre Bruch bei dem Juwelier, dann der geköpfte und verbrannte Tote – und nun die beiden schätzungsweise bereits vor einem halben Jahr entsorgten Leichen. Nach den zurzeit erscheinenden Presse- und Fernsehberichten musste jemand, der Bochum und die nähere Umgebung nicht kannte, die Gegend für so gefährlich halten wie das Chicago der Fünfzigerjahre.

»Nein, absolut nicht. Einerseits liegen die Tatzeitpunkte viel zu weit auseinander, andererseits wäre es ein absoluter Zufall, wenn ausgerechnet und nur bei uns nach und nach die Mitglieder einer international operierenden Bande umkommen würden.«

»Wenigstens kümmert sich ja eine andere Mordkommission um Wanne-Eickel«, seufzte Wielert erleichtert.

»Wie wollen Sie weiter vorgehen?«

»Zunächst bleibt uns nichts anderes übrig, als auf die endgültigen Ergebnisse der Kriminaltechnik zu warten. Und einige mögliche Zeugen in der Nähe des Tatortes wurden noch nicht angetroffen, da bleiben wir dran.«

»Gut. Liegen irgendwelche Hinweise im Hinblick auf die organisierte Kriminalität vor? Übereinstimmung mit anderen Fällen?«

»Ich weiß noch nichts Genaues. Das BKA hält sich bisher vornehm zurück, Fresenius und seine Mitarbeiterin lassen uns schalten und walten und sehen nur zu, wie wir unsere Arbeit machen.«

»Ein gut gemeinter Rat: Hüten Sie sich vor Fresenius, der ist mit allen Wassern gewaschen. Und vor allem hat der keine Skrupel, eventuelle Lorbeeren für sich in Anspruch zu nehmen. Der Kerl ist aalglatt.«

Wielert war von der Redseligkeit der Juristin schwer beeindruckt. »Woher kennen Sie ihn?«

De Vries überlegte, ob sie nicht schon zu viel gesagt hatte. Hatte sie wohl nicht.

»Das liegt ein paar Jahre zurück«, erklärte sie. »Es ging um einen BKA-Mitarbeiter, der auf mysteriöse Weise verschwunden war, niemand wusste, an was für einem Fall er arbeitete – bis auf Fresenius. Irgendwann fand man dann seinen übel zugerichteten Leichnam.«

»Ich verstehe trotzdem nicht, warum Fresenius und Sie deshalb heute noch aneinander geraten.«

»Wielert, vielleicht erzähle ich irgendwann ein wenig mehr, das hat auch etwas mit persönlichen Animositäten zu tun«, wich de Vries aus. »Gutes Gelingen.«

Nach einem kleinen Moment hatte Wielert kapiert, dass die Audienz beendet war. Mit einem knappen Kopfnicken wuchtete er sich aus dem Sessel und kramte seine Unterlagen zusammen. Da intonierte sein Handy die kleine Nachtmusik von Mozart.

De Vries schaute ärgerlich auf das Mobiltelefon des Polizisten, so als ob in diesem Raum nur eine Person das Recht hätte, mit der Außenwelt Kontakt aufzunehmen. Aber sie verkniff sich einen Kommentar.

»Ja, Berthold, ich höre ...«, sagte Wielert. »Was? – Ehrlich? – Ihr seid schon unterwegs? Wo? – In Wesel? Ja, gib mir sofort Bescheid. Bis nachher.«

Wielerts verblüffter Gesichtsausdruck hatte das Interesse der Juristin geweckt.

»Ob Sie es glauben oder nicht«, freute sich Wielert. »Vielleicht können wir den Fall heute schon abschließen.«

De Vries hob die Augenbrauen. »Wie das?«

»Hofmann hat angerufen. Gestern Abend hat sich ein Krankenhaus in Wesel bei der Kripo Kalkar gemeldet. Ein Patient ist dort mit schweren Verletzungen aufgenommen worden, nachdem ihn ein Bus angefahren hat. Und nachdem er aus seiner Bewusstlosigkeit erwacht ist, hat er Geschichten erzählt. Allem Anschein nach ist er der Mörder des kopflosen Toten, zumindest scheint er einiges über den Fall zu wissen.«

»Beachtlich«, lächelte de Vries schmal. »Wäre das schön, mal wieder einen Haken auf unserer To-do-Liste machen zu können.«

»Thalbach und Hofmann sind unterwegs. Vielleicht wissen wir in ein paar Stunden mehr.«

25

»Ist doch mal wieder typisch«, seufzte Katharina. »Kaum habe ich mal etwas vor, kommt so eine blöde Spazierfahrt dazwischen. Hoffentlich sind wir halbwegs pünktlich in Bochum zurück.«

»Was steht denn heute noch an?«, erkundigte sich Hofmann.

»Morgen früh erfährst du es. Bis dahin ist das topsecret.«

»Kennst du dich hier eigentlich aus?«, fragte Jessica Schwenke von der Rückbank, wo sie sich verzweifelt an dem Handgriff über dem Fenster festkrallte. Trotz des Sicherheitsgurts war sie einige Male heftig hin- und hergeschleudert worden.

»Ja. Die zweite rechts, dann sind wir da.«

Katharina nahm schwungvoll die Kurve zu der Einfahrt, die zu dem Gesundheitstempel führte. Wie selbstverständlich stellte sie den Vectra auf dem Vorplatz ab und pappte das Blaulicht aufs Dach.

»So, bin mal gespannt, ob wir nicht vielleicht doch einer Ente aufsitzen«, sagte Hofmann, während sie sich der Intensivstation näherten. Die nette junge Dame an der Pforte hatte ihnen den Weg nicht komplizierter beschrieben als unbedingt notwendig.

»Möglich ist alles. Direkt nach einer Operation am offenen Schädel würde ich wahrscheinlich auch weiße Mäuse sehen. Aber vielleicht ist es ja doch ein Treffer.«

»Eine Bekannte von mir hatte mal einen Schädelbruch«, plauderte Schwenke und hielt sich mal wieder verdächtig nah an Hofmanns Seite. »Die war noch ein paar Wochen danach völlig neben sich.«

»Ist das wahr?«, fragte Hofmann gelangweilt.

»Ja. Und manchmal hat sie noch heute so richtig schlimme Kopfschmerzen, da helfen nicht mal starke Tropfen.«

»Ehrlich gesagt, interessiert mich das herzlich wenig«, gab Katharina zurück. »Da, wir sind richtig, Intensivstation.«

Ein vierschrötiger Hüne hockte auf einem Plastikstuhl vor der Schleuse, die zu der Station führte. Als Katharina achtlos an ihm vorbeigehen und den Klingelknopf drücken wollte, schob er sich brutal zwischen Tür und Frau.

»He, was soll das?«

»Immer mit der Ruhe«, knurrte der Bodybuilder. »Wer sind Sie?«

»Genau das Gleiche wollte ich auch gerade fragen«, zischte Katharina zurück. »Polizei.«

»Sieh mal einer an. Ich auch. Ausweis?«

»Klar hab ich einen. Sie auch?«

Der Bulle schien eine Sekunde zu überlegen, dann kramte er tatsächlich seine Marke aus der Tasche. Katharina durchsuchte ihrerseits ihre Hosentaschen, dann waren die Missverständnisse beseitigt.

»Tut mir leid«, meinte der lebende Türpfosten. »Mein Chef hat höchste Sicherheitsstufe angeordnet. Sie kommen doch bestimmt wegen des Mörders, oder?«

»Ist denn das jetzt sicher, dass der Typ da drin der Täter ist?«, fragte Hofmann, während er endlich das Krankenpflegepersonal durch das Schrillen der Klingel aufscheuchte.

»Soweit ich weiß, ja. Aber mein Boss ist drin, der kann Ihnen mehr sagen.«

»Also dann«, meinte Katharina, denn die Tür zur Station öffnete sich.

Der Kollege zu ihrer Linken nickte kurz, dann gab der Pfleger den Weg frei. »Sie wollen bestimmt zu dem Russen, nicht wahr? Hier entlang, bitte. Haben Sie einen Dolmetscher dabei?«

Thalbach und Hofmann blieben abrupt stehen, sodass Schwenke einen leichten Auffahrunfall fabrizierte.

»Einen Dolmetscher?«, fragte Hofmann sauer. »Konnte man uns das nicht vorher sagen?«

»Hat man das nicht? Na, auch egal, selbst wenn Sie einen mitgebracht hätten, viel hätte der eh nicht genutzt. Der Typ erzählt nur absoluten Schwachsinn. Hier, da ist er.«

In den letzten Stunden hatte sich Kamarovs äußeres Erscheinungsbild nicht großartig verändert. Er war immer noch am ganzen Körper bandagiert, mehrere Schläuche führten zu und von seinem geschundenen Leib weg. Überwachungsmaschinen standen neben dem Bett, einige piepten in regelmäßigen Abständen, zu den anderen gehörten Monitore, auf denen farbige Kurven oder Zahlenreihen zu sehen waren.

Kamarov war wach, zumindest starrten seine Augen zur Decke. Als Katharina auf ihn zutrat und ihn ansprach, veränderten sich die Pupillen und sein Gesichtsausdruck in keinster Weise.

»Na, das kann ja eine lustige Befragung werden«, stöhnte Hofmann, nachdem er seinerseits versucht hatte, Kamarovs

Aufmerksamkeit durch heftiges Winken auf sich zu lenken. Wieder keine Reaktion.

»War doch eine schöne Spazierfahrt«, versuchte Schwenke einen Scherz. »Nur ein bisschen zu schnell, um die Gegend richtig wahrnehmen zu können.«

»Der ist bis obenhin mit Beruhigungsmitteln voll gepumpt«, erklärte eine Stimme im Hintergrund.

»Lübbi«, freute sich Katharina, nachdem sie sich umgedreht hatte. »Was machst du denn hier?«

»Ich bin auch beim KK 11, wenn auch in Kalkar«, schmunzelte der Kollege, der bald das Rentenalter erreicht haben dürfte. »Schon vergessen?«

»Machst du Scherze? Wie geht's dir?«

»Ihr kennt euch?«, fragte Hofmann überrascht.

»Klar, Lübbi war mein Schutzpatron, als ich letztes Jahr dieses blödsinnige Austauschprogramm mitgemacht habe. Da gab es doch diese Leiche, die an diesem Turm hing. In Geldern.«

Heinrich Lübbehusen grinste und reichte den beiden anderen Beamten die Hand. »Ich bin sozusagen der Wielert vom Niederrhein.«

»Jetzt erklär uns doch bitte erst mal, warum wir hierher zitiert wurden«, bat die Blonde.

»Also«, begann Lübbehusen und räusperte sich. »Am Samstagnachmittag ist dieser junge Mann am Weseler Hauptbahnhof vor einen anfahrenden Linienbus gestolpert und schwer verletzt worden. Er wurde sofort operiert und ist inzwischen wohl über den Berg. Gestern am späten Nachmittag ist er aufgewacht. Und hat mehr oder weniger sofort den Mord an dem Kopflosen in Bochum gestanden.«

»Wem? Euch?«

»Nein, der anwesenden Ärztin und zwei Leuten vom Pflegepersonal. Der Mann ist vermutlich Russe und eine Schwester, die ebenfalls aus Russland stammt, hat übersetzt.

Die Ärztin hatte von dem Fall in der Zeitung gelesen und sofort bei uns angerufen. Und jetzt seid ihr hier.«

»Ah ja«, machte Katharina. »Und ihr Provinzbullen glaubt die Geschichte natürlich. Der Typ könnte doch auch einen Hirnschaden davongetragen haben, oder nicht?«

»Nach Aussage der Neurologen ist das EEG im Rahmen der Umstände völlig normal«, grinste Lübbehusen hinterhältig. »Katharina, wir wissen, wie es zu dem Unfall gekommen ist. Ich vermute, sein Geständnis wird durch die Tatsache untermauert, dass er vor den Bus gelaufen ist.«

»Was?«, fuhr Hofmann dazwischen. »Kapier ich nicht.«

»Der Mann hat am Bahnhof auf jemanden gewartet, allerdings scheint er nicht gewusst zu haben, wie derjenige aussieht. Und als dieser jemand ihn angesprochen hat, ist der Kerl hier förmlich vor Entsetzen ausgerastet. Er hat ein paar verzweifelte Worte ausgestoßen und ist dann direkt vor den Bus gerannt.«

Die drei anderen sahen sich fragend an. »Habt ihr einen Zeugen?«, fragte Katharina hoffnungsvoll.

»Besser. Wir haben es auf Video. Ein Passant hat vor dem Bahnhof die Ankunft seiner Schwiegermutter gefilmt. Die Bilder sind zu Beginn ein wenig unscharf, aber das gibt sich mit der Zeit. Wollt ihr den Film sehen?«

»Du hast das Band dabei?«

»Klar. Hab mir doch gedacht, dass ihr neugierig seid. Ich habe meinen Camcorder mitgebracht. Das Display ist zwar recht klein, aber man kann das Nötigste erkennen. Und eine Kopie der Kassette habe ich auch schon gezogen.«

»Irre«, lobte Hofmann.

Lübbehusen führte den kleinen Trupp in das nahe gelegene Stationszimmer und kramte seine Kamera aus einer Umhängetasche. Als er das Gerät startete, flackerte der kleine Bildschirm kurz, dann war eine sommerlich gekleidete Frau zu sehen, die winkend und lächelnd auf den Kameraträger zulief. Im Hintergrund erkannte man einen Mann, der lässig am Mast der Bahnhofsuhr lehnte und rauchte.

»Das da ist unser Mann«, erklärte Lübbehusen. »Obacht, gleich passiert es.«

Von links näherte sich ein junger Bursche und legte dem Maststeher eine Hand auf die Schulter. Dieser drehte sich um, erschrak sichtlich und rannte kurz darauf vor den Bus.

»Mein lieber Scholli«, meinte Katharina, als das Band stoppte. »Da haben wir ja Glück, dass der Typ das Band nicht an die Medien verkauft hat.«

»Er hat es probiert, aber kein Sender wollte es haben. Daraufhin ist er zu uns gekommen, hat wohl gehofft, er kriegt eine Belohnung – warum auch immer.«

»Na ja, aber so viel gibt die Aufnahme auch nicht her«, warf Hofmann etwas enttäuscht ein. »Vor allem versteht man nicht, was der Russe sagt.«

»Wir haben das Band bereits bearbeitet«, erklärte Lübbehusen. »Auf der Kopie, die ich euch mitgebe, sind die entscheidenden Szenen kopiert und vergrößert. Und eine extra Tonspur haben wir auch herausgefiltert. Der Mann, der hier im Bett liegt, sagt laut und deutlich: *Du bist doch tot!* Und hier im Krankenhaus hat er dann die komplette Geschichte erzählt. Dabei konnte er von den abgetrennten Gliedmaßen eigentlich gar nichts wissen, oder? Das war doch gar nicht in den Medien.«

»Das war Wielerts Idee«, nickte Katharina. »Falls sich ein Spinner meldet und den Mord aus Jux und Dollerei gesteht. Wir haben nur die Sache mit dem abgetrennten Kopf weitergegeben.«

»Ich jedenfalls bin davon überzeugt«, fuhr Lübbehusen fort, »dass das euer Mann ist.«

»Ist schon abzusehen, wann er vernehmungsfähig ist?«

»Vor Donnerstag wird das wohl nichts. Weglaufen kann er bis dahin nicht, ich habe draußen einen Mann postiert.«

Katharina hielt lächelnd eine Kassette in die Höhe, die Lübbehusen ihr in die Hand gedrückt hatte. »Herzlichen Dank!«

26

»Ich weiß noch nicht genau, wie lange ich bleibe«, erklärte Vollmert der Frau an der Rezeption des Hotels. »Vielleicht drei, vier Tage. Ist das ein Problem?«

»Aber überhaupt nicht. Allerdings habe ich nur noch ein Doppelzimmer frei, ich würde es Ihnen wie ein Einzelzimmer berechnen. Sind Sie damit einverstanden?«

»Sicher.«

Die Mitarbeiterin des *Rheinischen Hofs* tippte Vollmerts Daten in einen Computer, angelte einen Schlüssel von einem Brett und reichte ihn dem Privatdetektiv.

»Zimmer zehn, ich zeige Ihnen gleich, wo es langgeht. Frühstück gibt es dort drüben, zwischen sieben und neun Uhr dreißig.«

Zu den Zimmern führte eine steile Treppe, der Detektiv musste aufpassen, auf den schmalen Stufen nicht das Gleichgewicht zu verlieren. Seine Befürchtung, dass die Behausung genauso schmal und düster sein könnte wie die Stiege, erwies sich als unbegründet. Der Raum war geräumig, hell gestrichen und gemütlich eingerichtet. Von dem Fenster aus hatte er einen tollen Blick auf die Gelderner Innenstadt, unter ihm breitete ein uralter Baum seine weit ausladenden Äste aus. Hier konnte man es aushalten.

»Vielen Dank«, meinte Vollmert freundlich, als die Empfangsdame ihm wohl zum vierten Mal einen angenehmen Aufenthalt wünschte und dann Anstalten machte, sich zu verabschieden. Endlich allein, warf er seinen kleinen Koffer auf einen der Sessel, stellte den Rucksack neben den Schrank mit der Minibar und dem Fernseher und schlüpfte aus seinen Schuhen.

Der nächste Wagen hat eine Klimaanlage, dachte Vollmert, während er aus seinen durchgeschwitzten Sachen schlüpfte, um zu duschen. Die Autobahn war frei gewesen, aber auf den Landstraßen hätte er fast eine Krise bekommen. Ständig hatte er hinter irgendwelchen Treckern hertuckern müssen und im Wagen hatte es sich mangels Fahrtwind kräftig aufgeheizt.

Nach der Dusche fühlte er sich besser. Der Job schien keine allzu großen Anstrengungen zu erfordern, tagsüber besuchte sein Zielobjekt die Fortbildungsveranstaltung in der Sparkasse, seine Arbeit begann daher eigentlich erst spätnachmittags. Bis dahin konnte er sich ein wenig Land und Leute anschauen. Den Niederrhein kannte er noch nicht.

Auf den ersten Blick machte Geldern einen sehr sympathischen Eindruck, die Nähe zur holländischen Grenze war an jeder Ecke sichtbar.

Bei dem Italiener in unmittelbarer Nähe des Hotels verzehrte Vollmert ein fantastisch zubereitetes Rinderfilet – zu einem im Vergleich zu Bochumer Verhältnissen Spottpreis –, versorgte sich bei *Karstadt* mit einigen Hygieneartikeln – im Gegensatz zu seiner Heimatstadt gab es in diesem kleinen Kaff ein Kaufhaus – und stöberte mindestens anderthalb Stunden in den Regalen der Buchhandlung auf der Issumer Straße. Als er den Laden um kurz vor vier mit einem Sammelband Krimikurzgeschichten, die allesamt am Niederrhein spielten, und Dan Browns *Illuminati* wieder verließ, war es an der Zeit, ein wenig zu arbeiten.

Punkt vier Uhr bezog er vor der Filiale der Sparkasse Stellung. Das Seminar, das Mempel-Werner nach Geldern geführt hatte, dauerte offiziell bis halb fünf, allerdings war nicht auszuschließen, dass bei diesen Temperaturen ein wenig früher Schluss sein würde.

Und richtig, um zehn nach vier öffneten sich die Glastüren des Gebäudes und eine Gruppe gut gelaunter Banker strömte in die heiße Nachmittagsluft. Vollmert erkannte seine Zielperson sofort. Die wohl proportionierte Blonde war ansprechend figurbetont gekleidet.

Die Gruppe unterhielt sich noch einen Moment, bevor jeder seiner eigenen Wege ging.

Mempel-Werners Zimmer befand sich im selben Hotel wie das von Vollmert. Als die Frau zielstrebig Richtung Bahnhofstraße stöckelte und sogar schon den Schlüssel aus ihrer Handtasche zog, vergrößerte er den Abstand.

Während die Blonde in dem Flur, der zu den Zimmern führte, verschwand, versorgte sich Vollmert mit einem Eis und setzte sich auf eine Bank, von der er sowohl den Seiten- als auch den Hauptausgang der Beherbergungseinrichtung im Blick hatte. Dann kramte er das Buch mit den Krimikurzgeschichten hervor und vertiefte sich in seine Lektüre.

Eine gute Dreiviertelstunde später, als er sich gerade köstlich über Walther in Aldekerk amüsierte, betrat sein Zielobjekt wieder die Straße. Mempel-Werner hatte scheinbar geduscht und sich aufgehübscht. War die Kleidung vorhin schon ziemlich gewagt gewesen, konnte man das Nichts, das sie nun trug, nur mit viel gutem Willen als Kleid bezeichnen.

Vollmert schielte über den Rand seines Buches, stand langsam auf und verfolgte die Frau zu den hoteleigenen Parkplätzen. Als sie mit ihrem kleinen Micra aus der Parklücke ausgeschert war, beschleunigte er seine Schritte, stürmte zu seinem Golf und setzte ihr eilig nach.

Er hatte Glück, an der Ausfahrt zur Hauptstraße musste sie warten. Die anschließende Verkehrslücke war groß genug, dass auch er abbiegen konnte.

Mempel-Werner kannte sich offensichtlich ganz gut aus, zielsicher dirigierte sie ihren Kleinwagen durch den Verkehr, bis sie die Außenbezirke der Stadt erreichte. Auf der nun nur noch spärlich befahrenen Landstraße trat sie das Gaspedal durch, Vollmert hatte allerdings keine Schwierigkeiten, zu folgen.

Beinahe hätte er sie aber trotzdem verloren. Seine Aufmerksamkeit wurde von einer traumhaft romantischen Schlossanlage abgelenkt, ein nicht zu übersehendes Schild wies den interessierten Besucher auf *Schloss Haag* hin, das unter anderem auch den hiesigen Golfclub beherbergte. Vollmert nahm im letzten Moment wahr, dass der Micra den Blinker gesetzt hatte. Der Detektiv ging in die Eisen und gönnte Mempel-Werner wieder etwas mehr Vorsprung.

Wenig später klemmte er seinen Wagen in eine der Parklücken und stieg aus. Sein Zielobjekt hatte einen Schattenplatz ergattert, mit wehendem Kleidchen wetzte die Frau bereits zum Eingang des Schlosses. Doch anstatt – wie erwartet – den Gastronomiebereich anzusteuern, bog sie nach rechts zur Driving-Range ab.

Vollmert stöhnte auf. Wenn die Tussi für eine kleine Runde Golf hierher gefahren war, würde das zwar sicher einige schöne Bildchen ergeben, aber wohl nicht von der Art, wie sein Auftraggeber sie erwartete.

Mempel-Werner enttäuschte ihn dann aber doch nicht. Ihr Kopf ruckte suchend durch die Gegend, scheinbar hatte sie dann gefunden, was sie erhofft hatte. Wie eines der Teletubbies auf Koks begann sie zu hüpfen und warf sich einem deutlich älteren Typen in die Arme. Der Kerl war einen Finger breit größer als Vollmert, doch mindestens zehn Kilo schwerer. Auf die Entfernung schätzte Vollmert den Mann auf Mitte fünfzig.

Der Detektiv staunte, der Typ sah aus wie der personifizierte schlechte Witz. Der untere Teil seines Körpers steckte in karierten Golfhosen, die stämmigen Waden in genauso scheußlich gemusterten Socken, die weißen Golfschuhe blendeten fast im Sonnenlicht. Den ausufernden Wanst verbarg ein hellblaues Hemd, darüber trug der Mann trotz der schier unerträglichen Temperaturen einen ebenfalls karierten Pullunder. Die Krönung jedoch war eine Schiebermütze, die immerhin einen großen Teil der hässlichen Visage verdeckte.

Vollmert zückte die Kamera und schoss eine Serie schöner Fotos, auf denen der Golfspieler Mempel-Werner herzhaft drückte und ein paarmal seine behaarten Hände unter dem Saum ihres Kleides verschwinden ließ. Entweder stand die Frau auf behandlungsbedürftige Irre oder der Kerl hatte so viel Kohle, dass sein Aussehen keine Rolle spielte. Vollmert tippte auf die zweite Möglichkeit.

»Kann ich Ihnen behilflich sein?«

Der Detektiv ließ die Kamera langsam sinken und sah sich um. Hinter ihm stand ein smarter Endfünfziger und strahlte ihn mit einem makellosen Gebiss freundlich an.

»Ich weiß nicht. Wenn Sie mir etwas über diese traumhafte Anlage erzählen können, vielleicht.«

Das Gesicht des Mannes hellte sich noch weiter auf. »Gestatten, Ulrich Höfner. Mit gehört dieses bescheidene Anwesen hier. Gefällt Ihnen, was ich aus der Ruine gemacht habe?«

»Vollmert ist mein Name. Äußerst beeindruckend. Ich werde demnächst in diese Gegend ziehen, mit meiner Familie, und sehe mich schon mal ein wenig nach Zerstreuungsmöglichkeiten um. Und da meine Frau passionierte Golfspielerin ist, lag es nahe, sich den Platz anzuschauen.«

»Na, da wird Ihre Gattin aber schwer beeindruckt sein. Wir haben eine der größten und am besten gepflegten Achtzehn-Loch-Anlagen in Deutschland.«

»Kann man hier auch Unterricht bekommen? Ich selbst habe ja noch nie probiert zu spielen, aber es reizt mich schon. Ist das da Ihr Golflehrer?«

Vollmert wies mit der Rechten auf den karierten Dandy.

»Ach wo«, lachte der Golfplatzbesitzer herzhaft. »Das ist Hergen van der Felde, einer unserer Gründungsväter. Ich glaube, seine Mitgliedskarte hat die Nummer vier oder fünf. Alter niederrheinischer Geldadel. Falls Sie und Ihre Gattin sich entschließen, unserem Club beizutreten – und wir Sie aufnehmen –, werden Sie ihn bestimmt kennen lernen.«

Vollmert setzte ein unverbindliches Lächeln auf. »Anscheinend ist die holde Weiblichkeit sehr von ihm angetan.«

»Ach, das dürfen Sie nicht so eng sehen. Er ist halt ein Schlawiner. Hätten Sie Lust auf ein paar Schläge auf der Range? Ich lade Sie ein …«

»Gern«, erklärte Vollmert. Eigentlich war sein Job ja nun so gut wie erledigt, aber ein paar Tage bezahlter Urlaub waren nicht zu verachten. Und diese Mempel-Werner schien ein ganz schön heißes Luder zu sein. Vielleicht konnte er seinen persönlichen Bonus schon hier in Geldern kassieren …

Unverbindlich plaudernd, schlenderten sie auf die Driving Range zu. Mempel-Werner drückte ihrem Gigolo gerade einen Kuss auf die Wange und machte sich dann in Richtung des Schlosses auf und davon.

»Das trifft sich ja hervorragend«, erklärte Höfner, während er aus einem der Bretterhäuser vor den Abschlagplätzen einen eleganten Golfwagen herauszog. »Hergen wird sich sicherlich freuen, Ihre Bekanntschaft zu machen.«

Vollmert zuckte nicht mit der Wimper. Eigentlich gehörte es nicht zu seinen Gepflogenheiten, direkten Kontakt zu den Liebhabern seiner weiblichen Zielobjekte aufzunehmen.

Van der Felde hatte inzwischen einen seiner Bälle zum Abschlag bereitgelegt und einen Schläger ausgesucht. Plötzlich wirkte der lächerlich gekleidete Mann höchst konzentriert. Die Muskeln an seinen Armen spannten sich gewaltig, er ließ mit einer fließenden Bewegung den Schläger durch die Luft sausen und katapultierte das runde Spielgerät wuchtig in die Ferne.

»Langsam lernst du es ja doch noch«, frotzelte Höfner.

Van der Felde reagierte nicht, sondern sah seinem Ball

hinterher. Erst als die Kugel einige Male auf dem gepflegten Grün aufgesprungen war, wandte er den Kopf. »Du weißt genauso gut wie ich, dass der Schlag spektakulär war.« Seine Stimme klang wie ein mit Schmirgelpapier massierter Eiszapfen. »Dabei habe ich mich noch nicht einmal eingeschlagen.«

»Dieser gut gelaunte Zeitgenosse ist Hergen van der Felde«, lachte Höfner. »Und hier haben wir ein potenzielles Neumitglied, Vollmert war, glaube ich, der Name, richtig? Wenn Sie eifrig trainieren, können Sie vielleicht in acht oder neun Jahren eine Partie gegen ihn spielen.«

Der Detektiv bekam unwillkürlich kalte Hände. Van der Felde sah ihm direkt ins Gesicht und lächelte gewinnend, allerdings nur mit den Gesichtspartien unterhalb der Nase. Seine Augen blieben kalt und unbewegt, während sie ihn neugierig musterten. In seinem früheren Berufsleben hatte Vollmert hart gesottene Verbrecher getroffen, die angesichts eines solchen Pokerfaces schreiend das Weite gesucht hätten.

»Wen hast du denn da mitgebracht?«

»Wie ich schon sagte, jemand, der vielleicht unserem Club beitreten möchte.«

»Günter Vollmert«, gab der Detektiv wahrheitsgemäß zu und hielt van der Felde die Hand hin. Bei dem Händedruck ging er beinahe in die Knie, sein Gegenüber hatte Bärenkräfte.

»Sieh an, sieh an«, meinte der Adlige. »Neu in Geldern?«

»Ich bin auf der Suche nach einer angemessenen Unterkunft«, log Vollmert seelenruhig. »Meine Frau ist noch in München bei den Kindern und kümmert sich um den Verkauf unseres Hauses.«

»Wie lange spielen Sie schon?«, fragte van der Felde.

»Was?«

»Golf natürlich«, erklärte der Dandy abfällig.

»Bisher überhaupt noch nicht. Meine Frau spielt ein wenig, mir hat bis jetzt die Zeit gefehlt. Der Beruf, Sie verstehen schon.«

»In welcher Branche sind Sie denn?«, fragte Höfner und zog seinerseits einen Schläger aus dem Wagen.

»Ich bin Architekt«, sponn Vollmert seine Story weiter und heuchelte Interesse dafür, wie Höfner den Bewegungsablauf beim Abschlag zu erklären versuchte. Dabei hatte er unablässig das Gefühl, dass van der Feldes Blick Löcher in seinen Rücken bohrte.

27

Ein schönerer Ausblick war kaum vorstellbar.

Von ihrem Tisch aus konnten Marohn und Sax einen Großteil der Hamburger Hafenanlagen betrachten. Die Terrassen der Restaurants, Cafés und Imbissbuden an den Landungsbrücken waren gut gefüllt, die beiden Männer hatten Glück, einen Tisch in der ersten Reihe bekommen zu haben. Keine zehn Meter von ihnen entfernt sammelten sich die Hafenrundfahrtsschiffe, teilweise schickten die Eigner ziemlich abenteuerliche Gefährte ins Wasser. Am imposantesten war sicherlich der Schaufelraddampfer, dessen gewaltige Antriebswelle sich allmählich warm lief. Aber auch die anderen Boote waren ein wahrer Augenschmaus. Trotz der gewaltigen Konkurrenz konnte keines der Schiffe über mangelnde Kundschaft klagen.

Im Hafenbecken herrschte reger Verkehr, die dschungelfarbenen Zubringerboote zur Musicalhalle, in der *Der König der Löwen* gespielt wurde, durchpflügten das Wasser ohne Pause. Das bunte und geschäftige Bild des Eventtourismus kontrastierte mit dem der Krananlagen der verschiedenen Werften in geradezu romantischer Art und Weise – wenn man mal außer Acht ließ, dass die meisten der damit verbundenen Arbeitsplätze absolute Knochenarbeit bedeuteten.

Trotz dieses idyllischen Anblicks, der jedes Jahr hunderttausende Touristen in die Hansestadt lockte, drang das bunte Treiben nur bis an die Netzhaut der beiden Männer. Ihre Stimmung lag weit jenseits von dem, was man mit gutem Willen noch als übel bezeichnen konnte.

»Wenn das so weitergeht, sind wir bald völlig am Arsch«, brachte Marohn die Situation auf den Punkt. »Jahrelang ging alles gut und jetzt kriegen wir einen Tritt nach dem anderen, woll.«

Sax nippte an seinem Milchkaffee und rückte die Sonnenbrille zurecht. »Irgendwann musste ja mal etwas schief gehen. Doch kein Grund, in Panik zu verfallen.«

»Du hast gut reden. Unsere Mitarbeiter in NRW liegen auf Eis. Dort können wir sämtliche Projekte erst mal vergessen.«

»Das wird schon wieder. Gegen eine derartige Verkettung unglücklicher Umstände ist man machtlos. Dass ausgerechnet der Zwillingsbruder von Adrian bei Juri auftaucht, ist ja schon fast wieder witzig, wenn es nicht so dramatisch wäre.«

»Hat keiner daran gedacht, bevor der Junge nach Wesel geschickt wurde?«

Sax runzelte verärgert die Augenbrauen. »Nein. Nachdem die in Deutschland angekommen waren, wurden sie sofort getrennt. Und wir haben nun mal keine Personalabteilung, die über jeden Beschäftigten eine Akte führt.«

Marohn nickte stumm und ballte seine gewaltigen Pranken zu Fäusten. Sax hatte ihm in Stichworten erzählt, was sich, nach den Informationen seiner gut informierten Quelle, in Wesel abgespielt hatte. Zu behaupten, das sei dumm gelaufen, war eine heftige Untertreibung.

»Weiß man, wo der Junge abgeblieben ist?«

»Nein. Anscheinend hat er sich unverzüglich vom Acker gemacht, als Juri verunglückte. Hätte ich an seiner Stelle auch getan. Wahrscheinlich ist er zurück nach Rumänien. Ein Problem weniger.«

»Und wenn er sich nicht nach Rumänien abgesetzt hat, sondern zu den Bullen gerannt ist? Immerhin hat ihm Juri ja anscheinend klar gemacht, dass er seinen Bruder umgebracht hat, woll!«

»Hat Juri nicht. Jetzt mach dir wegen dieses Bengels keinen Kopf, der ist garantiert schon wieder in Bukarest oder auf dem Weg dahin. Wir haben andere Sorgen.«

Marohn sah zur Seite. »Was denn noch?«

»Wir können es uns nicht erlauben, zu viele Projekte abzusagen. Wenn unsere Geschäftspartner Zweifel an unserer Zuverlässigkeit bekommen, können wir wirklich einpacken.«

»Und was sollen wir tun?«

»Du klapperst unsere ... übrigen Filialen ab, zwei, drei Leute müssten als Ersatz zu beschaffen sein. Und die Leitung der nächsten Aktionen übernimmst vorläufig du. Evgeni kommt Ende übernächster Woche aus Russland zurück, dann kann er weitermachen.«

»Super Idee. Ich weiß ja noch nicht mal, wo Juri die beiden Ukrainer geparkt hat, woll.«

»Darum kümmere ich mich, ich weiß, wo sie sind. Ich bring den beiden was zu beißen und sehe nach dem Rechten.«

Marohn schielte mit einem Auge auf den Verkehr im Hafenbecken. Eine kleine Barkasse war einem der Ausflugsdampfer gefährlich nahe gekommen, das Signalhorn gab Alarm, als wollte es den jüngsten Tag verkünden.

»Und was machen wir mit Juri?«, fragte er dann.

»Das ist eine gute Frage. Nach meinem Wissensstand hat er die komplette Geschichte über Adrian erzählt.«

»Scheiße. Dann haben die Bullen also unsere Namen?«

»Nein. Bis jetzt stammelt er nur über den ... den Unfall, den Adrian hatte. Anscheinend hat ihm das Auftauchen von dessen Zwillingsbruder einen derart großen Schock versetzt, dass er immer noch durchgedreht ist. Und die Medikamente tun ein Übriges, dass er nicht klar denken kann.«

»Das wird sich aber wieder ändern.«

»Ja, stimmt. Aber zunächst haben wir, hoffe ich, nichts zu befürchten. Im Moment liegt er auf der Intensivstation in Wesel, morgen soll er auf eine normale Station kommen. Die Chance müssen wir nutzen.«

»Du bist gut. Wenn die Bullen einigermaßen auf Zack sind, wird Juri bewacht, woll.«

»Es werden sich Mittel und Wege finden, an Kamarov heranzukommen.«

Marohn kippte den Rest seines Kaffees herunter und seufzte. »Schade, Juri war ein guter Mann. Glaube kaum, dass Evgeni ihn vollständig ersetzen kann. Wer erledigt das?«

Sax zuckte die Achseln. »Wir haben noch ein Ass im Ärmel. Mach dir keine unnötigen Gedanken darüber.«

»Versteh ich nicht«, maulte Marohn. »Übernimmt das niemand von uns?«

»No risk, no fun.« Sax winkte der Bedienung, um zu zahlen.

»Wie sieht es aus?«, erkundigte er sich, nachdem er seine Brieftasche wieder verstaut hatte. »Noch einen kleinen Abstecher in die Herbertstraße?«

Marohn grinste. »Der erste vernünftige Vorschlag heute.«

»Okay, dann lass uns aufbrechen. Ich muss nur nochmal für kleine Jungs.«

Während sich sein Kumpan aus dem Stuhl wuchtete und auf der Uferpromenade die Glieder streckte, verschwand Sax im Café. Doch anstatt das stille Örtchen aufzusuchen, griff er zu seinem Handy und tippte eine Nummer ein. Zehn Sekunden später begann er schnell und hastig zu sprechen.

28

Ion Illic starrte auf den Pappteller, auf dem sich fettiges Gyros zusammen mit glitschigen Pommes in der Sonne aalte. Als er die Mahlzeit bestellt hatte, war er sehr hungrig gewesen, aber der Geruch nach abgestandenem Fett schnürte ihm nun die Kehle zu.

Sein Bruder war tot, sein Zwillingsbruder Adrian, der gerade mal vier Minuten älter gewesen war als er. Das allein schon war schlimm; schlimmer noch waren aber die Umstände, unter denen Adrian zu Tode gekommen war.

Nach dem Schock am Samstagnachmittag hatte Ion ein paar Stunden gebraucht, um wieder einen klaren Kopf zu bekommen. Kamarov hatte fürchterlich ausgesehen, nachdem er vor den Bus geprallt war. Der Schädel hatte geknackt, als hätte jemand ein dickes, fettes Insekt zertreten. Erst nach und nach war Ion bewusst geworden, was Kamarov unmittelbar vor dem Unfall eigentlich gesagt hatte.

Der Russe musste ihn mit Adrian verwechselt haben. Warum sonst war er so geschockt gewesen, als er ihn erblickt hatte?

Als Toralf ihm die Zugfahrkarte in die Hand gedrückt hatte, war dies ohne viele Worte geschehen, Ion hatte nur einige Informationen über die Fahrtstrecke und seine Kontaktperson erhalten.

Und dann, einige Stunden später, diese entsetzliche Begegnung mit Kamarov.

Ion hatte sich ein billiges Hotel gesucht und sich fast die ganze Nacht schlaflos im Bett gewälzt, bevor er in den Morgenstunden schließlich doch eingeschlummert war. Immer wieder hatte er sich sein Hirn zermartert, wie er etwas Genaueres über das Schicksal seines Bruders in Erfahrung bringen konnte.

Auf die Idee mit dem Internet-Café war er am Montagabend gekommen, als er einen Spaziergang machte, um der Enge seines Hotelzimmers zu entkommen. Nach einer guten Dreiviertelstunde hatte er tatsächlich einen solchen Laden gefunden, allerdings war das Café bereits geschlossen gewesen.

Also war er heute Vormittag wieder dorthin gegangen, hatte sich einen Arbeitsplatz gemietet und eine Suchmaschine aufgerufen. Obwohl Ion wusste, wie man sich im World Wide Web bewegte, bereitete ihm die Recherche Schwierigkeiten. Es dauerte eine Weile, bis er die passenden Suchbegriffe gefunden hatte. Hinzu kam, dass er zwar recht gut deutsch sprach und auch verstand, es aber mit seinen Rechtschreibkenntnissen gewaltig haperte.

Irgendwann hatte er es dann doch geschafft. Er fand in dem Angebot einer Tageszeitung einen Bericht über den Bruch bei dem Bochumer Juwelier und einer der Links unter der Meldung verwies auf die Nachricht über den Fund der enthaupteten Leiche. Ion war intelligent genug, um zwei und zwei zusammenzählen zu können.

Völlig verstört war er nach der Lektüre aus dem Internet-Café gewankt, in seinen Eingeweiden tobte eine Mischung aus Verzweiflung, Hoffnungslosigkeit und Wut. Weit über eine Stunde war er durch die Weseler Innenstadt gelaufen, ziel- und planlos, bevor er wieder einigermaßen klar denken konnte.

Dafür würde der Russe büßen. Aus der Internet-Zeitung hatte er sogar erfahren, dass der Kerl, von dem er vermutete, dass er seinen Bruder umgebracht hatte, hier in Wesel im Krankenhaus lag. In Lebensgefahr schwebte er anscheinend nicht mehr, wenigstens war dem Bericht zu entnehmen gewesen, dass die Ärzte den Zustand als stabil beschrieben.

Ion lächelte boshaft. Sollte es ihm ruhig besser gehen, lange würde der Kerl keine Freude an der ärztlichen Kunst haben.

Er packte den Teller mit seinem Mittagessen und warf es nahezu unberührt in einen Mülleimer. Dann langte seine rechte Hand in die Hosentasche. Auf dem Zettel hatte er sich die Adresse des Krankenhauses notiert. Jetzt benötigte er nur noch einen Stadtplan.

29

»Feddich«, freute sich Hofmann und schob die Tastatur des PCs von sich. »Das soll uns erst mal einer nachmachen. Noch nicht mal eine Woche ist um und schon haben wir einen absolut kniffeligen Fall gelöst.«

»Komm wieder runter«, lächelte Katharina. »Ob der Fall tatsächlich erledigt ist, weißt du doch noch gar nicht. Wir haben immer noch keine konkrete Spur zu dieser Bande. Und wenn Lübbi nicht dieses Video aufgetrieben hätte …«

»Du und dein Lübbi«, gab Hofmann zurück. »Der hat es dir wohl angetan?«

Katharina setzte die Kaffeetasse ab und blinzelte Hofmann drohend an. »Überleg dir gut, was du sagst.«

»Na, um so vieles bist du auch nicht jünger als der – das würde schon passen.«

Der Stoppelhaarige schaffte es mit einer akrobatischen Verrenkung, Katharinas Zigarettenschachtel auszuweichen. Immerhin nur die Schachtel – wenn sie wirklich sauer auf ihn war, flog schon mal ihr Benzinfeuerzeug in seine Richtung; das konnte wirklich wehtun.

»Bist du gegenüber deiner Frau genauso charmant?«

»Meistens.« Hofmann griff nach seiner Pfeife und konzentrierte sich auf den Pfeifenkopf und ein Streichholz.

Kurze Zeit später produzierte er Rauchwolken, die träge in Richtung des geöffneten Fensters schwebten.

»Was machst du jetzt eigentlich mit deinem Auto?«, fragte er dann. »Lässt du die Karre noch einmal reparieren?«

»Nein«, lachte die Blonde.

»Sondern?«

»Ist schon auf dem Weg in die Verwertung.«

»Hab ich da irgendetwas nicht mitgekriegt?«

»Als ob das für dich nicht ein Dauerzustand wäre.«

»Jetzt sag schon. Hast du einen neuen?«

»Klar. Hättest du eigentlich hören müssen, als ich heute Morgen damit gekommen bin.«

Hofmann sah sie fragend an.

»Ich habe mir mal was Nettes gegönnt«, erklärte Katharina. »Einen kleinen, schnittigen MX5. Ich finde, der Wagen passt zu mir.«

»Ach du Scheiße! Hast du schon eine Pressemitteilung rausgegeben? Oder bekommst du eine Eskorte, wenn du damit die Straße verunsicherst?«

»Was soll denn das heißen?«

»Na, du hast doch sogar mit deinem popeligen Fiesta sämtliche Radarfallen ausfindig gemacht. Was soll das dann mit so einem Flitzer werden?«

»Blödmann. Bei dem Wetter fahre ich sowieso offen, da geht es mehr um das Genießen und nicht um Geschwindigkeit.«

»Und was sagt Ulli dazu?«

»War hin und weg. Er wollte mir sofort den Schlüssel für seinen Kombi in die Hand drücken und das Cabrio annektieren. Ich habe ihm aber was gepfiffen.«

»Katharina hat ein neues Spielzeug«, nickte Hofmann. »Und wehe, eines der anderen Kinder will mal damit spielen. Ist ja das Gleiche wie früher mit den Fahrrädern.«

»Vielleicht mach ich mal 'ne Ausnahme«, feixte die Blonde zurück. »Aber du darfst bestimmt als Letzter hinter das Steuer.«

»Also darf ich annehmen, dass du heute pünktlich Feierabend machen wirst?«, ging Hofmann nicht auf die Provokation ein.

»Sind unsere Freunde aus Wiesbaden eigentlich schon weg?«, wechselte Katharina das Thema, ohne zu antworten.

»Anscheinend nicht«, erklärte Hofmann und zeigte aus dem Fenster. Schwenke und Fresenius eilten gerade über die verkehrsberuhigte Zone Richtung Eingang.

Keine zwei Minuten später stand die Kollegin vom BKA in ihrem Büro. »Habt ihr schon gefrühstückt?«, fragte sie statt einer Begrüßung.

»Wir gehen gleich mittagessen«, gab Katharina süffisant zurück. »Ich weiß ja nicht, wann ihr in Wiesbaden normalerweise zum Dienst erscheint, aber hier sind wir spätestens um acht an unserem Platz. Wie sagen Toto und Harry doch so schön: Sie sind hier in Bochum, hier herrschen Recht und Ordnung.«

»Wer?«, fragte Jessica verständnislos.

»Bildungslücke«, urteilte Hofmann. »Wolltest du uns zum Abschied zu einem Frühstück einladen?«

»Wieso Abschied? Hat einer was von Abschied gesagt?«

»Hätte ja sein können«, seufzte Hofmann und zog heftig an seiner Pfeife.

»Warum sollten wir verschwinden? Wir sind noch keinen Schritt weiter gekommen. Die höchste Priorität hat jetzt die Vernehmung dieses Russen. Gar nicht auszudenken, wenn dieser Kerl stirbt oder sich herausstellt, dass er einen Dachschaden davongetragen hat. Dann wären wir wieder bei null.«

»Konntet ihr inzwischen seine Identität klären?«

»Nein, wir haben zwar dank des Videos ein ganz gutes Foto von ihm, auf dem sein Gesicht noch nicht entstellt ist, aber das hat uns noch nicht weitergebracht.«

»Und der andere? Der junge Kerl?«

»Genauso Fehlanzeige. Unsere Computer laufen auf Hochtouren, aber wenn die beiden bisher nicht strafrechtlich in Erscheinung getreten sind – was sollen wir tun?«

»So viel dazu, wir hätten den Fall gelöst«, meinte Katharina mit einem Seitenblick auf Hofmann.

»Bitte?«

»Nichts«, erklärte Hofmann schnell. »Also heißt es jetzt, darauf warten, dass der Typ vernehmungsfähig ist, nicht wahr?«

»Genau. Einen anderen Ansatzpunkt haben wir nicht. Oder hat sich etwas Neues ergeben?«

»Nein«, seufzte Katharina. »Die Informanten, die sich in der Szene auskennen, wissen nichts. Und dass dieser Wachmann, den es bei dem Raub erwischt hat, etwas mit der Sache zu tun hat, können wir inzwischen ausschließen. Der Junge war sauber, ist nie auffällig geworden, führte kein geheimes Doppelleben, hatte keine Schulden, sondern lebte mit seiner Freundin auf bescheidenem Fuß.«

»Das mit dem Frühstück war schon mal ein guter Anfang. Warte noch eine Stunde, dann kannst du daraus eine Einladung zum Italiener machen«, schlug Hofmann vor. »Das wäre besser als unsere Kantine.«

Jessica sah sich demonstrativ um. »Viel zu tun habt ihr nicht, was?«

30

Zumindest tat nichts mehr weh. Fast konnte Juri Kamarov es genießen, auf der weichen Matratze zu liegen, gegen die weiß gestrichene Decke zu starren und seinen Gedanken nachzuhängen. Vor einer Stunde hatte ihm dieser nette junge Arzt einen Becher mit einer grauenhaft schmeckenden Medizin an die Lippen gehalten. Keine fünf Minuten später hatte er gespürt, wie die Wirkung des Medikamentes einsetzte.

Sein Körper war fast komplett bandagiert, der Arzt hatte ihm erklärt, dass er etliche Brüche, Quetschungen und innere Verletzungen davongetragen habe, am schlimmsten sei die Kopfverletzung, aber man habe sie erfolgreich operiert. Er solle sich keine Sorgen machen, sondern abwarten und in Ruhe wieder gesund werden.

Bereitwillig hatte Kamarov dann der netten Schwester alles erzählt, was sie von ihm wissen wollte, seinen Namen, sein Geburtsdatum, wo er geboren war, seit wann er in Deutschland lebte ... Wenn die Toten aus ihren Gräbern auferstanden, um ihn heimzusuchen, musste sich etwas ändern.

Seine kriminelle Karriere war zu Ende, endgültig. Er würde ein neuer Mensch werden, er würde für seine Verbrechen büßen, wenn es sein musste, ging er auch ins Gefängnis.

Die Bullen wussten eh Bescheid. Juri hatte keine Ahnung, was er während der letzten Tagen erzählt hatte, immerhin war der Unfall am Samstag passiert und jetzt war es schon Dienstag.

Nun, ihm war alles egal. Mord bedeutete in Deutschland normalerweise fünfzehn Jahre, vielleicht kam er bei guter Führung sogar eher wieder aus dem Knast. Dann war er zwar schon Mitte fünfzig, aber immer noch nicht zu alt, um nicht noch etwas Sinnvolles mit seinem Leben anfangen zu können. Zeit, um darüber nachzudenken, würde er auf jeden Fall genug haben.

Vorsichtig versuchte er, Teile seines Körpers zu bewegen. Als der rechte Arm zwei Zentimeter über der Matratze schwebte, schoss ein stechender Schmerz durch seinen Leib. Nun gut, dann eben nicht.

Auf dem Flur schrillte plötzlich eine Klingel, gleich darauf war hektisches Getrampel und aufgeregtes Rufen zu hören. Juri registrierte das nur am Rande. Trotzdem bekam er mit, dass sich die Tür zu seinem Zimmer leise öffnete.

Den Mann, der das Zimmer betrat, hatte er noch nie gesehen. Angestrengt kniff Juri die Augenlider zusammen und überlegte fieberhaft. War das auch einer der Toten, die ihn besuchten? Oder war das ein realer Besucher?

Er krächzte etwas Unverständliches, der Besucher schloss so leise wie möglich die Tür wieder und trat an sein Bett. Dann musterte er die Geräte, die immer noch in beachtlicher Anzahl um den Verletzten herum postiert waren.

»Juri, du machst vielleicht Sachen. Anscheinend hast du völlig den Verstand verloren.«

»Die Toten«, versuchte Kamarov dem Unbekannten zu erklären. »Die Toten kommen zurück. Sie wollen Rache.«

»Blödsinn! Was hast du den Bullen erzählt?«

»Ich weiß nicht. Vielleicht alles. Wer bist du?«

Der Fremde seufzte. »Das habe ich befürchtet.«

Mit einem Ruck riss der Besucher das Kissen unter Juris Kopf weg und beugte sich über das Bett. Die Augen des Russen weiteten sich vor Panik, als er die Absicht erkannte, die hinter der Aktion steckte.

Der Mann presste das Kissen mit aller Kraft auf Juris Gesicht. Die bandagierten Arme und Beine begannen wild zu zucken, aber eine echte Gegenwehr konnte Juri nicht leisten.

Nach nicht einmal einer Minute war es vorbei. Der Körper erschlaffte, der Mann nahm das Kissen wieder hoch und prüfte an der Halsschlagader, ob noch ein Puls zu fühlen war.

Das war nicht der Fall. Das Problem Juri hatte sich erledigt, der Russe war schon nicht mehr existent. Jetzt ging es nur noch darum, schnell und ungesehen aus dem Krankenhaus zu verschwinden.

Vorsichtig steckte der Mann seinen Kopf durch die Tür und lugte auf den Flur. Irgendjemand hatte inzwischen den Alarm, den der Eindringling ausgelöst hatte, indem er einige Papiertücher und Verbandsmaterial in einem Vorratsraum angezündet hatte, abgestellt. Trotzdem herrschte noch Hektik, in der Ferne rannte ein Krankenpfleger mit einem Feuerlöscher über das Linoleum. Und auch der Polizist, der den Russen bewachen sollte, war wohl noch mit der Brandbekämpfung beschäftigt.

Der Mann schloss leise die Tür hinter sich und ging zügig, aber nicht übertrieben hastig den Flur entlang. Etwa zehn Meter waren es bis zur Treppe, wenn er sich erst einmal auf dem Weg ins Erdgeschoss befand, hatte er das Schlimmste hinter sich.

Als er die Kurve zum Treppenhaus nahm, trat eine Gruppe von Pflegern aus dem verqualmten Vorratsraum, der Polizist in ihrer Mitte. Der Mann gönnte sich ein schwaches Lächeln. Glück gehabt.

Eilig sprang er die Stufen hinunter, wich einer Putzfrau aus und vernahm, während er der Eingangshalle zustrebte, von der Straße die Martinshörner der anrückenden Feuerwehr. Vielleicht noch eine Minute, dann hatte er es geschafft.

Auch auf dem Krankenhausvorplatz war Chaos ausgebrochen. Drei Löschzüge hatten rücksichtslos alles zugeparkt, hinter den roten Fahrzeugen stand ein Streifenwagen der Polizei, dahinter huschte gerade ein Übertragungswagen des WDR in die letzte freie Lücke. In so einer Stadt wie Wesel war ein vermeintlicher Krankenhausbrand eine Sensation.

Der Mann ging zügig weiter und hielt seinen Kopf gesenkt. Das fehlte ihm noch, dass er heute Abend die Hauptrolle in einem Bericht der *Aktuellen Stunde* spielte. Vorsichtshalber zog er die spiegelnde Sonnenbrille und die Baseballkappe aus seiner Jacke und setzte beides auf. Zusammen mit dem Overall, in den er vor Betreten des Krankenhauses geschlüpft war, mochte man ihn in dieser Verkleidung für einen Haustechniker halten.

Die Feuerwehrmänner eilten hastig an ihm vorbei, bepackt mit schwerem Gerät. Zwei Journalisten hetzten den Männern hinterher, wurden vom Einsatzleiter aber aufgehalten. Nach einem kurzen, heftigen Wortgefecht gaben die Reporter auf und gingen woanders auf Motivsuche. Eine erste Person, von der sie O-Töne einfangen konnte, kam direkt auf sie zu.

»Hallo, entschuldigen Sie, WDR, kommen Sie gerade aus dem Krankenhaus?«

Der Mann tat so, als habe er nichts gehört. Aus den Augenwinkeln registrierte er, dass die Kamera genau auf sein Gesicht geschwenkt war.

»Haben Sie etwas von dem Brand mitbekommen?«, bohrte der smarte Journalist weiter. »Was ist da passiert?«

»Ich weiß nichts«, knurrte der Mann, ohne stehen zu bleiben. »Ich war in der Cafeteria, als der Alarm losging.«

Damit war er für die Journalisten wertlos. Ohne den Mann eines weiteren Blickes zu würdigen, gingen sie bei anderen Passanten auf Stimmenfang.

Der Mörder atmete erleichtert auf.

31

»Verdammter Mist!«, meinte Hofmann wütend. »Schlimmer konnte es ja wohl nicht kommen.«

Lübbehusen zuckte mit den Achseln. »Tut mir leid. Als der Feueralarm ausbrach, hat unser Kollege sofort reagiert. Es hätten ja Menschenleben in Gefahr sein können.«

»Dem macht ja keiner einen Vorwurf«, seufzte Katharina. »Ich hätte wahrscheinlich auch alles stehen und liegen lassen.«

Die drei Beamten hatten es sich in dem Stationsstützpunkt bequem gemacht. Knapp zwanzig Minuten nachdem das Feuer gelöscht worden war, hatte eine Krankenschwester die Leiche Kamarovs gefunden, als sie ihm eine neue Ladung Medikamente verabreichen wollte.

»Schon eine Ahnung, wie das abgelaufen ist?«

»Nicht nur eine Ahnung«, erklärte Lübbehusen. »Um kurz vor fünfzehn Uhr ist bei der Feuerwehr der Alarm eingegangen, gleichzeitig brach hier im Krankenhaus das Chaos aus. Den Brandherd hat man schnell lokalisiert und mithilfe von ein paar Feuerlöschern schließlich auch gelöscht. Doch die Rauchentwicklung war ein Problem. Das Pflegepersonal musste einen Teil der Patienten evakuieren, Kollege Middendorp hat natürlich mit angefasst. Niemand ist auf den Gedanken gekommen, dass jemand absichtlich das Feuer gelegt hat, um ungestört den Russen umbringen zu können.«

»Wie lange war das Zimmer denn unbeaufsichtigt?«

»Insgesamt vielleicht zwanzig Minuten. Die Feuerwehr war ja schnell vor Ort.«

»Bisschen viel Feuer in der letzten Zeit«, murmelte Katharina.

»Der Täter hat genau den richtigen Moment abgepasst«, fuhr Lübbehusen fort. »Er ist in das Zimmer gegangen, hat Kamarov das Kissen aufs Gesicht gedrückt, danach ist er seelenruhig wieder verschwunden.«

»Ohne gesehen zu werden?«

Lübbehusen zuckte erneut mit den Achseln. »Middendorp ist zumindest niemand aufgefallen.«

»Und keiner sonst hat etwas Außergewöhnliches beobachtet?«

»Nein. Weder beim Pflegepersonal noch bei den Patienten, die wir befragt haben, war etwas zu holen. Außerdem hatten ja noch alle den Schreck wegen des Brandes in den Knochen.«

Katharina zog den gut gefüllten Aschenbecher zu sich heran und rauchte an. »Meines Erachtens hat irgendjemand aus der Bande diesen lästigen Mitwisser beseitigt, damit er nicht zu viel erzählen konnte.«

»Aber woher wusste der Mörder, wo der Russe lag?«, fragte Hofmann.

»Eben das ist das Problem. Gut, in welches Krankenhaus Kamarov gebracht worden war, das war kein Geheimnis. Jeder, der die Unfallmeldungen verfolgt hat, wusste das. Aber die genaue Station? Das Zimmer? Dann das Risiko, dass wir den Mann bewachen? Hat sich irgendjemand vor dem Brand auf der Station nach Kamarov erkundigt?«

»Nein«, erklärte Lübbehusen, »das haben wir natürlich sofort überprüft. Middendorp hat um acht Uhr heute früh die Nachtschicht abgelöst und während er hier war, hat sich niemand für den Russen interessiert. Beim Stationspersonal hat ebenfalls niemand nachgefragt genauso wenig wie an der Pforte. Den Namen des Toten wissen wir selbst ja erst seit heute Mittag, sofern die Angaben des Mannes überhaupt stimmen.«

»Woher wusste der Mörder also, wo er hinmusste und was er unternehmen musste, um ungesehen an Kamarov zu gelangen?«, wiederholte Katharina nachdenklich.

»Vielleicht hat er sich das Krankenhaus schon gestern oder vorgestern angeschaut, um die Örtlichkeiten kennen zu lernen. Es war doch klar, dass Kamarov hier nicht so schnell wieder rauskommt.«

»Ein Besucher, der durch das Krankenhaus schleicht?«, zweifelte Hofmann. »Nicht sehr wahrscheinlich.«

»Vielleicht hat sich ein Bandenmitglied ja auch aufnehmen lassen«, schlug Lübbehusen vor. »Undenkbar ist das nicht. Die Bande erfährt von Kamarovs Unfall und dass er in dieses Krankenhaus eingeliefert wird. Sie beschließen, den Mann aus dem Weg zu räumen, bevor er für sie ein Sicherheitsrisiko wird. Einer lässt sich als Notfall aufnehmen, als Patient verkleidet kann er unauffälliger als in Straßenkleidung das ganze Krankenhaus durchstreifen. Er guckt, vor welchem Zimmer wir eine Wache postiert haben, und schon wusste er, wo Kamarov liegt.«

»Könnte sich so zugetragen haben«, überlegte Katharina. »Also müssen wir die Befragung auf jeden Patienten ausdehnen. Am besten lässt du dir eine Liste mit den Aufnahmen aus den letzten Tagen anfertigen, besonders sollten wir auf die achten, die mit einer unklaren Verdachtsdiagnose gekommen sind.«

»Wird gleich erledigt«, nickte Lübbehusen.

»Gibt es Spuren?«

»Hier im Krankenhaus? Bis jetzt noch nicht. Vielleicht sind Fingerabdrücke im Zimmer zu finden, aber der Erkennungsdienst braucht noch ein Weilchen.«

»Gibt es hier so etwas wie Videoüberwachung?«

Lübbehusen lachte auf. »Warum sollte es? Auf den Intensivstationen, klar, aber auch dort nur aus medizinischen Gründen.«

»Wäre ja auch zu schön gewesen«, seufzte Katharina. »In dem Tumult nach dem Feueralarm konnte der Mörder natürlich völlig unbeachtet verschwinden. Welche Informationen hat dieser Kamarov denn noch preisgegeben, bevor er umgebracht wurde?«

»Nicht viel. Seinen Namen, wann er geboren wurde, dass er ursprünglich aus Moskau stammt und seit ein paar Jahren in Deutschland ist. Wir haben schon Interpol kontaktiert, ob die etwas über einen Juri Kamarov in ihren Akten haben. Vielleicht bekommen wir morgen eine Rückmeldung.«

»Ist das Stationspersonal noch da?«, fragte Katharina.

»Natürlich, die haben wir nicht gehen lassen.«

»Bringen wir es hinter uns«, meinte Hofmann. »Die wollen bestimmt genauso gerne Feierabend machen wie wir.«

32

»Ich nehme das Rinderfilet mit Pommes und Broccoli.«

»Gern. Und noch etwas zu trinken?«

Günter Vollmert überlegte. Eigentlich mochte er keinen Alkohol, weniger wegen des Geschmacks, sondern wegen der verheerenden Wirkung, die nur wenige Schlückchen bei ihm auslösten. Aber bei einem guten Essen machte er gerne mal eine Ausnahme. Vor allem in Momenten wie diesem, wo sein Job schon erledigt war.

»Ja. Noch ein Wasser und dazu ein Viertel Rotwein. Trocken.«

»Aber natürlich«, gab die eilfertige Kellnerin zurück. »Wir haben da einen ausgezeichnete Tropfen, der Ihnen bestimmt zusagen wird.«

Nachdem die Frau abgezogen war, lehnte sich der Detektiv bequem zurück und strich sich zufrieden über den Bauch. Das sollte ihm mal einer nachmachen, gestern Morgen erst hier angekommen, ein paar tolle Fotos geschossen, die für seinen Auftraggeber allein schon aufschlussreich sein würden – und dann heute der Blattschuss.

Nachdem er sich davon überzeugt hatte, dass seine Zielperson tatsächlich dieses blödsinnige Seminar in der Sparkasse besuchte, war er wieder zum Golfplatz gefahren. Vielleicht fand er ja den einen oder anderen, der ihm ein wenig mehr über das Verhältnis Mempel-Werners und van der Feldes berichten konnte.

Der Golfplatzbesitzer war ihm erneut als Erster über den Weg gelaufen. Potenziellen Neumitgliedern wurde besonders viel Aufmerksamkeit entgegengebracht, so kam Vollmert in den Genuss einer kostenlosen Führung über das

Gelände rund um Schloss Haag, düste zusammen mit dem stolzen Inhaber in einem der Elektrokarren über einige Hektar äußerst gepflegten Grüns und durfte sich im Büro, wo er zwei Aufnahmeanträge in die Hand gedrückt bekam, sehr interessante Fotoserien über die Fortschritte der Renovierung des altehrwürdigen Gemäuers ansehen.

Was Unternehmergeist gepaart mit ausreichend Kleingeld bewirken konnte, beeindruckte Vollmert ungemein. Wie hier innerhalb kürzester Zeit eine Ruine in ein Schmuckstück verwandelt worden war, das brachte ihn ehrlich zum Staunen.

Und dann war die Krönung des Vormittages erfolgt. Als Vollmert sich auf eine Apfelschorle in die Gastronomie zurückzog und sich die Werbebroschüren und den Turnierplan ansah, polterte van der Felde auf den Hof, blickte sich kurz um und setzte sich schließlich ungefragt an Vollmerts Tisch. Im ersten Moment hatte sich der Bochumer erschrocken. Aber van der Felde, der auch heute wieder eine grausame Klamottenkombination trug, suchte einfach jemanden, der ihm Gesellschaft leistete. Irgendwie war es Vollmert gelungen, das Gespräch auf die Blondine zu bringen. Als van der Felde ihm schelmisch zuzwinkerte, startete der Detektiv heimlich das kleine Diktiergerät und wartete ab. Und tatsächlich gab van der Felde zu, sich hin und wieder mit seiner ›Bekannten‹ zu treffen, zweimal nannte er sogar den vollen Namen der Frau.

Van der Felde blieb während der ganzen Zeit auffällig freundlich, aber absolut distanziert. Er erkundigte sich beiläufig nach Projekten, an denen Vollmert als angeblicher Architekt mitgearbeitet hatte, und fragte ihn, ob er sich nicht mal eine seiner Immobilien ansehen wollte, die er zu restaurieren gedachte. Leider hätte er heute Abend wegen einer geschäftlichen Besprechung keine Zeit, aber vielleicht an einem der nächsten Abende. Vollmert sagte unverbindlich zu. Am nächsten Morgen wollte er in seinen Golf klettern und zurück nach Bochum fahren – aber das brauchte er diesem Dandy ja nicht auf die Nase zu binden.

»So, ein Wasser und ein Viertelliter Roten. Möchten Sie erst probieren?«

»Gerne«, antwortete Vollmert und wartete, bis das große Weinglas fingerbreit gefüllt war. Dann atmete er genüsslich die Blume, ließ den Wein ein wenig kreisen und probierte einen Schluck von dem tiefroten Saft.

»Toll«, lobte er danach. »Ein Italiener, nicht wahr?«

Das Gesicht der Kellnerin hellte sich auf. »Ja. Kennen Sie sich mit Weinen aus?«

»Ein wenig.«

Ach, konnte das Leben schön sein. Sein Konto war ausnahmsweise mal tief im Plus, er hatte ein leckeres Getränk vor sich, freute sich auf ein gutes Essen – und Mempel-Werner musste auch gleich auftauchen. So wie er die Frau einschätzte, würde sie ihn, nachdem er seinen Spruch aufgesagt hatte, mit ängstlichen Augen anstarren, dann in Tränen ausbrechen und ihn auf Knien anbetteln, nichts ihrem Mann zu sagen. Darüber konnte man reden; vor allem, wenn sie später auf ihren Knien noch ganz etwas anderes machten würde.

Sein Essen kam. Vollmert lief das Wasser im Mund zusammen. Er legte die Serviette über seine Oberschenkel und säbelte das erste Stück vom Rinderfilet ab. Der Anblick trog nicht, das Fleisch war genauso gut, wie es aussah.

Als er gut fünfzehn Minuten später die letzten Reste vom Teller gekratzt hatte und überlegte, ob er sich auf Kosten seines Auftraggebers nicht noch einen leckeren Nachtisch gönnen sollte, spazierte Mempel-Werner die Einkaufsstraße herauf, von Vollmerts Platz im Biergarten aus gut zu beobachten. Scheinbar hatte sie die Zeit nach dem Seminar genutzt, um einen kleinen Einkaufsbummel zu machen, an ihren Händen baumelten einige Plastiktüten.

Auf dem Gesicht des Detektivs erschien ein abschätzendes Lächeln. Die Tussi war offensichtlich gut gelaunt, ihre Augen leuchteten unternehmungslustig. Hoffentlich konnte sie ein wenig von ihrer Stimmung mit in sein Hotelzimmer retten, dann würden der Abend und die Nacht göttlich werden.

Mempel-Werner stiefelte mit ihrer Last zum Seiteneingang des Hotels, kurz darauf war sie verschwunden. Vollmert hatte keine Eile, sie würde garantiert wieder auftauchen. Wahrscheinlich würde sie erst mal unter die Dusche springen. Auf jeden Fall war Zeit genug, um noch einen Eisbecher zu ordern.

Als er gerade den sechsten Löffel verputzt hatte, trat Mempel-Werner aus dem Haupteingang des Hotels und sah sich suchend nach einem freien Platz im Biergarten um. Geduscht hatte sie nicht, und wenn doch, war sie in dieselben Kleidungsstücke geschlüpft, die sie schon den ganzen Tag getragen hatte.

Vollmert war es egal, das Röckchen zeigte genug von ihrer Figur, um seine Fantasie in Fahrt zu bringen.

»Verzeihen Sie, ist hier noch frei?«

Der Detektiv sah überrascht auf. Mempel-Werner stand vor seinem Tisch und lächelte ihn strahlend an.

»Klar«, gab er zurück und checkte mit einem schnellen Blick die Umgebung. Im Biergarten war noch ein Tisch unbesetzt, der lag allerdings in der Sonne. Okay, so musste er sich keine Gedanken machen, wie er mit der Tussi ins Gespräch kommen sollte.

»Sie wohnen auch hier im Hotel?«

»Allerdings. Warum?«

»Och, ich meine nur. Sie sind mir schon heute Morgen beim Frühstück aufgefallen.«

Vollmert bekam einen trockenen Mund. Wusste sie etwa über seinen Job Bescheid?

»Wirklich? Warum das denn?«

»Nur so. Immerhin sind Sie ja auch allein hier. Und Sie kommen ebenfalls aus Bochum, oder?«

»Ja, korrekt.«

»Wusste ich es doch«, strahlte Mempel-Werner erfreut. »Ihnen gehört der Golf, richtig?«

»Ja, auch das stimmt. Sie sind eine feine Beobachterin.«

Die Blondine hockte sich endlich zu ihm an den Tisch und schlug ihre langen Beine übereinander. »Sind Sie beruflich hier? Oder machen Sie Urlaub?«

Vollmert überlegte einen Moment amüsiert, ob die Frau nur auf Smalltalk aus war oder ihn tatsächlich anmachen wollte.

»Ich spanne ein paar Tage aus«, flunkerte er schließlich. »Von einem Bekannten hatte ich gehört, dass es hier sehr schön sein soll, für einen kurzen Trip muss man ja nicht gleich ins Ausland fahren.«

»Okay, für ein Wochenende ist es hier ganz nett, aber einen richtigen Urlaub machen? Mein Mann besteht jedes Jahr entweder auf Wernigerode oder St. Peter Ording. Dabei möchte ich gern mal in die Karibik. Oder nach Ägypten oder wohin auch immer. Auf jeden Fall mal was Exotisches sehen.«

Vollmert leckte sich unbewusst über die Lippen. »Sie sind verheiratet?«

»Juristisch gesehen, ja«, lachte Mempel-Werner und winkte der Kellnerin zu, um sich ein Wasser und einen Salat zu bestellen. »Aber nicht mehr lange. Ich hab mir schon eine kleine Wohnung gesucht, zum nächsten Ersten kann ich da rein. Und dann beende ich diese Farce.«

Der Privatschnüffler runzelte einen Moment die Stirn. In dieser Frau hatte er sich gründlich getäuscht, anscheinend war sie wesentlich abgezockter, als er gedacht hatte. Mit seiner normalen Masche wäre er garantiert auf die Nase gefallen.

»Und was machen Sie hier in Geldern?«

»Seminar. Und«, die Frau blickte sich verschwörerisch um, »einen kleinen Vorschuss auf meine anstehende Freiheit genießen.« Dabei kniff sie dem Detektiv ein Auge zu.

»Ich hab immer gewusst, dass mir nichts entgangen ist«, gab Vollmert zurück.

»Bitte?«

»Na ja, nicht geheiratet zu haben. Spaß kann man ja auch so haben.«

»Sehen Sie, Sie verstehen mich«, nickte Mempel-Werner anerkennend. »Würde mir heute nicht mehr passieren, glauben Sie mir.«

Vollmert vernichtete verwirrt den Rest des Eises und legte den Löffel beiseite. Es war ihm schon eine Ewigkeit nicht mehr passiert, dass eine Frau ihn angemacht hatte. Seine sexuellen Erfahrungen bestanden im Wesentlichen aus dem Kontakt zu Prostituierten und den gelegentlichen schnellen Nummern mit seinen weiblichen Zielpersonen. Wenn er Glück hatte, schleppte er mal aus irgendeiner Kneipe oder Diskothek eine beschwipste, übrig gebliebene alte Jungfer ab. Über seine Wirkung auf Frauen gab er sich deshalb keinerlei Illusionen hin.

Umso mehr überraschte es ihn nun, dass diese Blonde an seinem Tisch saß und ihm unverhohlen signalisierte, dass er, wenn er nur wollte, in spätestens einer halben Stunde zum Schuss kommen könnte. Na ja, vielleicht auch eher in einer Stunde, immerhin hatte sie noch etwas zu essen bestellt.

»Günter«, erklärte er zögernd.

»Was?«

»Mein Vorname.«

Mempel-Werner lachte wieder. »Ach so, hätte ich auch allein drauf kommen können. Sabine. Schön, dich kennen zu lernen.«

Er musste sich eingestehen, dass ihn das Tempo nervös machte. Unsicher griff er zum Weinglas, merkte erst, als er es schon an den Lippen hatte, dass es leer war, und schenkte sich aus der Karaffe nach.

»Warst du immer schon solo?«

»Ja. Es hat da mal jemanden gegeben, aber das hat sich zerschlagen.«

»Also nimmst du, was du kriegen kannst, was? Feste Freundin?«

»Nichts Festes, hier und da mal was für zwischendurch«, bog er die traurige Wahrheit zurecht. »Wo in Bochum befindet sich deine Wohnung?«

»Langendreer, weit weg von meinem Mann. Ich wollte mir erst was außerhalb suchen, aber dann hätte ich einen zu weiten Weg zur Arbeit.«

»Und, ahnt dein Mann schon etwas?«

»Der Blödkopf? Nicht das Geringste. Und selbst wenn, wäre mir das egal. Ich habe genug Zeit mit ihm verschwendet.«

Vollmert fasste einen Entschluss. Vielleicht war die Tussi ja an einem längerfristigen Verhältnis interessiert. In dem Fall wäre es ein Eigentor, wenn er seinem Auftraggeber die Fotos aushändigen und das Band von van der Felde vorspielen würde. Erst mal sehen, wie der Abend verlief, sein Honorar bekam er ja auf jeden Fall.

»Hast du heute Abend noch etwas vor?«, fragte er mit klopfendem Herzen.

»Eigentlich nicht«, schmunzelte Mempel-Werner. »Du?«

»Auch nicht. Vielleicht könnte man ja …«

»Ja? An was denkst du?«

Sei nicht so schüchtern, dachte sich Vollmert. So eine Gelegenheit bekommt man nicht alle Tage.

Als er sich endlich überwunden hatte und vorschlagen wollte, zusammen sein Hotelzimmer aufzusuchen, fiel sein Blick auf einen Passanten, der aus einem der kleinen, gemütlichen Geschäfte strebte. Im nächsten Moment bildete sich in Vollmerts Magen ein stahlharter Klumpen.

»He, was ist mit dir? Günter?«

Der Detektiv hatte die Blonde an seinem Tisch vergessen, seine Augen klebten an einem Mann, der keine zwanzig Meter von ihm entfernt gemächlich über das Pflaster schritt. Wie hypnotisiert zog Vollmert seine Geldbörse hervor, legte dreißig Euro neben seinen Teller und stand auf.

»Bist du bescheuert?«, fragte Mempel-Werner. »Was für ein abgefahrener Irrer bist denn du?«

»Mhm?«, grunzte Vollmert, dem die Existenz der Blondine ein letztes Mal ins Bewusstsein drang. »Sorry, aber mir ist etwas dazwischengekommen. Morgen vielleicht.«

Mit diesen Worten schnappte er sich seinen Rucksack, sprang eilig auf und beeilte sich, die Verfolgung aufzunehmen.

33

Er hatte noch zehn Minuten. Peter Scheibel kurbelte wie wild an dem Videorad, um den optimalen Schnittpunkt zu erwischen. Der Bericht über den Brand im Krankenhaus nahm langsam seine endgültige Form an. Die nächste Ausgabe der Lokalnachrichten wollte mit der Meldung aufmachen, wenn er Glück hatte, würde sein Zwei-Minuten-Clip sogar in ganz NRW zu sehen sein.

»Wie weit bist du?«, knurrte Thomas Lorenzen, der Kameraassistent.

»Gleich fertig«, gab der Journalist unwillig zurück und überspielte den fertigen Bericht. »Mach mich bloß nicht wuschig.«

»Wie soll das denn gehen? Mit deiner getrimmten Dauerwelle siehst du doch sowieso aus wie ein explodiertes Meerschweinchen.«

»Schnauze!«, befahl Scheibel und nahm die Kassette aus

dem Schacht. »Hier, bring das rüber in die Regie, sonst kriegen die noch einen Herzkasper.«

Der schmächtige Kabelträger drückte seine halb gerauchte Kippe in einen Aschenbecher und erhob sich ächzend. Bei seiner Statur stellte das Gewicht des Kamerakabels für ihn tagtäglich eine gewaltige sportliche Herausforderung dar.

Durch die offene Tür hörten die beiden Männer sich nähernde Stöckelschuhe. Scheibel und Lorenzen verdrehten die Augen. Das konnte nur eine sein.

»Tag, die Herren. Na, noch beim Nachmittagsschlaf?«

Renate Heeg, die Produktionsleiterin, steckte ihren kurz geschorenen Kopf durch die Tür und betrachtete missbilligend die beiden Männer am Schnittpult.

»Reg dich ab«, meinte Scheibel und klaute Lorenzen eine Aktive. »Der Bericht ist fertig, Tommy wollte ihn gerade rüberbringen.«

»Deinen Bericht kannst du in die Tonne kloppen«, sagte Heeg wütend. »Das Sahnehäubchen hast du doch eh nicht drauf.«

»Bitte?«, fragte Scheibel.

»Hast du es denn noch nicht gehört? Während des Brandes ist in dem Krankenhaus jemand ermordet worden.«

»Was?«

»Nicht ›was‹!«, ätzte die Produktionsleiterin. »Meine Freundin von *Blut* hat gerade angerufen und gefragt, wie wir die Sache aufmachen. Kannst dir sicher vorstellen, wie perplex ich war.«

»Umgebracht? Habe ich nichts von mitgekriegt, die Feuerwehr hat doch das Stockwerk, in dem es brannte, hermetisch abgeriegelt. Wir konnten da gar nicht rein.«

Heeg zog einen Hocker heran und ließ ihre schlanke Erscheinung niedersinken. »Ich hasse es, wenn jemand unseren Job so schluderig erledigt, dass er vor lauter Bäumen den Wald nicht sieht. Wenn wir deine kleine Feuerstory über den Sender schicken, ohne was von dem Mord zu bringen, machen wir uns lächerlich.«

Scheibel seufzte. »Und das heißt?«

»Schneid das Ding um und setz einen neuen Kommentar drauf. Soweit ich gehört habe, ist dieser Typ umgebracht worden, der Samstag in Wesel vor dem Bahnhof gegen den Bus geknallt ist. Ein Vögelchen aus dem Krankenhaus hat mir geflüstert, dass der Mann von der Polizei bewacht worden ist, keine Ahnung, warum. Wir ziehen den Bericht auf zwei dreißig. Du hast noch eine Viertelstunde, wir bringen ihn als Hauptakt um Viertel nach.«

Die Produktionsleiterin stieß den Hocker zurück und verließ grußlos den Raum.

»Na super«, fluchte Scheibel, als er mit dem Kameraassistenten wieder allein war. »Irgendwann wacht die Tussi mal mit 'nem Messer im Rücken auf. Und die Liste der Verdächtigen ist gerade um einen länger geworden.«

»Stell dich nicht so an. Sie hat ja Recht, wenn der Mord nicht in dem Bericht vorkommt, taugt der nur für den Müll.«

»Seit wann bist du Heegs Fanclub beigetreten?«

»Arsch. Ich geh mal zum Klo. Fang an zu arbeiten.«

Scheibel knallte unwillig das Band mit den Originalaufnahmen in den Rekorder und startete zum x-ten Mal die Wiedergabe. Einen neuen Kommentar aus dem Ärmel zu schütteln war nicht das Problem, so was konnte er notfalls auch morgens um vier nach einer durchzechten Nacht. Das Problem war, dass es so wenig Bildmaterial gab. Noch mehr Feuerwehrmänner zu zeigen wäre langweilig und O-Töne zum Mord existierten natürlich auch nicht. Mal sehen, vielleicht fanden sich ja ein paar schöne Bilder vom Krankenhaus oder von der Umgebung.

Eigentlich war er wegen Storys wie dieser Journalist geworden. Scheibel reizte das Verborgene, die Hintergründe einer Story. Doch von seinem Traum von wochenlangen, undercover geführten Recherchen hatte er schnell Abstand nehmen müssen. Anstatt sich in aller Ruhe auf eine Geschichte konzentrieren zu können oder eine weltbewegende Reportage zu erarbeiten, durfte er die Niederungen des Niederrheins durchstreifen, Kindergartenfeste dokumentieren oder Volkshochschulaktionen ablichten. Bestenfalls staubte er bei Sportveranstaltungen ein kostenloses Würstchen ab. Eigentlich war der Brand in Wesel ja schon ein Highlight gewesen und nun war sogar ein Mord passiert! So eine Story in fünfzehn Minuten zu verwursten war eine Schande.

Scheibels Zeigefinger ruhte auf der Taste für den schnellen Vorlauf, nur gelegentlich ließ er das Band in Normalgeschwindigkeit laufen, um fast augenblicklich wieder durchzustarten. Mist, die Bilder gaben nichts her.

Als er das nächste Mal beschleunigen wollte, stutzte er. Irgendetwas passte nicht.

Scheibel runzelte die Stirn und ließ das Band ein kleines Stück zurücklaufen. Auf dem Monitor war eine aufgeregte Krankenhausmitarbeiterin zu sehen, die er in der ersten Version des Berichts herausgeschnitten hatte. Der Journalist hörte sich die Passage zweimal an, dann drückte er auf Pause und dachte nach.

»Machst du einen auf Arbeiterdenkmal?«, spöttelte Lorenzen, der sein kleines Geschäft erledigt hatte.

Scheibel schrak auf. »Tu mir einen Gefallen und halt für einen Moment deine Klappe. Ich muss nachdenken.«

»Womit?«

Statt einer Antwort durchbohrte Scheibel seinen Kollegen mit Blicken. Mit Erfolg, Lorenzen blieb ruhig.

Und dann hatte Scheibel den Geistesblitz, auf den er gewartet hatte. Zunächst sah er sich ein drittes Mal den Abschnitt mit der Frau an, notierte sich den Timecode, spulte das Band bis zum Anfang zurück und ließ es ungeduldig erneut anlaufen. Tatsächlich, er hatte Recht gehabt.

»Ist dir etwas aufgefallen?«, fragte er Lorenzen.

»Klar. Du hast noch acht Minuten für den Bericht und mit der Arbeit noch nicht mal angefangen.«

»Blödmann. Ernsthaft, ist dir etwas aufgefallen?«

Der Kameraassistent merkte an der Miene seines Kollegen, dass seine Scherze im Augenblick nicht angebracht waren. »Nein, was meinst du?«

»Warte einen Augenblick, dann wird es deutlicher.«

Scheibels Finger flogen über das Pult, während er die beiden Passagen kopierte, zuerst die mit der Frau, dann die vom Anfang. Schließlich ließ er die Kopie anlaufen.

»Ja, und?«, fragte Lorenzen danach. »Was soll das?«

»Pisa und die Auswirkungen«, seufzte Scheibel selbstzufrieden. »Die Frau erzählt lang und breit, sie habe von dem Alarm nichts mitgekriegt und erst davon erfahren, als sie mal auf Klo gegangen ist. Und dann hör dir den Typen am Anfang an.«

Noch einmal startete Scheibel die Aufnahme. Und Lorenzen verstand.

»Ist ja irre«, meinte der Kameraassistent anerkennend. »Einer von den beiden muss was genommen haben. So neben der Spur stehen kann man doch gar nicht.«

»Ist ja nicht nur das, was sie sagen. Guck mal, wie der Typ aus dem Krankenhaus geschlichen kommt. Und dann diese lächerliche Vermummung. Die Sonnenbrille, das alberne Käppi. Ich hab da einen ganz irrwitzigen Verdacht …«

»Und zwar?«

»Gib mir mal das Telefon. Ich ruf besser sofort die Bullen an.«

34

»Das ist ja wirklich höchst interessant«, sagte Lübbehusen höflich. »Aber meinen Sie nicht auch, dass in Stresssituationen wie dieser ein Mensch schon mal etwas durcheinander bringen kann?«

Scheibel tippte mit dem Zeigefinger auf den Monitor und schüttelte den Kopf. »Ich bitte Sie, Herr Kommissar. Der Typ behauptet, er habe den Alarm in der Cafeteria des Krankenhauses vernommen und zehn Minuten später erzählt mir diese Lady aus der Kantine, dass da gar nichts zu hören war. Fragen Sie im Krankenhaus mal nach, wie die Alarmwege sind.«

»Das werden wir selbstverständlich tun. Aber deshalb gleich eine Verbindung zu dem Mord sehen?«, zweifelte auch Katharina.

Der Journalist blinzelte die Blonde missbilligend an. »Es gibt noch mehr. Bevor die Kamera anlief, schlurfte der Typ langsam aus dem Krankenhaus, obwohl um ihn herum schon das Chaos ausgebrochen war. Er hat sich nicht ein einziges Mal umgedreht, um zu gucken, was eigentlich los ist. Angeblich hat er den Alarm gehört, wusste also, dass etwas im Krankenhaus passiert war. In solchen Situationen schlurft man nicht, sondern man rennt. Dann diese komische Vermummung. Und als er mich und das Kamerateam bemerkte, versuchte er, sich schnell zu verkrümeln. Das Ganze sieht doch so aus, als habe er unbedingt vermeiden wollen, ins Fernsehen zu kommen.«

»Bei dem Programm heutzutage kann ich das sogar verstehen«, gab Lübbehusen trocken zurück.

»He, wir sind hier bei den Öffentlich-Rechtlichen, das ist

was anderes als privater Scheiß wie Almabtrieb mit garantiertem Samenerguss«, keifte Scheibel.

»Bleiben Sie ruhig«, beschwichtigte Hofmann und deutete mit dem Kopf zu der Wiedergabeanlage. »Können wir eine Kopie von dem Band haben?«

»Klar, ist schon fertig.«

»Okay, vielen Dank für Ihre Mühe. Wir werden sehen, was wir über Ihren kamerascheuen Freund in Erfahrung bringen können.«

Als sich der Trupp ins Auto wuchtete, meldete sich Lübbehusens Handy. Während er mit der linken Hand seinen Sicherheitsgurt anlegte, klemmte er mit der rechten das Mobiltelefon ans Ohr.

»Was?«, schrie er fast, nachdem er sich gemeldet hatte. »Wann? – Und wo? – Verdammt, das kann doch nicht wahr sein! – Ja, okay, wir kommen.«

Ahnungsvoll schielte Hofmann zwischen den beiden Vordersitzen nach vorn. »Wir? Wieso gleich der Plural?«

Der Niederrheiner stopfte das Handy wieder in die Tasche an seinem Gürtel und musterte seine Kollegen. »Sagt mal, könnt ihr eure Leichen nicht bei euch behalten? Langsam reicht es mir.«

»Was ist denn los?«

»In Geldern wurde ein Toter gefunden, vor etwa zwanzig Minuten. Und dreimal dürft ihr raten, wo der Kerl wohnt … gewohnt hat.«

»Bochum?«

»Exakt. Bin ich froh, dass ihr noch hier seid. So könnt ihr den Fall von Anfang an selbst bearbeiten.«

»Immer langsam«, wehrte Katharina ab. »Nur weil der Tote aus Bochum stammt, müssen wir noch lange nicht zuständig sein.«

»Ach nein?«, schmunzelte Lübbehusen. »Das werden wir ja sehen.«

»Wohin muss ich?«

»Nach Geldern findest du ja wohl noch. Die Leiche liegt direkt vor dem Refektorium, das ist nahezu in der Innenstadt. Ich sag dir gleich, wie du fahren musst.«

Um diese Zeit war auf den Landstraßen so gut wie nichts mehr los. Katharina lenkte den Wagen mit maximal möglicher Geschwindigkeit Richtung Geldern. Dabei tat es ihr in der Seele weh, nicht ihren neuen fahrbaren Untersatz dabeizuhaben. Die Gegend war wie geschaffen für ein Cabriolet.

Lübbehusen konnte sich die Wegweisung sparen. Das Refektorium, letztes Überbleibsel eines Klosters, war großräumig abgesperrt. Vor dem Gebäude hatte man einige Parkplätze aus dem Boden gestampft, der Zugang war über eine Treppe zu erreichen, die einige Stufen nach unten führte.

Doch um die Leiche zu sehen, mussten sie nicht bis in das Kellergewölbe gehen. Der leblose Körper befand sich auf dem Abtritt am Ende der Stufen, mit dem Rücken gegen die Glastür gelehnt. Auf den ersten Blick konnte man glauben, ein abgefüllter Alkoholiker hielte hier ein Schläfchen.

Die hiesige Kriminaltechnik war bereits mit ihrer Arbeit fertig und die beiden Bochumer traten neben den Toten. Lübbehusen hielt Ausschau nach einem seiner Männer und ließ sich auf den neuesten Stand bringen.

»Hoffentlich kriegt Wielert nicht ’ne Herzattacke«, seufzte Hofmann. »Ein Fall gelöst, zwei neue auf dem Tisch. Toller Tausch.«

»Warte erst mal ab. Vielleicht ist das hier ja doch nichts für uns.«

»Nee, ich glaube, Lübbehusen hat Recht. Das kann kein Zufall sein.«

Die Blonde sparte sich eine Entgegnung. »Da kommt Lübbi zurück.«

»Na, den Fall schon gelöst? Oder bleibt deine Rekordzeit für Morde in Geldern unangetastet?«

»Lass den Scheiß«, knurrte Katharina. »Erzähl lieber etwas Sinnvolles.«

»Gerne. Nach Aussage unseres Arztes wurde dem armen Kerl das Genick gebrochen. Zeugen gibt es keine, wenigstens haben wir noch keine gefunden. Entdeckt hat den Toten der Hausmeister. Der arme Mann hat einen Schock erlitten und musste ins Krankenhaus gebracht werden. So, und jetzt müsst ihr mir ein paar Sachen erklären.«

»Was denn, zum Beispiel?«

»Warum wird ein Privatdetektiv aus Bochum ausgerechnet in Geldern umgebracht?«

Hofmann musterte die Leiche. »Der war Privatdetektiv?«

Lübbehusen zog einen Rucksack hinter seinem Rücken hervor. Erst jetzt erkannten die beiden Bochumer, dass er außerdem eine Brieftasche in der Hand hielt.

»Hier«, meinte der Niederrheiner. »Die Visitenkarten. Günter Vollmert, private Ermittlungen, mit Büroadresse, Telefon- und Faxnummer. Sagt euch der Name etwas?«

»Nicht die Bohne. Zeig mal her.«

Zunächst durchforstete Katharina aufmerksam die Brieftasche. In der Börse befanden sich, neben einigen Visitenkarten, der Personalausweis und einige Quittungen, sowohl in Geldern als auch in Bochum ausgestellt. Persönliche Notizen fand sie nicht.

»Der Rucksack?«, fragte sie sicherheitshalber.

»Scheint dem Opfer zu gehören, lag nur ein paar Meter entfernt im Gebüsch.«

Hofmann stieß einen anerkennenden Pfiff aus, nachdem er das Behältnis an sich genommen und vorsichtig geöffnet hatte. »Donnerwetter, eine Ausstattung vom Allerfeinsten. Glaube kaum, dass der Typ den Kram nur für Urlaubsfotos gebraucht hat.«

Nacheinander zog er den kleinen Camcorder, die Digitalkamera und das Diktiergerät aus dem Rucksack hervor. Als

Letztes zerrte er das Notebook an das allmählich schwächer werdende Sonnenlicht.

»Zeig mal her«, bat Katharina und platzierte den tragbaren Computer auf einem Mauersims. Sie machte sich keine allzu großen Hoffnungen über den Ladezustand des Akkus, aber als sie die Powertaste drückte, glomm der Bildschirm sofort auf.

»In seiner Hosentasche war ein Hotelzimmerschlüssel, ein Kollege ist schon unterwegs, um das abzuklären. Eigenartig, dass sich der Mann hier ein Zimmer genommen hat, so weit ist es bis Bochum doch nicht.«

»Wenn du gut durchkommst – eine knappe Stunde«, murmelte Katharina abwesend. Der Computer hatte seine Bootroutine beendet, das Emblem von Windows XP erschien.

»Bitte kein Passwort«, flehte Katharina und wurde erhört. Der Desktop erschien, die Symbole für die einzelnen Programme standen in Reih und Glied. Katharina klickte auf den Ordner mit den eigenen Dateien.

»Höchst interessant«, meinte Hofmann und tippte seiner Kollegin auf die Schultern. »Sieh mal, was der gefilmt hat.«

Unwillig löste die Blonde den Blick von dem Notebook und sah auf den LCD-Bildschirm der Kamera. Eine hübsche Blondine war zu erkennen, die sich hingebungsvoll an den Hals eines alten Knackers in unmöglichen Klamotten heftete.

»Kann ich das bitte mal genau sehen?«, fragte Lübbehusen. »Ich glaube, den Typen kenne ich.«

»Echt? Wäre ja super«, antwortete Hofmann und hielt das Display ein Stückchen weiter nach links.

»Na klar, das ist Hergen van der Felde«, informierte der Niederrheiner seine Kollegen. »Dem gehört hier in der Gegend jedes dritte Mietshaus, darüber hinaus einige Ländereien. Komisch, ich dachte, seine Frau sähe anders aus.«

»Vielleicht hat man deswegen einen Detektiv auf ihn angesetzt«, überlegte Hofmann und schaltete das Band auf schnellen Rücklauf. Weil keine weiteren Personen auftauchten, legte er den Camcorder weg und nahm den Fotoapparat in die Hand.

»Mist, auf den ersten Blick scheint auf dem Compi nichts Interessantes drauf zu sein«, meldete Katharina. »Die übliche Software: ein Office-Paket, zwei Bildbearbeitungsprogramme, Brennsoftware und und und ... Aber nichts, was uns sofort weiterhelfen könnte.«

»Trotzdem – wir haben einen Ansatzpunkt«, meinte Lübbehusen und strich sich über die spärlichen Reste seiner Haare. »Ich schlage vor, wir statten diesem Herrn van der Felde einen Besuch ab. Mal sehen, was er über diesen Detektiv zu erzählen weiß.«

»Ich fasse es nicht«, rief Hofmann überrascht. »Seht mal, wen dieser Vollmert zuletzt fotografiert hat ...«

Gleichzeitig drehte er die Kamera so, dass die anderen das Display bewundern konnten.

»Das darf doch nicht wahr sein!«, stieß Katharina hervor.

»Ich habe doch gleich gesagt, dass der Fall bei euch bleibt«, nickte Lübbehusen. Sonderlich erfreut wirkte er allerdings nicht.

35

Endlich wurde es ruhiger.

Ion Illic rutschte von dem kleinen Mauervorsprung, auf dem er während der letzten Stunden gesessen hatte, und ging auf den Eingang des Krankenhauses zu. Der letzte Feuerwehrwagen war verschwunden, die Polizei hatte sich schon vor einiger Zeit verdünnisiert.

Er war zu spät gekommen. Als er die Einsatzfahrzeuge vor dem Krankenhaus gesehen hatte, war er verdutzt stehen geblieben. Einen Moment war er in Versuchung gewesen, auf dem Absatz kehrtzumachen und das Weite zu suchen. Aber warum? Niemand kannte ihn. Und niemand wusste, warum er hier war.

Also hatte er sich auf das Mäuerchen gehockt und dem Treiben zugesehen. Der Brand kam ihm gelegen, im Krankenhaus herrschte bestimmt helle Aufregung. Er musste nur noch herausfinden, wo der Mörder seines Bruders lag. Irgendwie würde er das schon schaffen.

Als er sich einmal die Beine vertrat, belauschte er die Unterhaltung zweier Polizisten. Es hatte nicht nur gebrannt, es war auch ein Mord passiert. Mit wachsendem Erstaunen hatte er zugehört. Es konnte sich bei dem Toten nur um den Mann handeln, an dem er sich selbst hatte rächen wollen.

Was war hier los? Warum war außer ihm noch jemand daran interessiert gewesen, diesen Mistkerl umzubringen? Und vor allem, wer?

Illic hatte sich wieder auf seinen Beobachtungsposten zurückgezogen und nachgedacht. Die einzige Erklärung war, dass der Kerl eine Gefahr für die Bande war, jemand hatte verhindern wollen, dass er etwas ausplauderte. Also mussten noch andere Bandenmitglieder in der Nähe sein. Und gleichzeitig wurde ihm klar, dass auch er in Lebensgefahr schwebte.

Natürlich, Adrian hatte man bereits ermordet und seine Kumpane konnten sich doch sicher denken, dass er längst mitbekommen hatte, was mit seinem Bruder passiert war. Wie konnten sie ihn dann am Leben lassen, wenn sie damit rechnen mussten, dass er entweder zur Polizei ging oder sich rächen wollte?

Hasserfüllt verzerrte sich Ions Gesicht. Worauf hatten sie sich nur eingelassen? Einen Job hatten sie in Deutschland haben wollen, Geld verdienen, damit sie ihrer Familie helfen konnten. Wohin hatte das alles nur geführt?

Ion wollte Rache. Es war ihm egal, ob der Mörder seines Bruders bereits tot war oder nicht. Die Verantwortlichen, die dreckigen Hintermänner, sollten für alles büßen.

Allerdings hatte er ein Problem. Er wusste nicht, wer die Hintermänner waren. Aber er hatte eine Idee.

Auf dem Vorplatz zum Krankenhaus standen nur noch ein paar Gaffer, die Menge verkleinerte sich zusehends. Der junge Rumäne stopfte trotzig die Hände in die Hosentaschen und stiefelte los.

Aus dem Gespräch der beiden Polizisten wusste er, auf welcher Station der Mord geschehen war. In der Eingangshalle halfen ihm Hinweisschilder, sich zu orientieren. Jetzt brauchte er nur noch eine gehörige Portion Glück.

Inzwischen herrschte fast wieder Routine in dem Krankenhaus. Niemand achtete auf ihn.

»Guten Tag«, meinte Ion, als er das Stationszimmer erreicht hatte.

Eine junge hübsche Frau sah von einem Ordner auf. »Guten Tag. Kann ich Ihnen helfen?«

»Mein Vater«, nickte der Besucher traurig. »Er ist gerade hier gestorben. Die Polizei hat mir Bescheid gegeben.«

Die Krankenschwester machte ein betroffenes Gesicht. »Herr Kamarov? War das Ihr Vater?«

»Ja.«

»Mein Beileid. Das muss ja schrecklich für Sie sein.«

Gleichzeitig kam sie auf Ion zu und reichte ihm mitfühlend die Hand. Auf ihrem Namensschildchen standen ihr Name und ihre Funktion. Eine Schwesternschülerin.

»Erst dieser Unfall und dann auch noch das«, stammelte sie verlegen. »Was kann ich für Sie tun?«

Leise fragte Ion: »Hat Vater noch Sachen bei Ihnen?«

»Warten Sie, da muss ich einmal nachschauen.«

Eilfertig trat sie an den Schreibtisch, holte ein kleines Schlüsselbund aus der Tasche und schloss einen der Schränke im Stationszimmer auf. Ion erkannte einige kleine Schließfächer.

»Viel ist es nicht. Seine Uhr. Und sein Handy. Die Kleidung Ihres Vaters musste nach dem Unfall ja aufgeschnitten werden, wenn ich das richtig mitbekommen habe. Wir haben die Sachen weggeworfen. Ich hoffe, das macht Ihnen nichts aus?«

Illic ließ sich noch nicht mal mit einem Wimpernzucken anmerken, wie sehr ihn vor allem der erste Teil der Mitteilung elektrisierte.

»Darf ich die Sachen mitnehmen?«

Die Schülerin überlegte. »Ich weiß nicht, ob ich Ihnen das einfach so mitgeben kann. Vielleicht braucht die Polizei die Sachen noch.«

Illic zog theatralisch die Augenbrauen hoch. »Hätten die Polizisten sie dann nicht gleich mitgenommen? Außerdem haben die doch meine Adresse. Wenn sie die Dinge brauchen, können sie mich anrufen. Bitte, für mich sind es Erinnerungsstücke.«

Die junge Frau rang sichtlich mit sich. Schließlich gab sie sich einen Ruck. »Klar, Sie haben bestimmt Recht. Aber Sie müssen mir das quittieren, okay?«

Ion nickte und die Schülerin schob ihm einen Vordruck unter die Nase, auf dem sie die Gegenstände benannt hatte. Mit einem Krakel quittierte er den Empfang.

»Vielen Dank. Sie haben mir sehr geholfen.«

»Keine Ursache.«

Noch auf dem Flur aktivierte er das Handy, fast augenblicklich leuchtete das Display auf. Hoffentlich hatte der Mistkerl keinen Pincode festgelegt.

Ion hatte abermals Glück. Das Netz suchte sich seine Verbindung, dann erschien das Logo des Netzbetreibers.

»He, Sie!«

Illic erstarrte mitten in der Bewegung. Zwei uniformierte

Polizisten hatten sich wie aus dem Nichts vor ihm aufgebaut.

»Handys sind hier verboten. Machen Sie sofort das Teil aus!«

Der Rumäne setzte ein unverbindliches Lächeln auf, entschuldigte sich und folgte dem Befehl.

»Diese Ausländer«, meinte der eine Beamte zu seinem Kollegen. »Die werden anscheinend schon mit so einem Ding am Ohr geboren. Aber Hinweisschilder lesen können sie nicht.«

Der andere zuckte mit den Achseln. »Das hat nichts mit der Nationalität zu tun. Meine Tochter braucht das auch dringender als mein Opa seinen Herzschrittmacher ...«

36

»Sieht ganz so aus, als hättest du eine anstrengende Nacht gehabt.«

Katharina sah müde von ihrer Kaffeetasse hoch und blitzte ihren Boss böse an.

»Erspar mir bitte blöde Kommentare. Berthold und ich waren erst um eins zurück in Bochum. Und wenn ich weniger als sechs Stunden Schlaf kriege, bin ich eben ungenießbar.«

Wielert pflanzte sich auf den leeren Stuhl auf der anderen Seite des Schreibtisches und nickte mitfühlend. »Ist Berthold noch nicht da?«

»Doch. Besorgt uns was zum Frühstück.«

»Vernünftig. Wahrscheinlich wird das heute wieder ein langer Tag.«

»Beschwör es nicht herauf.«

Der Leiter des KK 11 schob Katharina das Päckchen Zigaretten herüber, nachdem er sich selbst mit einer Aktiven versorgt hatte. Eigentlich war er Nichtraucher, nur sehr selten gab er der Versuchung nach.

»Habt ihr denn gestern wenigstens noch etwas herausgefunden?«

»Eigentlich nicht. Irgendwie steige ich da nicht mehr durch. Diese Bande schlachtet sich gegenseitig ab, damit kann ich ja zur Not noch leben. Aber wie passt dieser Detektiv in die ganze Sache?«

»Brötchen, schon fertig geschmiert«, posaunte Hofmann und stürmte mit einer dicken Tüte unter dem Arm in das Büro. »Moin, Bernd«, setzte er nach, als er seinen Chef erkannte.

»Morgen. Hast du mir zufällig auch etwas mitgebracht?«

Hofmann lud seine Last auf einem Aktenschrank ab und schüttelte den Kopf. »Sorry, hättest du mir vorher sagen sollen. Ich habe je zwei Brötchen für Katharina und für mich. Aber ein Kaffee ist bestimmt übrig.«

»Kannst eins von meinen Brötchen haben«, sagte die Blonde gähnend, »ich hab eh nicht so viel Appetit.«

Wielert räumte seinen Sitzplatz und platzierte sich mit seinem Frühstück auf der Schreibtischkante. »Und, erfahre ich jetzt, was los ist?«

»Also«, nuschelte Katharina zwischen zwei Bissen. »Der Mann, der gestern in Geldern umgebracht worden ist, heißt Günter Vollmert, ein Privatdetektiv aus Bochum. Jemand hat ihm, nach erster Aussage des Arztes, das Genick gebrochen. Nach unserem derzeitigen Wissensstand hat er offensichtlich in Geldern einen Job erledigt, nach den Bildern auf seinem Camcorder zu urteilen, höchstwahrscheinlich eine Beziehungssache. Er hat jedoch nicht nur gefilmt, sondern auch mit einer Digitalkamera fotografiert. Und auf den Bildern ist niemand anderer als Fresenius zu sehen.«

Wielert holte Luft. »Fresenius? Unser Fresenius? Vom BKA?«

»Genau der«, übernahm Hofmann. »Vollmert hatte an seiner Kamera den Timecode aktiviert, das letzte Foto hat er gestern um siebzehn Uhr fünfunddreißig geknipst. Fresenius hält auf dem Bild ein Handy am Ohr und befindet sich definitiv in der Gelderner Innenstadt, im Hintergrund des Bildes ist dieser futuristische Brunnen auf dem Marktplatz zu erkennen.«

»Kann ich das bitte mal sehen?«

»Hier«, antwortete Hofmann und reichte seinem Chef die Digicam.

»Unglaublich«, schnaufte Wielert, nachdem er sich von der Richtigkeit der Neuigkeiten überzeugt hatte. »Woher kannte Vollmert Fresenius? Das sind doch keine zufälligen Schnappschüsse.«

»Das werden wir den Herrn Kriminalrat fragen müssen.«

»Wann geschah der Mord?«

»Genau wissen wir das natürlich nicht, allerdings nicht vor achtzehn Uhr. Der Hausmeister des Gebäudes, vor dem Vollmert gefunden wurde, hat um die Zeit genau den Eingang benutzt, vor dem später die Leiche lag. Und als die Leiche schließlich von dem Mann gefunden wurde, war sie noch warm.«

»Mhm«, machte Wielert. »Fresenius war gestern Abend um kurz nach halb sieben in meinem Büro. Irrtum ausgeschlossen.«

Bedauernd schüttelte Katharina den Kopf. »Dann kann er es nicht gewesen sein. Selbst wenn Fresenius den Mord um eine Minute nach sechs begangen haben sollte, um kurz nach halb sieben hätte er niemals in deinem Büro sein können, es sei denn, er hätte über einen Helikopter verfügt.«

»Aber irgendwo muss es eine Verbindung zwischen den beiden geben.«

»Frag ihn doch einfach«, wiederholte Hofmann.

»Genau das werde ich tun. Bei der nächsten Gelegenheit.

Und ich denke, ich fahre dabei schwerstes Geschütz auf. Frau de Vries wird sich bestimmt genauso über diese merkwürdige Entwicklung der Sache wundern wie wir und mir dankbar Unterstützung leisten.«

»Traust du dich nicht allein?«

»Doch, natürlich. Aber de Vries hat Fresenius aus irgendeinem Grund gefressen. Das wird bestimmt ein Heidenspaß. Und wie wollt ihr fortfahren?«

»Video gucken«, antwortete Hofmann mit vollem Mund, wobei die letzten Krümel seines zweiten Brötchens auf die Schreibtischunterlage purzelten. »Erst nochmal die Aufnahmen vom WDR, dann das, was dieser Vollmert auf seinem Camcorder hat. Außerdem müssen wir die Bilder von der Digitalkamera ziehen. Und Katharina hat ja noch den Laptop.«

»Notebook.«

»Was?«

»Solche transportablen Computer heißen Notebook. Ein Laptop ist etwas ganz anderes.«

»Ist doch einerlei, wie das heißt«, meinte Wielert und biss herzhaft in ein Käsebrötchen. »Kommst du mit der Handhabung des Geräts klar?«

»Ja, kein Problem, es gibt keine Passwörter. Nachher fahren wir dann zu Vollmerts Büro. Wir bekommen schon heraus, warum sich Vollmert in Geldern herumgetrieben hat.«

»Der Kollege aus Kalkar meint, dass Vollmert eventuell einen stinkreichen Adeligen aus der Gegend bespitzelt hat, eine Ehegeschichte. Aber so ganz glaube ich nicht daran«, meinte Hofmann.

»Und warum nicht?«

»Warum sollte jemand aus der Gelderner Ecke einen Detektiv aus Bochum engagieren? Vollmert scheint keine große Nummer gewesen zu sein, eher so ein kleiner Krauter, der eine Ich-AG gegründet hat.«

»Ich denke auch, dass er eher jemand aus Bochum beschattet hat. Oder hatte er vielleicht doch etwas mit dieser Bande zu tun?«, fragte Katharina.

Wielert leerte seinen Plastikbecher und warf ihn in einem eleganten Bogen in den Abfalleimer. »Wie auch immer, haltet mich auf dem Laufenden«, seufzte er. »Heute Nachmittag nehme ich mir Fresenius vor, gleich muss ich zum PP. Flenner sehnt sich mal wieder nach einer größeren Gesprächsrunde.«

»Für so einen Müll bekommst du auch mehr Gehalt«, schmunzelte Katharina. »Also, beschwer dich nicht.«

»Zu beneiden ist Bernd wirklich nicht«, murmelte Hofmann, als sie wieder ihre Ruhe hatten. »Ich verzichte lieber auf ein paar Hunderter, als mich mit solchen Bürokraten rumzuschlagen.«

»Jeder, wie er will.« Die Blonde zog Vollmerts Notebook zu sich heran. »Kannst du allein Bildkes gucken? Dann nehme ich mir schon mal den Compi vor.«

»Mach das. Wenn ich Angst kriege, nimmst du mich aber in den Arm, einverstanden?«

Katharina präsentierte den ausgestreckten Mittelfinger und startete den Computer, für den sie sich ein passendes Netzteil besorgt hatte.

Wie schon gestern Abend bootete das Gerät ohne Probleme, die farbenfrohe Maske von Windows baute sich auf. Als endlich die Eieruhr nicht mehr erschien, doppelklickte Katharina wieder auf den Ordner *Eigene Dateien* und begann zu stöbern.

Vollmert hatte zum Glück keine weit und tief verzweigten Verzeichnisbäume angelegt und Katharinas erster Eindruck von gestern bestätigte sich, hier war nichts zu finden. Ein paar Musikstücke, einige Fotos – Muster von vorinstallierten Programmen –, ein paar Spiele, mehr entdeckte sie nicht. Also der Reihe nach die Programme durchsuchen.

Als Erstes startete sie Word. In der Liste der zuletzt bearbeiteten Dokumente erschien ganz oben eine Rechnung. Katharina ließ sich das Dokument anzeigen. Vollmert hatte einem Herrn Schepers fast zweitausend Euro dafür in Rechnung gestellt, dass er dessen Frau einige Tage beschattet hatte. Die Beamtin studierte den zu der Rechnung gehörenden Bericht. Demnach war die Frau ein Muster an ehelicher Treue, was Herrn Schepers bestimmt beruhigte.

»Au Backe«, meinte Katharina enttäuscht. »Wie zu erwarten war, hat sich Vollmert in Ehesachen eingemischt.«

»Na und?«, gab Hofmann zurück, ohne seinen Blick von dem kleinen Fernseher zu nehmen. »Gehen doch immer mehr in die Brüche. Ich würde auch wissen wollen, ob Sabrina mich bescheißt, wenn ich einen Verdacht hätte.«

Katharina biss sich kurz auf die Lippen und schüttelte dann den Kopf. »Okay. Vielleicht war es so, dass einer oder eine der Beschatteten mit dem, was Vollmert erzählt hat, nicht einverstanden war und sich gerächt hat.«

»Eher ein er, meinst du nicht? Eine Frau hätte diesem Typen wohl kaum das Genick brechen können.«

»Eine osteuropäische Gewichtheberin schon. Trotzdem, wenn wir nachher in Vollmerts Büro sind, müssen wir uns die Kundendatei vornehmen.«

»Schon klar«, entgegnete Hofmann und betätigte zum wiederholten Male die Rückspultaste. Nicht mehr lange, und er konnte das Geschehen auf dem Band minutiös nachspielen.

Die Blonde stöberte weiter, aber die Word-Dokumente gaben nicht mehr her. Also startete sie Excel.

»Das darf nicht wahr sein«, rief sie zehn Sekunden später. »Hier, sieh dir das an.«

Hofmann drückte auf ›Pause‹ und stand auf.

»Unsere Vermutung ist richtig«, erklärte Katharina. »Vollmert hat eine Frau aus Bochum beschattet, eine ... Sabine Mempel-Werner.«

Hofmann verzog bei der Nennung des Namens den Mund zu einem leichten Grinsen. »Klingt nach der Vorsitzenden der Depressivengruppe Bochum-Dahlhausen. Und?«

»Er hat sich in demselben Hotel eingemietet wie seine Zielperson. Auf seiner Kamera waren doch etliche Bilder von einer Blondine, oder?«

»Ja. Ist sie das?«

»Nach der Beschreibung im Notebook, ja. Aber das ist schon dreist, sich quasi direkt vor deren Nase zu pflanzen.«

Hofmann lachte auf. »Ich möchte nicht wissen, was schon alles in Hotelzimmern passiert ist. Vielleicht hatte Vollmert ja das Zimmer neben dem der Frau und hat ein starkes Mikro an die Wand gehalten. So kam er nicht nur an Fotos als Beweis, sondern sogar an einen Audiolivemitschnitt.«

»Kann sein. Wenigstens war Vollmert einigermaßen gewissenhaft, hat den Tagesablauf der Frau in Excel dokumentiert. Tagsüber besucht sie in Geldern ein Seminar, ihre anderen Aktivitäten starteten wohl erst nach Feierabend.«

»Hast du sonst noch etwas gefunden?«

»Ich habe noch nicht alle Programme durchsucht. Gibt es bei dir etwas Neues?«

»Abgesehen davon, dass langsam, aber sicher das Band anfängt zu brennen, nicht. Ich bin immer mehr davon überzeugt, dass sich der WDR-Mann irrt. Allein die Tatsache, dass ein komischer Kauz das Krankenhaus verlassen hat, nachdem Kamarov ermordet worden ist, besagt doch gar nichts. Sollen wir die Aufnahmen nicht einfach vergessen?«

»Was wollt ihr vergessen?«, fragte Jessica Schwenke und trat ins Büro.

»Unwichtig«, gab Katharina zurück.

»Ich habe gute Nachrichten für euch«, teilte die Kollegin vom BKA.

»Wäre das erste Mal«, grinste Hofmann und besetzte seinen Stuhl, bevor ihm wieder nur ein Stehplatz blieb.

»Wir haben diesen Toten aus dem Krankenhaus zweifelsfrei identifiziert. Der Name, den er angegeben hatte, stimmte. Juri Kamarov, geboren am 1. März 1963, ehemaliger russischer Elitesoldat, Hauptmann bei der *Speznas.* Veteran aus dem Afghanistan-Krieg. Hält sich seit einiger Zeit in Deutschland auf, fragt mich nicht, wie er an ein gültiges Visum gekommen ist, das prüfen wir noch. War früher eine große Nummer in der russischen, speziell der Moskauer Unterwelt, konnte aber nie vor Gericht gestellt werden.«

»Und das habt ihr in so kurzer Zeit herausgefunden?«, wunderte sich Katharina.

»Wir haben so unsere Quellen. Zuletzt aufgefallen ist Kamarov in Moskau, doch das ist schon einige Jahre her. Er muss abgetaucht sein und irgendwie hat es ihn nach Deutschland verschlagen.«

»Ist ja alles schön und gut, aber seinem Mörder bringt uns das kein Stück näher.«

»Das ist wahr. Aber für uns ist diese Information Gold wert. Seine Papiere waren in Ordnung, keine Fälschungen. Also muss es in irgendwelchen Botschaften oder Auslandsvertretungen Kontaktpersonen zu der Bande geben. Und wenn wir die nun identifizieren könnten, wären wir ein gutes Stück weiter.«

»Na denn. Wir müssen jetzt los.«

»Müssen wir?«, fragte Hofmann begriffsstutzig.

»Erst in das Büro des Detektivs, dann nach Geldern, zu dieser Mempel-Werner. Hast du inflationären Alzheimer?«

»Ich muss jetzt auch los, Fresenius wünscht von mir einen detaillierten Bericht für unsere ganz hohen Tiere«, meinte Schwenke und legte zwei Blätter mit den Informationen über den Russen auf den Schreibtisch. Dabei warf sie einen flüchtigen Blick auf das Display der Digicam, die immer noch eingeschaltet auf Hofmanns Schreibtisch stand. »Was ist denn das für ein Foto von Fresenius?«, fragte sie neugierig.

Hofmann sah fragend zu Katharina hinüber.

Seine Kollegin zuckte hilflos mit den Achseln. Lügen ging wohl schlecht.

Also setzte der Stoppelhaarige Jessica Schwenke mit ein paar Worten über den Mord an dem Detektiv ins Bild. Schwenke hörte gespannt zu. Als Hofmann geendet hatte, runzelte sie für einen Augenblick die Brauen und schloss dann die Verbindungstür zum Flur.

37

Verdammt, warum lief eigentlich alles aus dem Ruder?

Werner Sax betätigte den Scheibenwischer. Nur für den Bruchteil einer Sekunde war die Sicht durch die Frontscheibe frei, dann wurde das Sichtfeld wieder unscharf. Trotzdem empfand er das Gewitter als eine Erholung. Vor zehn Minuten waren die ersten Blitze über den Himmel gezuckt, gleich darauf war das Unwetter losgebrochen.

Sax hatte Glück gehabt und den verabredeten Parkplatz auf der A 3 noch vor Einsetzen des Regens erreicht. Nun wartete er und sah dabei dem Unwetter zu.

Die Scheiben begannen bereits zu beschlagen, doch er wagte es nicht, die Fenster auch nur einen kleinen Spalt zu öffnen. Hoffentlich kam Marohn bald.

Wie aufs Stichwort erschienen an der Zufahrt des Autobahnparkplatzes zwei Schweinwerfer. Langsam näherte sich ein Wagen. Doch erst, als der andere direkt hinter ihm den Parkstreifen ansteuerte, konnte Sax den flachen SLK identifizieren.

Im Rückspiegel beobachtete er, dass eine bullige Gestalt aus dem Mercedes sprang und hastig zu Sax' Beifahrerseite lief. Als die Tür aufgerissen wurde, übertönte das Geprassel des Regens jedes andere Geräusch. Dann plumpste Marohn auf den Sitz und knallte die Tür ins Schloss.

»Scheißwetter!«, fluchte er und fuhr sich mit der Hand durch die nassen Haare.

»Gibt eine tolle Erfindung, nennt sich Regenschirm. Solltest dir mal einen zulegen.«

»Furchtbar witzig. Bis ich den aufgespannt habe, bin ich doch schon nass bis auf die Knochen, woll?«

»Dann eben nicht.«

Marohn wischte sich die nassen Handflächen an seiner Jeans ab und musterte Sax von der Seite. »Sag schon, was ist los?«, meinte er ungeduldig.

»Wir sitzen ganz schön in der Scheiße«, erklärte der Mann hinter dem Steuer.

»Juri ist doch erledigt. War heute Morgen in jeder Zeitung zu lesen, woll. Oder hat der vorher doch noch alles ausposaunen können?«

»Ich weiß es nicht. Aber das ist nicht das Problem.«

Marohn runzelte die Stirn.

»Vollmert ist in Geldern aufgetaucht und hat da herumgeschnüffelt.«

»Vollmert? Das ist nicht dein Ernst!«

Statt einer Antwort atmete Sax tief durch.

»Ich dachte, der Penner hat sich unter irgendeinem Stein verkrochen und traut sich nie wieder hervor. Was will der denn in Geldern?«

»Keine Ahnung«, antwortete Sax.

Marohn machte große Augen. »Du meinst, der könnte vielleicht hinter uns her sein? Um sich wegen der Sache von damals zu revanchieren?«

»Möglich ist alles.«

»Scheiße!«, fluchte Marohn. »Der Kerl hat so einen Hass auf uns, dem ist alles zuzutrauen, woll …«

»Er ist tot.«

»Was?«

»Erledigt, Schluss und aus.«

»Jetzt erzähl mir das mal im Ganzen! Hast du ihn ausgeknipst?«

»Nein, natürlich nicht. Ich war doch bis gestern Abend in Frankfurt.«

»Wer dann? Einer von den Jungs?«

»Nein. Mein Kontakt zu ... du weißt schon, steckt dahinter. Er bestreitet allerdings, ihn selbst umgebracht zu haben.«

»Tinnef«, grunzte Marohn. »Mir kannste doch sagen, wer den Wichser auf dem Gewissen hat, woll. Oder traust du mir nicht?«

»Das hat damit überhaupt nichts zu tun. Aber unser Geschäft ist ein wenig komplexer, als du glaubst. Da wirken Leute im Hintergrund, die noch nicht einmal ich kenne.«

Marohn sank ein wenig tiefer in seinen Sitz und starrte durch die Windschutzscheibe, ohne etwas wahrzunehmen. Es gefiel ihm gar nicht, plötzlich bewusst gemacht zu bekommen, dass er nur ein winziges Rädchen in einem großen Uhrwerk war.

»Wir sind endgültig im Arsch«, fuhr Sax fort, als Marohn nichts verlauten ließ.

»Und was bedeutet das?«

»Wir blasen alles ab. Pfeif unsere Jungs zurück, die sollen sich alle einen ausgedehnten Urlaub gönnen, am besten weit weg von Deutschland.«

»Bist du verrückt? Alles absagen? In ganz Deutschland? Wir haben etliche Sachen auf der Pfanne, wir können nicht einfach den Schwanz einziehen, woll. Das dauert Monate, bis wir wieder im Geschäft sind!«

»Hast du es immer noch nicht kapiert?«, bölkte Sax unbeherrscht los. »Wenn wir nicht aufpassen, landen wir alle im Kittchen. Und ich für meinen Teil habe keinen Bock darauf. Unsere Kontakte bleiben ja bestehen, irgendwann werden wir schon wieder einsteigen können. Aber zurzeit ist die Geschichte einfach zu riskant. Wenn die Bullen Vollmerts Vergangenheit unter die Lupe nehmen, brennt der Baum.«

Marohn mahlte mit dem Kiefer. »Übertreibst du nicht ein wenig? Bis jetzt ist doch alles gut gegangen, die Aufregung wird sich schon wieder legen. Und ich weiß beim besten Willen nicht, wie die Bullen Vollmert und uns in Verbindung bringen könnten.«

Sax knotete nervös seine Finger ineinander. »Tu einfach, was ich dir sage, okay? Mir sind zu viele Unbekannte im Spiel.«

Marohn machte eine unwillige Bewegung mit dem Kopf, nickte dann aber. »Okay, schalten wir die Lampen aus. Du bist der Boss, woll.«

Sax schnaufte durch. Schön wäre es …

38

»Was soll das werden?«, fragte Katharina, nachdem der Zugang zum Flur verschlossen war.

Schwenke lächelte geheimnisvoll, drückte den Rücken durch und bediente sich ungefragt an der Kaffeemaschine. Dann schritt sie zur Fensterbank und lehnte sich mit dem Po dagegen.

»Hallo, hast du die Sprache verloren?«, meinte auch Hofmann unwirsch. »Wir haben noch etwas anderes zu tun, als ein gemütliches Pläuschchen zu halten.«

»Ich denke, es wird Zeit, mit dem Theater aufzuhören«, antwortete Schwenke ruhig. »Und ich möchte mich gleich dafür entschuldigen, dass ich euch an der Nase herumgeführt habe.«

Katharina und Berthold sahen sich fragend an.

»Der größte Teil von dem, was ihr in den letzten Tagen von uns gehört habt, entspricht den Tatsachen«, fuhr die BKA-Beamtin fort. »Allerdings fehlen euch einige entscheidende Informationen. Wollt ihr die hören?«

»Immer«, gab Katharina zurück und legte die Beine übereinander.

»Also. Wir haben tatsächlich einen Maulwurf im Amt. Doch wir haben jemanden in dringendem Verdacht.«

»Fresenius?«, fragte Hofmann, der ungewollt beeindruckt war. Auf einen Schlag hatte sich die Frau komplett verändert, ihr Gesichtsausdruck, ihre Körperhaltung, sogar ihre Stimme klang nicht mehr so samtweich wie zuvor.

»Exakt. Aber, uns fehlen die Beweise. Und mein Job ist es, diese beizubringen.«

»Moment. Bist du gar nicht beim BKA?«

»Doch. Allerdings bin ich federführend im Bereich der internen Ermittlungen tätig. Die Legende, dass ich direkt nach der Ausbildung in Wiesbaden angefangen habe, stimmt in großen Teilen. Allerdings hat mein Einsatz in Fresenius' Soko einen anderen Hintergrund, als ich erzählt habe.«

»Donnerwetter. Und was bringt euch zu der Annahme, dass ausgerechnet Fresenius die Plaudertasche ist?«

»Die Häufung der Verdachtsmomente. Aber er war uns immer einen Schritt voraus. Zweimal haben wir ihm bereits eine Falle gestellt, leider ohne Ergebnis.«

»Demnach bist du sein persönlicher Wachhund?«

»Sozusagen. Als der Raub in Bochum geschah, sahen wir endlich eine Chance, ihm vielleicht etwas nachweisen zu können. Es war das erste Mal, dass jemand bei einer dieser Aktionen getötet wurde. Wenn Fresenius tatsächlich in diese Geschehnisse involviert ist, wäre das Grund genug für ihn, nervös zu werden. Wie gesagt, bisher liefen sämtliche Ermittlungen über seinen Tisch, bei einem Toten konnte er schwerlich verhindern, dass andere, örtliche Stellen beteiligt wurden.«

Hofmann griff nach seiner Pfeife. »Doch wie wollt ihr Fresenius denn nun auf die Schliche kommen? Vorausgesetzt, er ist tatsächlich der Maulwurf?«

»Wir können nur auf einen Fehler seinerseits warten. Augenscheinlich geht bei dieser Bande zurzeit alles drunter und drüber, zwei Tote binnen kürzester Zeit sprechen für sich. Und jetzt dieser ermordete Detektiv, der Fresenius geknipst hat.«

»Aber müsstest du Fresenius dann nicht auf Schritt und Tritt auf den Füßen stehen? Er ist doch immer noch die meiste Zeit alleine unterwegs.«

»Ja, leider. Immerhin ist er offiziell mein Vorgesetzter. Und ich kann ihm nichts vorschreiben oder mich seinen Anweisungen widersetzen, ohne ihn misstrauisch zu machen. Allerdings haben wir ein Auge auf ihn, wir wissen stets, wo er sich aufhält.«

»Wie das?«

»Sein Auto hat einen GPS-Sender. Aber verratet das niemandem!«

»Warum erzählst du uns das eigentlich alles?«, fragte Katharina.

»Ist das nicht offensichtlich? Um Fresenius zu täuschen, spiele ich die tumbe Nervensäge. Und eure Bereitschaft, mich an euren Erkenntnissen teilhaben zu lassen, tendiert gegen null. Mir bleibt also gar nichts anderes übrig, als euch ins Vertrauen zu ziehen, wenn ich Fresenius endlich das Handwerk legen will. Und ich bin überzeugt, dass er mit dem Mord gestern etwas zu tun hat. Jetzt kann ich ihn kriegen.«

»Er kann es aber nicht gewesen sein«, erklärte Katharina. »Das Zeitfenster zwischen der Tat und seinem Erscheinen hier im Präsidium ist viel zu kurz.«

»Ob er den Mord selbst begangen hat oder einer seiner Kumpane, das ist nebensächlich. Aber ich glaube nicht an Zufälle. Ich werde mal in Wiesbaden nachhören, ob die irgendetwas über den toten Detektiv in den Akten haben …«

39

Wielert beobachtete die Lichtreflexe, die von den Dächern der vorbeifahrenden Autos an die Wand und die Decke seines Büros geworfen wurden. Zum wiederholten Male versuchte er, anhand der Reflexion zu bestimmen, welche Farbe das entsprechende Auto haben mochte und um welche Marke es sich dabei handeln könnte. Aber er lag mit seinen Vermutungen stets falsch, entweder war es generell unmöglich oder er brauchte einfach noch mehrere Jahre Übung, bevor er bei *Wetten, dass …* auftreten konnte.

Trotzdem verschafften ihm diese Überlegungen mehr Unterhaltung als die beiden Besucher, die vor seinem Schreibtisch saßen. De Vries und Fresenius lieferten sich seit etlichen Minuten ein heftiges Rededuell. Beide spuckten Gift und Galle.

»Das ist absolut unmöglich«, meinte Fresenius gerade, »wie Sie Ihre Untersuchungen führen. Ist es eine Bochumer Gepflogenheit, sich die Verdächtigen wegmorden zu lassen?«

»Keineswegs«, fauchte de Vries zurück. »Im Gegensatz zu Ihnen hatten wir wenigstens Verdächtige. Wielert und seine Leute haben in wenigen Tagen mehr herausgefunden als Sie in zwei Jahren. Und die Verantwortung für die Morde liegt nicht bei uns.«

Normalerweise hätte sich Wielert gefreut, von der Staatsanwältin derart vehement verteidigt zu werden, obwohl er sich schon fragte, welches Wissen sie zu Tage gefördert hatten, das dem BKA bisher verborgen geblieben war. Doch im Moment wäre es ihm lieber gewesen, die beiden hätten ihren Hahnenkampf in einem anderen Ring ausgefochten.

»Letzten Endes war die Kripo nicht in der Lage, diesen

Russen zu schützen«, fuhr der Wiesbadener unbeeindruckt fort. »Ob die Unfähigkeit von Herrn Wielerts Mitarbeitern oder die der Kollegen vom Niederrhein ursächlich ist, ist dabei sekundär. Tatsache ist, wir stehen mehr denn je mit leeren Händen da.«

»Ist ja für Sie nichts Ungewohntes.«

»In der Tat«, grinste Fresenius diabolisch. »Allerdings haben Sie mit Ihrer dilettantischen Arbeit dafür gesorgt, dass wir die Bande wohl nie zu fassen kriegen. Kamarov war unsere erste und wahrscheinlich letzte Chance, an die Hintermänner heranzukommen.«

»Das steht doch noch gar nicht fest. Und wenn Sie glauben sollten, uns den schwarzen Peter für Ihr jahrelanges Versagen zuschieben zu können, haben Sie sich getäuscht. Das lasse ich nicht mit mir machen.«

Als die beiden Widersacher endlich einmal tief Luft holten, ließ Wielert die Lichtspielereien außer Acht und mischte sich ein.

»Sollten wir uns nicht lieber auf das Wesentliche konzentrieren, als uns in gegenseitigen Schuldzuweisungen zu verlieren? Die Bande ist erheblich aufgeschreckt, wie der Mord an Kamarov zeigt. Die Leute fangen an, Fehler zu machen.«

»Ich betrachte das eher als konsequentes Verwischen aller Spuren«, knurrte Fresenius.

»Wie dem auch sei. Jedenfalls sind unsere Gegenspieler nervös geworden. Sie haben zwei ihrer eigenen Männer kaltblütig umgebracht und gerade beim letzten Mord war das Risiko einer Entdeckung groß, trotz der ablenkenden Brandstiftung.«

»Aber es ist gelungen.«

»Vordergründig ja. Jedoch besteht die Möglichkeit, dass wir Videoaufnahmen von dem Killer haben.«

Fresenius sah Wielert überrascht an und warf dann einen Blick auf de Vries. Der Leiter des KK 11 hatte die Staatsanwältin vorab schon per Telefon über einige Kleinigkeiten informiert, deshalb erlaubte sie sich ein hämisches Grinsen.

»Könnten Sie mich bitte genauer in Kenntnis setzen?«, sagte Fresenius ruhig.

»Ein Kamerateam war nach dem Brand vor Ort und hat Passanten interviewt. Dabei fiel den Journalisten im Nachhinein ein Mann auf, der offensichtlich die Unwahrheit erzählte und darüber hinaus versuchte, sein Aussehen zu verbergen.«

Fresenius winkte ab. »Das heißt doch nicht gleich, dass es sich bei dem Mann um den Mörder handelt!«

»Nein, natürlich nicht. Aber gestern Abend gab es einen weiteren Mord, bei dem ebenfalls Fotos eine Rolle spielen.«

Diesmal sah nicht nur Fresenius überrascht zu Wielert herüber. De Vries heftete ihren stechenden Blick auf den Hauptkommissar. »Was soll das heißen?«

»Gestern Abend wurde in Geldern ein Bochumer Privatdetektiv ermordet. Unmittelbar vor seiner Ermordung hat er mit seiner Digitalkamera einige Bilder geschossen.«

De Vries bekam runde Augen. Das hatte Wielert ihr noch nicht erzählt.

»Die Info habe ich erst bekommen, nachdem Sie bereits auf dem Weg zu mir waren«, log Wielert, der den Blick der Staatsanwältin richtig deutete. »Thalbach und Hofmann sind erst am Anfang ihrer Ermittlungen.«

»Das ist natürlich höchst interessant«, überging Fresenius die letzte Aussage. »Was hat denn der Detektiv mit der Sache zu tun?«

»Ich hatte gehofft, das könnten Sie mir sagen«, sagte Wielert in plötzlich sehr barschem Tonfall.

»Was soll das heißen?«, schoss Fresenius ebenso giftig zurück.

»Ganz einfach. Die Person, die der tote Detektiv als Letzte fotografierte, war niemand anderer als Sie selbst.«

Der Wiesbadener schnappte nach Luft. »Ich?«

Wielert zog stumm die provisorischen Abzüge hervor, die Hofmann ihm zusammen mit einem Zettel, der den Kommissariatschef über Schwenkes Bericht in Kenntnis setzte, in die Hand gedrückt hatte. »Schauen Sie sich rechts unten die Zeiteinblendung an. Das gestrige Datum, das letzte Bild wurde um fünf nach halb sechs am Abend geschossen. Die Zeiteinstellung der Kamera stimmt auf die Minute genau, wir haben das heute überprüft.«

Fresenius nahm die Bilder in die Hand und starrte sie kopfschüttelnd an.

»War Ihnen der Detektiv bekannt?«, fragte de Vries in Richtung Wielert.

»Nein, seine Fälle hatten wohl nie etwas mit unseren zu tun. Der Name sagt mir nichts, wir haben auch keine Eintragung über ihn. Der Mann hieß Vollmert, Günter Vollmert.«

»Was?«, fragte Fresenius, der mit einem Mal das Interesse an den Fotos verlor.

»Kennen Sie den Mann?«

»Das kann nicht sein!«, erklärte Fresenius entgeistert. »Selbstverständlich kenne ich Herrn Vollmert.«

Wielert kramte in den spärlichen Unterlagen und zog ein Polaroid von der Gelderner Leiche hervor. »Ist er das?«

Fresenius nahm den Schnappschuss entgegen und warf einen Blick darauf. »Er ist es«, sagte er danach.

»Wer ist das?«, fragte Wielert mit Nachdruck.

»Ein ehemaliger Mitarbeiter von Herrn Fresenius«, antwortete de Vries bestens gelaunt.

»Jetzt verstehe ich gar nichts mehr«, meinte Wielert und reichte das Bild an de Vries weiter.

»Vor ein paar Jahren hatten wir einen ziemlich unangenehmen Fall in unserer Abteilung«, berichtete Fresenius wieder ein wenig gelassener. »Vollmert war einer unserer Undercoveragenten, um mal ein neumodisches Wort zu nehmen, er ermittelte verdeckt gegen einen Dealerring. Wir hatten durch ihn etliches Beweismaterial sichergestellt, eigentlich hätte das für eine Verhaftung gereicht. Aber dann erhielt Vollmert Hinweise auf eine anstehende Großlieferung, Kokain, fast zweihundertfünfzig Kilo. Diese Drogenlieferung wollten wir noch abwarten, um das Zeug gleich konfiszieren zu können.«

»Und?«

»Es kam zu einer Katastrophe. Am Abend vor der Razzia traf sich Vollmert mit seinem Verbindungsmann aus dem Amt, um letzte Informationen auszutauschen.«

»Ich warte«, erklärte Wielert, als Fresenius verstummte.

»Entweder hatte die Bande Verdacht geschöpft, dass Vollmert in Wahrheit für das BKA arbeitete, oder aber er hat die Aktion selbst verpfiffen. Jedenfalls wurden Vollmert und Dehrendorf, das war die Kontaktperson, über die Vollmert sämtliche Informationen zum Amt leitete und der bei dieser Aktion mitwirken sollte, von ein paar Maskierten abgefangen und in die Mangel genommen.«

»Warum erzählen Sie nicht gleich, wie die Geschichte ausging?«, mischte sich de Vries wieder ein.

Wielert blickte zu der Staatsanwältin hinüber, deren Gesichtsausdruck beinahe schon Größenwahn erkennen ließ.

»Also gut«, seufzte Fresenius. »Vollmert wachte am nächsten Tag in der Früh in einem Waldstück auf, die Gangster hatten ihn übel zusammengeschlagen. Dehrendorf war schlimmer dran. Seine Leiche fanden wir auf einem abgelegenen Parkplatz in einem ausgebrannten Auto. Danach haben wir jede Spur zu der Bande verloren.«

Wielert lehnte sich nachdenklich zurück und schielte erneut zu de Vries. Beinahe hätte er ihr unmerkliches Kopfschütteln übersehen.

»Und was geschah dann mit Vollmert?«

»Er wurde gefeuert.«

»Was?«

»Wir fanden, als wir seinen Unterschlupf durchsuchten, während er im Krankenhaus lag, einen Schließfachschlüssel. Und in dem Schließfach einige Kilo Heroin und Kokain sowie eine beachtliche Menge Bargeld. Angeblich hatte er keine Ahnung, woher der Schlüssel und der Stoff stammten, und konnte sich nicht erklären, warum Dehrendorf und er aufgeflogen waren. Für uns sah alles danach aus, als ob Vollmert bei den Ermittlungen eigene Interessen verfolgt hat. Wie wir erst später erfahren haben, war für den Tag nach der Razzia ein Flugticket für ihn gebucht. Nach Mauritius.«

»Verstehe ich nicht«, zweifelte Wielert. »Klingt so, als ob Vollmert sich mit dem Rauschgift hätte absetzen wollen. Aber das hätte er doch nie durch den Zoll gekriegt.«

»Als Mitarbeiter des BKA mit einem entsprechenden Ausweis und Vorabinformation an den Zoll schon. Abgesehen davon wäre das gar nicht nötig gewesen. Vollmert war über drei Jahre als verdeckter Ermittler tätig gewesen, er verfügte über genügend Kontakte, um das Zeug noch in Deutschland an den Mann bringen zu können.«

»Also vermuten Sie, er hat die Polizeiaktion auffliegen lassen und war damit auch am Tod Ihres Mitarbeiters schuld?«

»Ja, aber wir konnten es ihm in letzter Konsequenz nicht nachweisen. Deshalb wurde er nur entlassen.«

Wielert holte bereits Luft, um wieder nachzuhaken, aber de Vries räusperte sich mehr als deutlich. »Haben Sie die Videoaufnahmen vom Krankenhaus ebenfalls hier?«

»Natürlich«, gab Wielert brummelig zurück. Er hasste es, unterbrochen zu werden. Und er verspürte durchaus noch Informationsbedarf.

»Dann los. Vielleicht kann Herr Fresenius ja auch etwas mit diesem Mitmenschen anfangen.«

Der Hauptkommissar rang einen Moment mit sich, dann nickte er widerwillig.

Doch die Aufnahmen des WDR brachten keine Erleuchtung.

»Tut mir leid, aber das Gesicht sagt mir nichts«, meinte Fresenius ein paar Minuten später. »Haben Sie eine Kopie davon?«

»Die ist bereits für Sie. Vielleicht haben Ihre Leute ja genauso viel Erfolg wie bei dem Russen.«

Fresenius stand auf, sichtlich erleichtert, dass er einen Grund hatte, sich zurückzuziehen. »Ich werde mich sofort darum kümmern.«

»Eine Frage noch«, hielt ihn Wielert zurück. »Was hatten Sie gestern überhaupt in Geldern zu tun?«

»Ich habe einen alten Jugendfreund besucht. Wissen Sie, ich stamme aus dieser Gegend. Kleve. Wollen Sie Namen und Adresse, um mein Alibi zu überprüfen?« Den letzten Teil des Satzes spie er fast aus.

»Nicht nötig. Wir wissen, dass Sie Vollmert nicht getötet haben können.«

Fresenius blinzelte den Hauptkommissar wütend an und stiefelte endlich entschlossen auf den Flur.

Nachdem der Bundesbeamte gegangen war, faltete Wielert abwartend die Hände und legte den Kopf leicht nach vorn.

»Ja, ich weiß«, kam de Vries seiner Frage zuvor. »Tut mir leid, aber ich musste Sie zurückpfeifen. Der Fall hat damals für reichlich Ärger gesorgt.«

»Ich höre.«

Die Staatsanwältin zückte eine ihrer Zigaretten und wartete, bis Wielert ihr einen Aschenbecher zugeschoben hatte.

»Damals habe ich den Fall für die zuständige Staatsanwaltschaft bearbeitet. Im Großen und Ganzen ist das, was Fresenius erzählt hat, zutreffend. Interessant sind aber auch die Details, die er verschwiegen hat.«

»Ich höre«, wiederholte Wielert.

»Fresenius wollte damals diesen Vollmert den Wölfen zum

Fraß vorwerfen. Der Beamte, der getötet worden ist, hieß Werner Dehrendorf, bis dahin Fresenius' engster Mitarbeiter. Das BKA hat alles daran gesetzt, Vollmert wegen gemeinschaftlichen Mordes vor Gericht zu bringen. Doch die Kollegen konnten nur Indizien vorbringen, keine Beweise. Auf dem Beutel, in dem das Rauschgift war, fanden wir keinen einzigen Fingerabdruck, auf den Geldscheinen ebenso wenig. Wir konnten nicht rekonstruieren, wie das Flugticket bezahlt worden ist. Den Treffpunkt, an dem die beiden Beamten abgefangen wurden, hatte Dehrendorf bestimmt, und zwar erst eine Viertelstunde, bevor er sich mit Vollmert treffen wollte. Natürlich hätte Vollmert die Information trotzdem noch weitergeben können, aber eine Überprüfung seines Handys ergab, dass er in den Stunden vor dem Überfall weder eine SMS verschickt noch telefoniert hat. Vollmerts Wohnung, wo ihn der Anruf Dehrendorfs erreichte, war verwanzt. Dort konnte sich also auch keine zweite Person aufgehalten haben, ohne dass wir es mitbekommen hätten.«

»Und warum wurde Vollmert dann gefeuert, wenn ihm nichts nachgewiesen werden konnte?«

»Wielert, ich will nicht sagen, dass er unschuldig war, wir konnten ihm nur nichts nachweisen. Und plötzlich schaltete sich die Bundesanwaltschaft ein und wollte uns den Fall wegnehmen, angeblich hatten wir die Ermittlungen nicht mit dem nötigen Nachdruck betrieben. Natürlich steckte Fresenius dahinter, der wollte Vollmert auf Biegen und Brechen hinter Gitter bringen.«

»Aus persönlichen Rachemotiven?«

»So sehe ich das. Den Bundesstaatsanwalt abzubiegen, das war eine Verfahrensfrage, der durfte sich für den Fall gar nicht zuständig erklären. Letzten Endes musste Fresenius sich damit zufrieden geben, dass wir die Ermittlungen einstellten. Im Gegenzug hat er aber dafür gesorgt, dass Vollmert geschasst wurde.«

»Hm«, überlegte Wielert. »Können Sie sich deshalb so gut leiden?«

De Vries grinste schwach. »Es ging damals hoch her zwischen ihm und mir. Und er ist ein schlechter Verlierer. Ein Vierteljahr nach dieser Sache bekam ich zunehmend Schwierigkeiten, ich erhielt nur noch uninteressante Fälle, wurde bei einer Beförderung übergangen und und und. Ich vermute, Fresenius hatte da seine Finger im Spiel. Aber auch das war natürlich nicht nachzuweisen.«

»Ist ja alles hochinteressant. Doch was bedeutet das für unseren aktuellen Fall? Welche Rolle spielt Vollmert in der ganzen Sache?«

»Das weiß ich natürlich auch nicht. Vielleicht schadet es nicht, sich die alten Ermittlungsakten aus Vollmerts BKA-Zeiten anzusehen. Unter Umständen ist dieser tote Detektiv auf einen alten Bekannten gestoßen, der bei unserer Sache mit drin hängt.«

»Können Sie die besorgen?«, fragte Wielert überrascht.

»Fresenius ist nicht der Einzige, der über gute Kontakte verfügt«, lächelte de Vries verschwörerisch. »Eine gute Freundin von mir arbeitet immer noch in Wiesbaden.«

»Erfreulich zu hören. Wussten Sie eigentlich, dass einige Kollegen beim BKA Fresenius in Verdacht haben, er sei der gesuchte Maulwurf?«

»Was sagen Sie da?«

»Ich habe es auch eben erst erfahren, allerdings hat Hofmann nur im Telegrammstil berichten können. Doch die Quelle, aus der die Informationen stammen, scheint sehr zuverlässig zu sein.«

40

»Hofmann, du nervst. Geldern wird nicht von der Landkarte verschwinden, wenn wir eine Stunde später fahren.«

Katharina stopfte den Autoschlüssel in die Hosentasche und sah sich um. Das gesuchte Einfamilienhaus lag knapp vierzig Meter entfernt.

»Du hast mich völlig falsch verstanden«, beschwerte sich der Stoppelhaarige. »Ich halte es nur für Zeitverschwendung, die abgelegten Fälle von diesem Detektiv zu überprüfen, statt sich sofort die aktuellen vorzunehmen. Aber wie du meinst.«

Die Blonde rollte mit den Augen und steuerte den Weg zu der aus blitzendem Chrom gefertigten Haustür der Familie Schepers an. Allein für die regelmäßige Politur der knapp zwei Quadratmeter großen Eingangspforte hätte man einen Ein-Euro-Job einrichten können.

»Warte es doch einfach ab«, entgegnete Katharina und patschte auf den Klingelknopf. Im Inneren des Hauses ertönte das Glockenspiel von Big Ben. »Schmuckes Häuschen.«

Hofmann setzte sein Dienstgesicht auf, als sie in der angrenzenden Diele Schritte hörten. Gleich darauf wurde die Tür geöffnet und eine elegante Frau musterte sie irritiert.

»Frau Schepers?«, fragte Katharina.

»Ja. Was wünschen Sie?«

»Kriminalpolizei, mein Name ist Thalbach, mein Kollege Hofmann. Können wir einen Moment mit Ihnen sprechen?«

Der Blick der Dame des Hauses pendelte fragend zwischen Katharinas Gesicht und der Dienstmarke. Schließlich gab sie den Eingang frei und führte die beiden Beamten in die Wohnhalle.

»Was führt Sie zu mir?«, fragte sie, nachdem alle Platz genommen hatten.

»Kennen Sie einen Günter Vollmert?«, konterte Hofmann ohne Umschweife mit einer Gegenfrage.

»Nein«, log Schepers ruhig. »Wer soll das sein?«

»Ein hiesiger Privatdetektiv. Und scheinbar kennt er Sie sehr gut.«

Ein leichtes Zucken huschte um die Augen der Hausherrin, aber sie verlor nicht die Fassung.

»Wie kommen Sie darauf?«

»Wir haben jede Menge Fotos von Ihnen gefunden«, übernahm Katharina. »In ziemlich eindeutigen und ... pikanten Situationen. Darüber hinaus die Kopie eines Ermittlungsberichtes, den Vollmert an Ihren Mann geschickt hat.«

»Na und?«

»Inhaltlich hat der Bericht so gut wie gar nichts mit dem zu tun, was wir auf den Fotos gesehen haben. Und wir fragen uns natürlich, wie so etwas sein kann.«

Schepers rieb sich unbehaglich die Nasenspitze. Schließlich seufzte sie hörbar auf. »Kann ich mich auf Ihre Diskretion verlassen?«

»Das kann ich Ihnen nicht versprechen. Aber zurzeit gibt es keinen Grund, warum jemand Dritter davon erfahren sollte.«

»Was ist denn eigentlich passiert?«

»Bitte, sagen Sie uns, was Sie wissen.«

Schepers überlegte einen Augenblick und gab sich einen Ruck. »Natürlich kenne ich dieses Subjekt. Mein Mann hat ihn mir auf die Fersen gehetzt, weil er mich loswerden will. Und als Vollmert genug Material beisammen hatte, um mir eine Affäre nachweisen zu können, sprach er mich in einem Café an. Das war vor ein paar Tagen.«

»Er hat Sie angesprochen?«, unterbrach Hofmann überrascht.

»Ja. Er hat mir frei von der Leber weg alles erzählt, von dem Auftrag meines Mannes, von den Situationen, in denen er mich mit meinem … Bekannten ertappt hat, er wusste sogar von dem Ehevertrag, den mein Mann und ich abgeschlossen haben. Und dann stellte er seine Forderungen.«

»Langsam«, bat Katharina, »das wird alles ein wenig unübersichtlich. Was für ein Ehevertrag?«

»Mein Mann und ich haben für den Fall, dass wir uns scheiden lassen sollten, Gütertrennung vereinbart; aber nur dann, wenn eine der beiden Parteien ein außereheliches Verhältnis eingegangen ist. Und dafür brauchte er nun Beweise.«

»Ich verstehe. Aber warum hat Vollmert Ihrem Mann das Gegenteil berichtet?«

»Weil er mich erpresst hat. Er legte mir ein paar Fotos vor und deutete die Möglichkeit an, diese widerwärtigen Aufnahmen zu vernichten. Sofern ich ihn finanziell dafür entschädige.«

»Ach so war das«, meinte Hofmann. »Um welche Summe ging es?«

»Fünftausend Euro. Und zusätzlich um gewisse … körperliche Dienstleistungen.«

»Welcher Art?«, fragte Hofmann begriffsstutzig.

Katharina verpasste ihm einen leichten Schwinger mit dem Ellbogen. »Haben Sie sich darauf eingelassen?«, fragte sie schnell.

»Blieb mir etwas anderes übrig? Mein Mann besitzt eindeutig das größere Vermögen, um nicht zu sagen: alles. Mir wäre doch nichts geblieben. Und Vollmert wusste das. Aber warum wollen Sie das alles wissen?«

»Frau Schepers, wo waren Sie gestern am späten Nachmittag?«

»Gestern? In der Stadt, ich habe mich mit ein paar Freundinnen getroffen.«

»Von wann bis wann?«

»Ich bin hier gegen drei losgefahren, weil ich noch einige Besorgungen erledigen wollte. Um halb fünf haben wir uns im *Café Zürich* getroffen, dort waren wir etwa zwei Stunden. Anschließend sind wir in ein anderes Restaurant etwas essen gegangen. Gegen neun war ich wieder zu Hause.«

Katharina hatte ein kleines Notizbuch gezückt. »Könnten Sie mir die Namen Ihrer Freundinnen geben?«

Schepers' Augen verengten sich zu Schlitzen. »Natürlich. Aber warum sollte ich?«

»Wenn die das bestätigen, hätten Sie ein einwandfreies Alibi.«

»Alibi? Ich? Wofür?«

»Vollmert wurde ermordet. Und wenn sich Ihre Aussage bewahrheitet, können Sie es nicht gewesen sein.«

»Ach du lieber Gott! Ermordet, sagen Sie?«

»Die Namen, bitte.«

Schepers zählte an den Fingern die Namen von drei Frauen auf, inklusive Adresse und Telefonnummer.

»Das wäre dann schon alles«, erklärte Hofmann, als Katharina das Büchlein wieder verstaut hatte. »Haben Sie vielen Dank für Ihre Hilfe. Vielleicht melden wir uns noch einmal bei Ihnen, falls wir eine offizielle Aussage brauchen sollten.«

»Werden Sie meinen Mann über diese Angelegenheit in Kenntnis setzen?«

»Ich sehe keinen Grund dafür. Danke, wir finden schon allein nach draußen.«

»Mann, Berthold«, kicherte Katharina, als sie den Rückweg zum Auto angetreten hatten. »Um was für körperliche Dienstleistungen kann sich das wohl gehandelt haben? Bestimmt keine Fußzonenreflexmassage.«

»Bin mal gespannt, wie lange ich mir das jetzt wieder anhören kann. Hast du wirklich geglaubt, diese Schepers habe Vollmert umgebracht?«

»Natürlich nicht. So ein schmächtiges Persönchen wird wohl kaum in der Lage sein, einem Mann wie Vollmert das Genick zu brechen.«

»Warum auch? Lieber fünftausend Euro abdrücken und weiter ein Luxusleben genießen als das Risiko eingehen, die nächsten zwanzig Jahre im Knast zu sitzen. Ist eine ganz einfache Rechnung.«

»Ist trotzdem interessant. Wenn Vollmert regelmäßig so ein Ding durchgezogen hat, gibt es gleich einen ganzen Berg von Verdächtigen. Vielleicht hat ja ein Auftraggeber herausgefunden, dass er beschissen wurde ... oder eines von Vollmerts Erpressungsopfern hat rotgesehen. Möglicherweise ist es auch gar nicht bei einmaligen Zahlungen geblieben. Aber jetzt erst mal ab nach Geldern. Bin gespannt, was uns Frau Mempel-Werner zu berichten hat. Vielleicht wollte er seine Nummer ja auch bei der durchziehen.«

Als Katharina den Schlüssel ins Schloss stecken wollte, piepste ihr Handy.

»Thalbach. –Ach du bist es, Bernd. Was gibt's?«

Hofmann lehnte sich gegen das Auto und behielt seine Kollegin im Blick. Der sich langsam verändernde Gesichtsausdruck der Blonden gefiel ihm gar nicht.

»Das wird immer komplizierter«, erklärte Katharina, nachdem sie das Mobiltelefon wieder ausgeschaltet hatte. »Bernd hatte vorhin eine ausführliche Unterhaltung mit de Vries und Fresenius. Kommst du nie drauf, was dabei rausgekommen ist.«

»Jetzt mach es nicht so spannend.«

»Vollmert hat früher beim BKA gearbeitet, in Fresenius' Abteilung. Hat einen dicken Skandal gegeben, Vollmert wurde achtkantig rausgeworfen.«

»Na klasse. Sollen wir zurück ins Präsidium?«

»Nein, wir fahren nach Geldern, Bernd kümmert sich um die Sache. Unterwegs erzähle ich dir die Einzelheiten.«

41

Endlich klingelte das Handy.

Ion Illic wuchtete sich von der Matratze hoch, durchquerte das Hotelzimmer mit zwei schnellen Schritten und schaltete das Telefon auf Empfang.

»Ja?«, meinte er knapp.

Es war Toralf.

Der Rumäne hörte etwa eine halbe Minute zu, stellte noch ein paar kurze Fragen und unterbrach dann die Verbindung wieder.

Es war auch höchste Zeit gewesen, dass der Anruf erfolgte. Der Balken, der die Leistungsfähigkeit des Akkus anzeigte, war bedrohlich klein geworden, Illic schätzte, dass der Saft maximal noch heute reichen würde. Ohne Ladegerät konnte er das Gerät dann in eine Mülltonne werfen. Er wusste nicht, ob in Deutschland gestohlene Handys registriert waren und ob er ohne Weiteres in einem der zahlreichen Läden für Zubehör einfach ein neues Ladegerät kaufen konnte. Er wollte lieber kein Risiko eingehen.

Nachdem er das Gerät ausgeschaltet hatte, legte er sich wieder auf das Hotelbett und dachte nach. Er hatte fast alle Informationen, die er brauchte. Nur, wie sollte er vorgehen?

Eigentlich benötigte er eine Waffe, aber daran zu kommen, schien ihm unmöglich. Sicher, in einer Großstadt wie Frankfurt oder Hamburg wäre das kein Problem gewesen, aber hier, am Niederrhein? Zwar konnte er seinen Plan auch mithilfe eines Messers in die Tat umsetzen, aber dazu müsste er nah genug an die betreffende Person herankommen können.

Immerhin wusste er jetzt, welchen Ort er aufsuchen

musste, wenn auch noch nicht, wann der richtige Zeitpunkt sein würde.

Toralf hatte ihm erzählt, dass er die anderen nach Hause schicken sollte, alle weiteren Aktionen seien gestoppt worden. Was bedeutete das? War etwa die Polizei der Bande auf den Fersen? Musste er, Ion, damit rechnen, dass die Männer, an denen er sich rächen wollte, gar nicht mehr auftauchten und flohen? Oder vielleicht sogar schon verhaftet waren?

Illic seufzte verärgert auf und angelte sich die Flasche Cola vom Nachttisch. Es war für ihn undenkbar, unverrichteter Dinge nach Rumänien zurückzufahren, sein Bruder musste gerächt werden. Schließlich war er es gewesen, der Adrian davon überzeugt hatte, dass es richtig war, nach Deutschland zu gehen, um Geld zu verdienen, und die Bedenken, Verbrechen zu begehen, hatte Ion auch zerstreut.

Er fühlte sich schuldig, wenn er nicht gewesen wäre, würde sein Bruder vermutlich noch leben. Wie sollte er jemals seiner Mutter wieder unter die Augen treten, wenn er selbst nicht mehr in den Spiegel sehen konnte?

Auf dem kleinen Fernsehbildschirm flackerte der Vorspann zu einer Nachrichtensendung auf. Den Ton hatte Illic abgedreht, er hätte nur beim Nachdenken gestört. Der Rumäne hatte die Flimmerkiste nur eingeschaltet, um sich nicht ganz so allein zu fühlen.

Heute war es zu spät, um noch etwas zu unternehmen, er würde sich gleich etwas zu essen besorgen, danach ein ausgiebiges Bad nehmen – was für ein unerhörter Luxus –, dann vielleicht noch einen kleinen Spaziergang machen und anschließend zu Bett gehen. Morgen würde er früh aufbrechen.

42

»Lübbi, wie konnte euch nur so ein Bock passieren?«

Katharina seufzte und warf dem Niederrheiner einen strafenden Blick zu.

»Ich weiß, eigentlich ist so etwas unentschuldbar«, entgegnete Lübbehusen. »Aber wir haben von dem Handy nichts gewusst. Als Kamarov in dem Krankenhaus aufgenommen wurde, hat man ihm sofort seine wenigen persönlichen Gegenstände abgenommen. Das Handy ist aus irgendeinem Grund in der Notaufnahme liegen geblieben und erst unmittelbar vor dem Mord mit der Hauspost auf die Station gelangt.«

»Eigentlich hätte das Krankenhauspersonal wissen müssen, dass die das nicht herausgeben dürfen«, meinte Hofmann. »Da könnte ja jeder kommen und die Schränke der Patienten leeren.«

»Es war eine Verkettung unglücklicher Umstände. Als dieser Kerl nach dem Handy gefragt hat, war gerade eine Schülerin allein im Stationszimmer. Und die war total durcheinander, einerseits wegen des Brandes, andererseits wegen des Mordes.«

Katharina setzte, auf Lübbehusens Handbewegung hin, den Blinker und gab wieder Gas. Der Gelderner Golfplatz war nicht mehr weit entfernt. »Na ja, vielleicht hätte uns das Handy eh nicht weitergebracht. Diese Banden benutzen ein Gerät doch nur ein paar Tage, dann wechseln sie jeweils die Sim-Karte aus oder schmeißen die Telefone weg. Du weißt doch, wie das abläuft.«

»Konnte die Schülerin den Mann, der das Handy geholt hat, beschreiben?«, fragte Hofmann.

»Zumindest im Groben. Auf jeden Fall scheint es nicht der Kerl zu sein, den der WDR gefilmt hat, wenn du darauf anspielen solltest. Der Mann, der im Stationszimmer aufgetaucht ist, hat gesagt, er sei Kamarovs Sohn, und die Schülerin hat keine Sekunde daran gezweifelt.«

»Vielleicht sollten wir der Frau auch die Aufnahmen von dem Unfall am Bahnhof zeigen«, überlegte Katharina. »Der Typ, bei dessen Anblick Kamarov so ausgeflippt ist, war doch ziemlich jung, oder?«

Lübbehusen sah anerkennend zur Seite. »Stimmt, daran habe ich gar nicht gedacht. Ich kümmere mich darum.«

»Hast du denn mit diesem … von der Dingenskirchen gesprochen?«

»Van der Felde. Natürlich. Er zeigte sich von der Möglichkeit, dass ihm jemand einen Privatdetektiv auf den Hals gehetzt haben könnte, erst überrascht und dann amüsiert. Er konnte sich gut an Vollmert erinnern, der Detektiv hatte sich ihm gegenüber als Architekt ausgegeben, der mit seiner Familie in diese Gegend ziehen wollte.«

»Was meinst du? Könnte seine Frau …?« Katharina ließ die Frage unvollendet im Raum stehen.

»Nein. Ich habe natürlich auch mit van der Feldes Frau gesprochen. Sie weiß, dass ihr Mann jede Menge Affären hat, anscheinend gibt es zwischen den beiden ein Agreement, dass sie sich deswegen nicht trennen wollen.«

»Leute gibt's«, seufzte Hofmann.

Der Parkplatz vor Schloss Haag war nur gut zur Hälfte gefüllt. Katharina dirigierte den Vectra zu einem Schattenplatz, dann kletterten die drei Beamten ins Freie.

»Hoffentlich finden wir Frau Mempel-Werner auch wirklich hier«, sagte Hofmann.

»Bestimmt«, erwiderte Lübbehusen. »Sie hat doch ein dickes Krösken mit van der Felde, und der ist um diese Zeit immer auf dem Golfplatz.«

Die wenigen Schritte über die gepflegte Gartenanlage bis hin zum Schloss hatten sie schnell zurückgelegt. Auf dem an drei Seiten umbauten Innenhof hatte der Gastronom einige Tische und Stühle unter einladenden Sonnenschirmen platziert. An einem der Tische saß Mempel-Werner mit ihrem Verhältnis.

»Dürfen wir stören?«, fragte Lübbehusen und trat neben die beiden.

»Als ob Sie unsere Erlaubnis wirklich interessieren würde«, gab van der Felde humorlos zurück.

»Da haben Sie Recht«, schmunzelte Lübbehusen, zog einen Stuhl vom Nebentisch heran und setzte sich. Die beiden Bochumer taten es ihm gleich.

»Und was kann ich heute für Sie tun?«

Lübbehusen kramte in seiner Jackentasche und holte ein Foto von Vollmert hervor. »Kennen Sie diesen Mann?«

Van der Felde wollte gerade zu einer schnippischen Antwort ansetzen, als ihm die blonde Frau an seiner Seite zuvorkam. »Ja.«

»Du kennst ihn ebenfalls?«, fragte van der Felde überrascht.

»Ja, der wohnt doch in meinem Hotel.«

»Interessant«, meinte Lübbehusen.

»Vollmert, wenn ich mich nicht irre?« Van der Feldes Frage klang eher wie eine Feststellung. »Warum lassen Sie uns nicht endlich mit diesem Detektiv in Ruhe?«

»Detektiv?«, wiederholte Mempel-Werner. »Wieso ist der ein Detektiv?«

»Das weiß Ihr Bekannter von uns«, erklärte Lübbehusen. »Hat Vollmert Ihnen auch das Märchen erzählt, er sei ein Architekt, der mit seiner Familie von München an den Niederrhein umsiedeln will?«

»Aus München? Aber der Typ kommt doch aus Bochum«, warf Mempel-Werner verwirrt ein. »Deswegen habe ich mich gestern überhaupt mit ihm unterhalten. Weil mir sein Autokennzeichen aufgefallen ist.«

»Sie haben Herrn Vollmert gestern gesehen und mit ihm gesprochen? Wann war das?«

»Unmittelbar nach Ende meines Seminars. Im Hotel, wir haben gemeinsam im Biergarten gesessen.«

»Bis wann?«

Mempel-Werner zog nachdenklich die Stirn kraus. »Vielleicht so bis kurz nach siebzehn Uhr.«

»Und dann?«

»Herr Vollmert hat die Unterhaltung ziemlich abrupt beendet. Er stand unvermittelt auf und ist in die Stadt gegangen. Dabei sah er aus, als hätte er ein Gespenst gesehen.«

Thalbach und Hofmann sahen sich viel sagend an.

»Und was ist mit Ihnen?«, fragte Lübbehusen van der Felde.

»Das habe ich Ihnen doch schon erzählt«, antwortete der Adlige, nur mühsam beherrscht. »Ich hatte den letzten Kontakt zu Herrn Vollmert gestern gegen Mittag. Wir saßen hier zusammen und haben uns unterhalten, ich habe ihn gefragt, ob er nicht an dem Umbau einer meiner Immobilien interessiert sei. Wir wollten uns noch näher darüber unterhalten. Ich ging zu diesem Zeitpunkt ja noch davon aus, dass er tatsächlich Architekt ist.«

»Was haben Sie gestern Nachmittag gemacht?«, wandte sich Katharina an Mempel-Werner. »Sagen wir, in der Zeit zwischen siebzehn Uhr dreißig und neunzehn Uhr?«

»Ich war im Hotel«, antwortete Mempel-Werner verunsichert. »Bis etwa um sechs hab ich im Biergarten gesessen, anschließend bin ich auf mein Zimmer gegangen und habe mit meinem Mann telefoniert. Danach war ich noch ein Eis essen und dann bin ich früh schlafen gegangen.«

»Und Sie?«

»Ich war bis etwa gegen siebzehn Uhr dreißig in Geldern

und bin dann, nach einem kurzen Abstecher in mein Privathaus, wieder auf den Golfplatz gefahren.«

»Hat Sie jemand gesehen?«

»Zu Hause? Meine Frau. Und hier auf dem Gelände? Mit Sicherheit, aber fragen Sie mich nicht, wer genau.«

»Warum wollen Sie das alles wissen?«, erkundigte sich Mempel-Werner.

»Nun, es gehört zu unseren Gepflogenheiten, in Mordfällen Alibis zu überprüfen«, antwortete Lübbehusen todernst.

»Mord?« Van der Felde zog eine Braue nach oben, die Frau an seiner Seite schlug erschrocken eine Hand vor den Mund.

»Herr Vollmert wurde gestern Abend getötet. Und selbstverständlich werden alle Personen, mit denen er Kontakt hatte, befragt.«

Van der Felde pumpte einen Hektoliter Luft in seine Lungen. »Sie erdreisten sich, uns als Verdächtige zu betrachten? Wie kommen Sie zu dieser Unverschämtheit?«

Lübbehusen hielt dem eisigen Blick ohne Mühe stand. »Weil Vollmert Privatdetektiv war. Und er hat Sie observiert.«

»Unfug«, erregte sich van der Felde. »Ich dachte, dieser Punkt sei schon gestern abschließend geklärt worden.«

»Nicht Sie. Sondern Frau Mempel-Werner.«

Der Blondine klappte der Unterkiefer herunter.

»Ihr Mann hat Herrn Vollmert beauftragt«, erklärte Katharina. »Anscheinend vermutete Ihr Gatte, Sie könnten ein Verhältnis haben.«

»Dieser Mistkerl«, hauchte Mempel-Werner.

»Hatte er denn Anlass zu der Vermutung?«, fragte Hofmann überflüssigerweise.

»Die Privatsphäre meiner Bekannten geht Sie überhaupt nichts an«, sagte van der Felde schneidend.

»Und ob uns das etwas angeht«, gab Katharina kampfeslustig zurück. »Außerdem wären wir Ihnen sehr dankbar, wenn wir uns mit Frau Mempel-Werner allein unterhalten könnten.«

Van der Felde schoss empörte Blicke ab, erhob sich dann aber und stolzierte in den Innenbereich der Gastronomie.

»So, nun mal zur Sache«, erklärte Lübbehusen und rückte demonstrativ mit seinem Stuhl einige Zentimeter näher zu Mempel-Werner heran. »Hatten Sie wirklich keine Ahnung, dass Vollmert Privatdetektiv war? Und dass er den Auftrag hatte, Sie zu beschatten?«

»Nein. Wie denn auch?«

»Ihnen dürfte das Misstrauen Ihres Ehemannes doch nicht entgangen sein. Ohne Grund engagiert man keinen Privatermittler.«

»Und wenn schon, ich kann damit leben.«

»Worüber haben Sie sich gestern mit Vollmert unterhalten?«

»Alltägliches. Er erzählte mir, er wolle ein wenig in Geldern ausspannen, mehr nicht.«

»Wirklich?«

»Ja«, gab die Verhörte energisch zurück. »Worüber sollen wir denn sonst gesprochen haben?«

»Nun, Herr Vollmert war anscheinend auf Fälle von … Beziehungsproblemen spezialisiert«, erklärte Hofmann. »Und es gehörte zu seinem Repertoire, seinen Auftraggebern falsche Berichte abzuliefern, wenn die Gegenleistung stimmte.«

»Ich verstehe kein Wort.«

»Hat Vollmert gestern nicht versucht, Sie zu erpressen? Damit er Ihrem Mann nichts von Ihrem Verhältnis mit Herrn van der Felde erzählt?«

»Unsinn. Was mein Mann macht, interessiert mich schon lange nicht mehr. Nächsten Monat wollte ich sowieso ausziehen. Meinen Sie, das macht für mich noch einen Unterschied, ob er etwas von meiner Affäre erfährt?«

»Sie beabsichtigen, sich zu trennen?«

»Ich habe sogar schon eine eigene Wohnung.«

Katharina biss sich auf die Lippen. Die Frau hätte ein tolles Motiv haben können, hatte unmittelbar vor Vollmerts Ermordung Kontakt zu ihm gehabt ... Aber wenn sie die Wahrheit erzählte, war es mal wieder Essig mit ihren Ermittlungen.

»Sind Sie nicht auf finanzielle Unterstützung durch Ihren Mann angewiesen?«, fragte sie trotzdem.

»Ach, die hundert Euro, die ich im Monat von dem bekommen würde ... darauf kann ich gut verzichten.«

43

»Ihr seht geschafft aus«, stellte Wielert fest.

Katharina winkte ab. »War ein Tag für den Mülleimer.«

Abwechselnd berichteten die beiden Kommissare ihrem Chef von den Erkenntnissen, die sie im Laufe des Tages gewonnen hatten.

»Und was war hier los?«, fragte Hofmann abschließend.

»Eigentlich nichts. De Vries rief mich vorhin an, sie bekommt morgen früh eine Zusammenstellung der letzten Fälle, an denen Vollmert für das BKA gearbeitet hat.«

»So schnell?«

Wielert huschte der Anflug eines Lächelns über das Gesicht. »Sie sagte, sie habe eine gute Freundin beim BKA. Was das in ihrem Fall bedeuten mag ...«

Hofmann schmunzelte, während sich Katharina auf die Lippen biss.

»Diese Mempel-Werner«, fragte Wielert, »stimmen ihre Angaben oder hat die euch etwas vorgespielt?«

»An der ist alles echt. Ihr Alibi passt, nach den Unterlagen des Hotels hat sie von ihrem Zimmer aus zwischen achtzehn

Uhr zehn und achtzehn Uhr dreißig telefoniert. Anschließend hat sie eine Mitarbeiterin noch einmal weggehen sehen, spätestens zwanzig Minuten später ist sie wieder zurückgekehrt. Und das mit der angemieteten Wohnung stimmt ebenfalls, wir haben mit der Wohnungsgesellschaft Kontakt aufgenommen, eigentlich müssten die schon die Kopie des Mietvertrages gefaxt haben.«

»Vermutlich hat Vollmert, während er sich mit Mempel-Werner unterhielt, jemanden entdeckt, mit dem er im Leben nicht gerechnet hat«, übernahm Hofmann. »Die Frau hat gesagt, er habe gewirkt, als habe er einen Geist gesehen. Und eine solche Reaktion wäre doch arg übertrieben, wenn er zum Beispiel einen ehemaligen Kunden bemerkt hätte. Vielleicht hat es sich wirklich um Fresenius gehandelt, Vollmert ist ihm hinterhergegangen und hat ihn fotografiert. Und kurz darauf traf er auf seinen Mörder.«

Wielert zog seine Stirn in nachdenkliche Falten. »Wisst ihr, die Geschichte, die Fresenius und de Vries heute Morgen erzählt haben, stinkt zum Himmel. Ich hatte sehr stark den Eindruck, Vollmert ist damals in eine Falle gelockt worden. Und wenn ich jetzt bedenke, dass ein Maulwurf im BKA hockt, völlig egal, ob es sich dabei um Fresenius handelt oder nicht, würde ich fast ein ganzes Monatsgehalt darauf wetten, dass Vollmerts Tod mit den alten Geschichten zu tun hat.«

»Du meinst, jemand innerhalb des BKA steckt hinter dem Mord?«

»Nein, so meine ich das nicht. Aber vielleicht wussten die Typen, die Vollmert damals observiert hat, was los war, vor allem, wie kurz davor sie waren, aufzufliegen. Deshalb haben sie Vollmert und seinen Kollegen, diesen Dehrendorf, in die Falle gelockt. Nur, woher hatten sie ihre Informationen?«

»Ach so, du glaubst, der Maulwurf war schon damals aktiv?«, fragte Katharina.

»Allerdings. Den Gangstern scheint es doch um mehr gegangen zu sein, als einfach nur die lästigen Ermittler loszuwerden. Es wäre doch besser für sie gewesen, nicht nur Dehrendorf zu töten, sondern Vollmert gleich mit. Doch weil er am Leben gelassen wurde, musste der Verdacht aufkommen, dass er mit der Bande unter einer Decke steckt. Und das BKA hatte nicht nur eine heiße Spur verloren, sondern war darüber hinaus damit beschäftigt, Vollmert ein Fehlverhalten nachzuweisen. Währenddessen hatte die Bande mehr als genug Zeit, ihre Spuren zu verwischen und sich neu zu orientieren.«

»Aber dann müssten ja dieselben Leute wie damals hinter den heutigen Ereignissen stecken«, fiel auch bei Hofmann das Fünfcentstück.

»Eben. Und der Maulwurf ist nach wie vor bestens über alles informiert.«

»Scheiße«, entfuhr es Katharina.

»Wie wäre es, wenn wir den Spieß umdrehen? Einiges spricht ja dafür, dass Fresenius der Maulwurf ist. Er erhält ab sofort von uns nur noch getürkte Informationen. Und vielleicht erfahren wir durch das Vögelchen unserer geschätzten Staatsanwältin etwas, was uns den entscheidenden Vorteil verschafft.«

44

»Und – haben Sie etwas in Erfahrung bringen können?« Wielert machte erst gar nicht den Versuch, seine Neugier zu verbergen.

Die Staatsanwältin lächelte geheimnisvoll. »Sie müssen sich ein wenig gedulden, Wielert. Lassen wir Fresenius erst mal wieder verschwunden sein, dann reden wir weiter.«

Der Leiter des KK 11 grunzte unwillig. Ihm blieb nichts anderes übrig, als sich auf einen der freien Stühle zu setzen und stumm in die Gegend zu blicken. De Vries hatte ja Recht, seine im Flüsterton gestellte Frage hatte die beiden Kollegen aus Wiesbaden aufmerksam werden lassen.

»Können wir?«, fragte Fresenius, dem man den Stress der letzten Tage ansah. Sein graues Haar wirkte ungepflegt, auf seinen Wangen zeigte sich ein dunkler Bartschatten.

Die Staatsanwältin pflanzte sich neben Wielert und lächelte freundlich. Fresenius wich dem Blick seiner Intimfeindin aus und gab seiner Mitarbeiterin einen Wink.

»Ich habe mir noch einmal sämtliche Videoaufnahmen und Fotos angeschaut, die uns vorliegen«, begann Schwenke ohne Umschweife und nahm die Fernbedienung des Videorekorders in die Hand. »Bitte schauen Sie sich den folgenden Zusammenschnitt genau an.«

Wielert runzelte unbehaglich die Stirn. Sollten er und seine Leute etwas übersehen haben?

Schwenke startete das Band, gleich darauf flammte die Bildröhre des Fernsehers auf. Zunächst waren die Aufnahmen vom Vorplatz des Krankenhauses in Wesel zu sehen, etwa fünfzig Sekunden lang bestaunten vier Augenpaare das Chaos, das im Anschluss an den Brand geherrscht hatte. Dann folgte ein Umschnitt, als Nächstes folgten die Amateuraufnahmen von Kamarovs Unfall vor dem Bahnhof. Schwenke drückte auf Stopp.

De Vries und Wielert sahen sich fragend an. Ihnen war nichts aufgefallen.

»Ich habe noch eine zweite Aufnahme, diesmal in umgekehrter Reihenfolge«, fuhr Schwenke fort.

Wielert verdrängte seinen Groll und seine Ungeduld und starrte aufmerksam auf die zweite Bilderabfolge. Und plötzlich wusste er, was die Beamtin ihnen klar zu machen versuchte.

»Dieser junge Mann«, nickte er zustimmend. »Das kann kein Zufall sein.«

Die Staatsanwältin hatte es immer noch nicht gesehen. »Kann mir mal jemand weiterhelfen?«

Schwenke ließ das Band ein wenig zurücklaufen und drückte dann wieder auf ›Stopp‹.

»Hier, in dieser Aufnahme wird es ganz deutlich. Der Mann, der auf dem Mäuerchen sitzt, ist derselbe, bei dessen Anblick dieser Russe ausgerastet und vor den Bus gestolpert ist.«

»Tatsächlich«, war jetzt auch de Vries überzeugt. »Eine solche Ähnlichkeit kann kein Zufall sein.«

»Es ist nicht nur eine starke Ähnlichkeit. Ich habe von diesen beiden Aufnahmen Abzüge gemacht und bin heute Mittag noch einmal zu dem Krankenhaus nach Wesel gefahren. Die Schwesternschülerin, die das Handy von Kamarov herausgegeben hat, erkannte den Mann auf beiden Aufnahmen wieder. Sie war sich ihrer Sache hundertprozentig sicher.«

Wielert rümpfte leicht die Nase. Warum war seinen Leuten das nicht aufgefallen?

»Natürlich müssen wir uns jetzt die Frage stellen, inwieweit dieser Mann in den Mord an Kamarov verwickelt ist«, mischte sich Fresenius ein. »Hat er mit dem Täter zusammengearbeitet? Oder war er aus einem anderen Grund im Krankenhaus?«

»Konnte die Schülerin die Beschreibung des Mannes präzisieren?«, überging de Vries die Bemerkung des Wiesbadeners.

»Sie schätzt die Größe auf etwa eins fünfundsiebzig. Südländischer Typ, auf jeden Fall kein Deutscher. Er sprach mit einem ziemlich harten Akzent, könnte ebenfalls ein Russe gewesen sein, vielleicht auch ein Pole. Er wirkte sehr freundlich und ein bisschen Mitleid erregend. Anfang, maximal Mitte zwanzig.«

»Wir können eine Fahndung herausgeben«, bemerkte Wielert. »Aber suchen wir einen Zeugen? Oder einen Tatverdächtigen?«

»Wie ich schon sagte«, erklärte Fresenius mit Nachdruck. »Wir müssen davon ausgehen, dass wir es mit einem Mitglied der Bande zu tun haben. Wie viel Zeit ist zwischen dem Mord und der Herausgabe des Handys vergangen? Ein paar Stunden, richtig? Warum hat er so lange gewartet und nicht sofort die Aufregung während der Brandbekämpfung genutzt?«

»Weil ihm während dieses Durcheinanders sicher niemand mal eben ein Handy ausgehändigt hätte«, erwiderte de Vries lakonisch. »Und er hätte sich verdächtig gemacht, wenn er kurz nach dem Mord nach Kamarovs Handy gefragt hätte. Nein, er musste eine gewisse Karenz einhalten.«

»Oder aber er wusste gar nicht, dass Kamarov tot war, und hat erst vor Ort davon erfahren. Irgendwann hat sich die Tatsache eines Mordes doch bis vor das Krankenhaus herumgesprochen. Vielleicht wollte er Kamarov ja auch selbst erledigen und irgendjemand ist ihm zuvorgekommen.«

»Blödsinn«, winkte Fresenius ab. »Dann wäre er doch sofort ins Krankenhaus gegangen und hätte nicht erst eine halbe Ewigkeit da unten gewartet. Nein, ich glaube, er hat mit dem Mörder zusammengearbeitet und den Zeitpunkt abgepasst, an dem sich die Polizei und die Feuerwehr wieder zurückgezogen haben.«

»Das ist alles ganz schön spekulativ«, gähnte Wielert und sah auf seine Armbanduhr. Schon wieder war es jenseits der achtzehn Uhr, an Feierabend war noch lange nicht zu denken.

»Eine Fahndung leiten wir trotzdem ein«, bestimmte de Vries und gönnte den Gästen vom BKA einen freundlichen Blick. »Könnten Sie sich darum kümmern? Am besten gleich bundesweit, wenn das BKA die Fahndung herausgibt, hat das ein wenig mehr Nachdruck. Frau Schwenke, Sie haben übrigens hervorragende Arbeit geleistet.«

Fresenius überlegte scheinbar, wo in ihren Worten die Provokation versteckt war, fand keine und nickte schließlich.

»Falls Sie sonst nichts haben, entschuldigen Sie bitte Herrn Wielert und mich. Wir haben noch einen anderen Fall zu besprechen.«

Ohne eine Antwort abzuwarten, rauschte de Vries auf den Flur. Wielert hatte ob ihres fliegenden Abgangs Schwierigkeiten, die Juristin einzuholen.

»Und?«, drängelte der Hauptkommissar, als er endlich mit de Vries Schritt hielt.

»Wielert, ich sage Ihnen, wir kochen da eine ziemlich dicke Suppe auf. Vor einer Stunde habe ich einen sehr interessanten Anruf bekommen.«

»Aus dem BKA?«

»Natürlich nicht. Denken Sie, meine Bekannte will ihren Job aufs Spiel setzen? Aus einer Telefonzelle.«

»Machen Sie es bitte nicht so spannend«, quengelte Wielert.

»Also, hören Sie zu ...«

45

»Langsam, aber sicher würde sich hier eine Zweitwohnung lohnen«, erklärte Hofmann müde. »Ist zwar eine schöne Ecke, aber trotzdem auf Dauer nervig, ständig hierher zu brettern.«

»Gibt Schlimmeres«, gab Katharina zurück und kramte ihren Dienstausweis aus der Tasche. Aus der Pförtnerloge der JVA Geldern schlugen ihnen neugierige Blicke entgegen.

»Hoffentlich ist der Tipp von de Vries was wert«, wünschte sich Hofmann.

Katharina antwortete nicht und trat an die Gegensprechanlage. Nach ein paar erklärenden Worten ertönte der Summer und die Bochumer konnten eintreten.

»Bitte deponieren Sie Ihre Mitbringsel in einem der Schließfächer«, bat ein freundlicher älterer Schließer. »Vor allem Ihre Dienstwaffen, muss ja nicht sein, dass wir bei unseren Kunden Bedürfnisse wecken.«

»Keine Angst«, grinste Hofmann. »Die haben wir im Wagen gelassen.«

»Ach, und da sind die gut aufgehoben?«

»Eine Kollegin wartet draußen.«

Der Schließer runzelte die Augenbrauen. »Ein Kollege holt Sie gleich ab und bringt Sie in den Besucherbereich. Warten Sie bitte einen Moment.«

Katharina nickte stumm und starrte durch den kleinen Gang in den Innenhof der Justizvollzugsanstalt. Obwohl sie schon dutzende Male dienstlich in Gefängnissen gewesen war, beschlich sie immer noch ein beklemmendes Gefühl. Eine Ansammlung von Straftätern auf engstem Raum; die Vorstellung, wie viel Skrupellosigkeit und Brutalität hier zusammengepfercht waren, setzte ihre Fantasie in Gang.

Die JVA Geldern war mit über fünfhundertfünfzig Haftplätzen eine der größten in NRW, eine etwa ein Kilometer lange Mauer umspannte die vier Hafthäuser und die zusätzlichen Funktionsgebäude. Wie jeder Knast war auch dieser überbelegt, aber im Vergleich schnitt Geldern noch gut ab.

Prunkstück der Anstalt war das Berufsbildungszentrum, in dem weit über zweihundert Ausbildungsplätze für insgesamt dreizehn Berufe zur Verfügung gestellt wurden. Darüber hinaus gab es die Möglichkeit, an der Fernuniversität Hagen ein Studium zu absolvieren. Außerhalb der Anstalt wären sicherlich einige Jugendliche froh gewesen, Zugang zu derartigen Ausbildungsmöglichkeiten zu haben.

»Wundert mich, dass Jessica nicht mit reinwollte«, riss Hofmann seine Kollegin aus ihren Gedanken.

»Gönn ihr eine Pause, die Frau steht sicher weit mehr unter Strom als wir beide. Gegenüber Fresenius das naive

Junggemüse spielen und ihm gleichzeitig auf die Finger schauen müssen, alle Achtung. Und dass sie diesen Typen vom Hauptbahnhof auf den Aufnahmen vor dem Krankenhaus ausfindig gemacht hat, ist schon klasse.«

»Sind Sie von der Kripo aus Bochum?«, fragte eine attraktive Brünette in Katharinas Alter, die plötzlich aus einem Nebenraum herangeeilt kam.

»Scheint so, ist ja sonst keiner hier.«

»Dann folgen Sie mir bitte. Cremer müsste schon eingetroffen sein.«

Im Gänsemarsch überquerten sie den sonnendurchfluteten Innenhof, passierten eine weitere Sicherheitsschleuse und nahmen dann direkten Kurs auf den Besucherbereich. Vorbei an einem mensaartigen Raum führte sie die Bedienstete zu einigen abgelegeneren Türen.

»Das sind unsere Begegnungsräume«, erklärte die Uniformierte, während sie einen riesigen Schlüsselbund vom Hosengürtel pflückte.

»Begegnungsräume?«, fragte Hofmann.

»Berthold, in gewisser Hinsicht stehst du in letzter Zeit aber reichlich auf der Leitung«, lachte Katharina. »Für Gefangene mit Ehefrau oder Freundin. Verstehst du?«

»Ach so.«

»Ich warte draußen«, erklärte die Schließerin und wuchtete die massive Stahltür auf. Die beiden Bochumer traten ein.

Dennis Cremer kurbelte sich gerade eine Zigarette, als er im Gesichtskreis der Beamten erschien. In aller Seelenruhe leckte er die Gummierung des Blättchens an und schaute dann erst hoch.

»Guten Tag, Herr Cremer. Thalbach und Hofmann von der Bochumer Kripo. Schön, dass Sie ein wenig Zeit für uns haben.«

Über das mit Sommersprossen übersäte Gesicht des Häftlings spannte sich ein breites Grinsen. »Zeit ist so ziemlich das Einzige, was ich hier habe. Worum geht es? Hab lange keinen mehr von euch Brüdern zu Gesicht bekommen … und Schwestern auch nicht.«

»Günter Vollmert«, begann Katharina ohne Umschweife.

Von Cremer erfolgte keine Reaktion.

»Der Name sagt Ihnen doch etwas?«

»Kann sein.«

»Also, erzählen Sie. Immerhin sitzen Sie seinetwegen hinter Gittern. Warum hat es nur Sie erwischt und keinen von Ihren Komplizen?«

Cremer nahm einen tiefen Lungenzug. »Weiß nicht.«

Hofmann seufzte innerlich und hockte sich auf die bequeme Ledercouch. Das konnte ja lustig werden.

»Wie alt sind Sie jetzt? Achtunddreißig? Und Sie haben noch mindestens drei Jahre vor sich?«

»Kann sein«, wiederholte der Häftling.

»Kann nicht nur sein, ist so. Ein wenig Kooperation würde den Bewährungsausschuss bestimmt beeindrucken.«

»Männeken, bis ich diese Pullerköpfe zu sehen krieg, dauert es noch halbe Ewigkeiten. Da musst du mir schon mit was anderem kommen.«

»Sagen wir es doch mal so«, versuchte es Katharina auf andere Art und Weise. »Nach dem, was wir wissen, waren Sie Mitglied einer Bande, die Vollmert damals observiert hat. Als ein ziemlich kleines Licht. Trotzdem – oder vielleicht deswegen – mussten Sie den Sündenbock für all Ihre Kollegen spielen. Sämtliche Revisionsanträge wurden abgelehnt. Ihre Kumpel haben Sie wahrscheinlich inzwischen vergessen. Ich an Ihrer Stelle hätte einen ganz schönen Hals.«

Cremer antwortete nicht, aber das Grinsen war verschwunden.

»Vollmert hat es erwischt, jemand hat ihn kaltgemacht. Und wir vermuten, dass hat mit der Sache von damals zu tun.«

»Ein Bullenschwein weniger«, knurrte Cremer leise.

»Wenn Sie meinen.« Katharina versuchte, gelassen zu wirken. »Aber an Ihrer Stelle würde ich das anders sehen. Der einzige Grund, warum ihn jemand umgebracht hat, kann doch nur sein, dass Vollmert endlich in der Lage war, auch die anderen auffliegen zu lassen. Und derjenige, der den Mord begangen hat, weiß, dass wir den Fall untersuchen – und dabei zwangsläufig auf Sie stoßen mussten.«

»Was wollen Sie damit andeuten?«, fragte Cremer irritiert.

»Ist Ihnen jemand an die Wäsche gegangen? In den letzten Tagen? Nein? Dann kommt das noch. Hier gibt es genug Typen, die gerne einen kleinen Job übernehmen und Ihnen den Hals umdrehen, wenn die Bezahlung stimmt.«

»Sie spinnen doch«, meinte der Häftling, nicht wirklich überzeugt.

»Wissen Sie, was ich glaube? Vollmert ist damals verarscht worden. Genau wie Sie. Nach dieser Sache mit dem Überfall auf ihn und seinen Kollegen waren Sie der Einzige, dessen Name bekannt wurde, weil er in Vollmerts Unterlagen zu finden war. Und jetzt sind Sie der Letzte, der die ganze Sache von damals auffliegen lassen könnte. Wir wissen das. Genauso wie Ihre ehemaligen Kumpel. Die haben schon einen Mord begangen, um ihre Haut zu retten. Meinen Sie, bei Ihnen bekämen die plötzlich Bedenken?«

»Unsinn«, erklärte Cremer, nicht wirklich überzeugt.

»Sie mussten damals schon den Sündenbock spielen. Was hat man Ihnen dafür versprochen? Ich behaupte, im besten Fall bekommen Sie einen schnellen Tod. Erzählen Sie endlich, was damals wirklich passiert ist.«

Der Häftling quetschte die erst halb gerauchte Kippe in einen Aschenbecher und mahlte mit den Backenzähnen. »Mir glaubt doch eh kein Schwein.«

»Versuchen Sie es«, schlug Hofmann vor.

»Eigentlich hatte ich schon während der Verhandlung alles sagen wollen, aber sogar mein Anwalt hat gemeint, ich soll das sein lassen, ich würde mich nur unglaubwürdig machen. Also hab ich die Schnauze gehalten.«

»War das ein Pflichtverteidiger?«

»Nein, jemand hatte den für mich besorgt, der stand eines Tages in der Zelle, als ich in U-Haft war. Er hat mir gesagt, ich müsse vielleicht ein paar Jahre in den Knast, aber wenn ich die Schnauze hielt, würde ich, wenn ich entlassen werde, Kohle dafür kriegen.«

»Wie viel?«

»Fünfzigtausend«, nuschelte Cremer. Von der anfangs zur Schau gestellten Lässigkeit war nichts mehr zu sehen.

»Menschenskind, erzählen Sie endlich«, drängte Hofmann. »Wenn Sie auspacken, sagen wir den Schließern, dass sie Sie im Auge behalten sollen. Wir könnten auch Ihre Verlegung arrangieren.«

»Also gut. Was wollen Sie wissen?«

»Was ist damals bei dem Überfall auf Vollmert und dessen Kollegen, diesen Dehrendorf, wirklich abgelaufen?«

»Ich war nicht dabei«, beharrte Cremer, »weiß alles nur vom Hörensagen. Das war eine Falle, wir wussten schon im Voraus, wann und wo das Treffen stattfinden sollte.«

»Wer hat das verpfiffen?«

»Dehrendorf.«

»Was?«, rief Katharina. »Der Beamte, der dann umgebracht wurde?«

»Ich weiß ja auch nicht, was da genau passiert ist. Dehrendorf war doch der Boss.«

»Der Boss? Sie meinen, Dehrendorf war der Kopf Ihrer Bande?«

»Soweit ich weiß, ja, ich kannte jedenfalls keinen anderen. Er hat die Jobs verteilt, er hatte wahnsinnig gute Verbindungen und kam scheinbar ohne Probleme an Stoff. Und von ihm wussten wir immer, ob uns die Bullen auf den Fersen waren oder nicht.«

Thalbach und Hofmann sahen sich fragend an. Endlich hatten sie ein wertvolles Puzzlestückchen gefunden, um festzustellen, dass noch mindestens zwei weitere Teile fehlten.

»Wer war an dem Überfall beteiligt?«

»Die Namen kenn ich nicht, wir standen damals in Kontakt mit den Südamerikanern. Von denen hielten sich einige zur Vorbereitung der nächsten Lieferung in Deutschland auf, die haben den Job übernommen.«

»Und bei der Gelegenheit Dehrendorf umgebracht? Warum?«

»Ich weiß es nicht. Wenn die etwas besprochen haben, dann auf Spanisch, das hat doch keiner verstanden. Und nach der Geschichte hab ich die nicht mehr wiedergesehen. Zwei Tage hing ich völlig in der Luft, ahnte nur, dass was schief gelaufen ist. Dann habe ich mich verpisst. Sechs Wochen später hat man mich dann geschnappt.«

»Und Sie haben während der ganzen Zeit keinen Kontakt mehr zu Ihren Komplizen gehabt?«

»Nein.«

»Und dieser Dehrendorf ... wann hat der Ihnen gesteckt, dass Vollmert ein Spitzel ist?«

»Ach, schon ganz am Anfang. Wir haben uns einen Spaß daraus gemacht, ihn zu verarschen und auf falsche Fährten zu hetzen. Der Boss meinte, er habe alles unter Kontrolle, wenn es mal eng würde, könne man ihn immer noch beseitigen.«

»Fällt Ihnen sonst noch etwas ein? Ein paar Namen vielleicht?«

Cremer atmete schwer durch. »Nein.«

»Also gut, fürs Erste reicht das. Machen Sie sich keine Gedanken, wir kümmern uns um Ihre Sicherheit.«

Hofmann bummerte an die Stahltür, die Schließerin öffnete und gab einem Kollegen mit einem Kopfnicken zu verstehen, dass Cremer zurück in seine Zelle konnte.

»Hat Cremer eine Einzelzelle? Oder sitzt der mit mehreren zusammen?«, fragte Katharina auf dem Weg zurück zum Pförtner.

»Zweierzelle. Warum?«

»Könnten Sie wohl veranlassen, dass er allein untergebracht wird? Er könnte in Gefahr sein.«

»Hören Sie mal, so einfach geht das nicht. Da müssten wir schon …«

»Ich weiß, aber der Dienstweg dauert zu lange. Der Mann ist ein wichtiger Zeuge für uns. Und es steht zu befürchten, dass ihm jemand ans Leder will.«

»Ich kümmere mich darum«, antwortete die Uniformierte unwillig. »Vielleicht ist in den B-Zellen noch was frei.«

»Besser als gar nichts.«

»Ich blicke immer noch nicht durch«, seufzte Hofmann, als sie endlich ihre Sachen wieder aus dem Schließfach genommen hatten. »Beim BKA muss es mindestens zwei Leute gegeben haben, die mit der Bande zusammengearbeitet haben. Sonst ergibt das alles keinen Sinn.«

Statt eine Antwort zu geben, blieb Katharina unvermittelt stehen und packte Hofmann am Ellbogen.

»Was ist?«, fragte der Stoppelhaarige.

»Haben wir den falschen Ausgang genommen?«

»Hä?«

Die Blonde deutete auf den asphaltierten Parkplatz. »Falls nicht, hat sich unser Wagen in Luft aufgelöst.«

Hofmanns Augen weiteten sich. Es stimmte, der Vectra war verschwunden.

»Diese blöde Zicke!«, fluchte er.

Katharina hörte nicht mehr. Mit fliegenden Schritten war sie zurück auf dem Weg zur Pförtnerloge.

46

Jessica Schwenke dirigierte den entliehenen Opel in nördlicher Richtung über die B 9 nach Geldern und starrte dabei nervös auf die vor ihr fahrenden Wagen. Zwischen ihr und dem Mercedes befanden sich noch zwei andere Autos; einerseits war die Gefahr, entdeckt zu werden, dadurch eher gering, andererseits musste sie höllisch aufpassen, den Kontakt nicht zu verlieren.

Während sich die Beamtin langsam der Gelderner Innenstadt näherte, zermarterte sie sich vergeblich das Hirn, was Fresenius' Ziel sein könnte – er war ja nachweislich schon mal in Geldern gewesen. Als sie vor der JVA auf Thalbach und Hofmann gewartet hatte, hatte plötzlich ihr Handy geklingelt. Der GPS-Sender in Fresenius' Wagen zeigte an, dass er wieder Richtung Geldern unterwegs war. Der Kollege aus der Überwachungszentrale leitete die Anweisungen weiter, Fresenius zu folgen, und dirigierte sie per Telefon. Schließlich entdeckte sie den Benz aus Wiesbaden auf der Landstraße hinter einem Traktor, sodass sie sich in aller Ruhe in der Schlange einfädeln konnte.

Am Morgen hatte sie noch kurz allein mit ihm gesprochen und Fresenius hatte mit keinem Wort erwähnt, dass er einen Trip an den Niederrhein plante. Er hatte zwar einige Male nervös auf seine Armbanduhr geschaut, aber Schwenke hatte dies dem Stress zugerechnet.

Der Benz stoppte an der nächsten Kreuzung, obwohl er sich auf einer Vorfahrtstraße befand. Anscheinend musste sich Fresenius orientieren, wie es weiterging.

Als die Fahrzeuge hinter ihm begannen, ungeduldig zu hupen, schlug er das Steuer nach links ein und gab wieder Gas.

Schwenke biss sich verärgert auf die Lippen. Die beiden Wagen vor ihr fuhren geradeaus, ihren Schutzschild hatte sie also verloren. Jetzt bloß genügend Abstand halten. Autos mit Bochumer Kennzeichen mussten hier einfach auffallen.

Einen Augenblick später schmunzelte sie über ihre Dummheit. Warum wäre das überhaupt schlimm? Eher als sie hätte Fresenius Erklärungsnotstand, warum er sich hier in der Gegend herumtrieb.

Fresenius fuhr allenfalls fünfzig, vor jeder Seitenstraße verlangsamte er kurz, um dann wieder zu beschleunigen. Schließlich setzte er den Blinker und bog ab.

Die Beamtin wurde nervös. Die Gegend, durch die sie fuhren, wirkte reichlich heruntergekommen, einigen wenigen Wohnhäusern standen mehrere Gewerbebetriebe gegenüber, auf einem Hinweisschild präsentierten sich ein Stanzwerk, eine Ofenbaufirma, eine Raiffeisen-Warenzentrale – mehr konnte sie auf die Schnelle nicht lesen.

Abrupt trat Schwenke auf die Bremse, als sie Fresenius' Benz neben einigen verlassen aussehenden Lagerhallen entdeckte. Ihr Boss hatte auf dem Gelände eines Güterbahnhofs angehalten, dem Augenschein nach wurden die Gleise und Anlagen schon seit Ewigkeiten nicht mehr genutzt.

Die junge Frau ließ den Vectra ausrollen und parkte ein Stückchen weiter entfernt, sodass er von der Bahnhofsanlage aus nicht gesehen werden konnte. Sie konnte nicht sagen, warum, aber sie hatte ein flaues Gefühl im Magen.

Bevor Schwenke den Wagen verließ, holte sie noch einmal tief Luft und tastete kurz über die Beule auf der linken Schulter, die ihre Jacke geschickt verbarg. Vorsichtig drückte sie sich an die Hauswand und huschte bis zum Ende der Häuserzeile, die den Vectra verbarg. Dann riskierte sie einen Blick um die Ecke.

Fresenius hatte offenbar schon eine der Hallen betreten, außer dem in der Sonne dösenden Benz war nichts zu erkennen. Schwenke schob die Hand unter ihre Jacke und schlich vorsichtig weiter.

47

Die Luft in der Halle war heiß und abgestanden. Fresenius atmete flach und blinzelte. Nach dem hellen Sonnenlicht brauchten seine Augen einen Moment, um sich an die Düsternis zu gewöhnen.

Auf seiner Stirn bildeten sich kleine Schweißtropfen. Während der Fahrt hatte er die Vorzüge der Klimaanlage genossen, nun traf ihn die Hitze besonders hart.

»Da bist du ja endlich«, hallte es aus einem kleinen Verschlag, den er noch gar nicht wahrgenommen hatte. »Wurde auch langsam Zeit.«

Fresenius schaute in die Richtung, aus der die Stimme gekommen war, und blinzelte erneut. Dann endlich sah er den Schatten, der sich von dem Hintergrund löste.

»Ich habe es nicht eher geschafft«, knurrte er ärgerlich und ging ein paar Schritte auf die Gestalt zu. »Das ist alles ja ein schöner Mist!«

Werner Sax schnaubte heftig durch die Nase und vergrub die Hände in den Hosentaschen. »Ich kann nichts dafür, dass alle um mich herum Scheiße bauen. Und deine Informationen waren auch schon mal hilfreicher.«

Fresenius zog ein Taschentuch aus der Jackentasche und wischte sich den Schweißfilm von der Stirn. »Ich verbitte mir diesen Ton. Immerhin muss ich darauf achten, dass niemand die Spur zu mir zurückverfolgen kann.«

Sax grunzte und lehnte sich an einen staubigen Holzbalken. »Hättest uns wenigstens Vollmert vom Hals halten können.«

»Der war doch gar nicht hinter uns her. Von dem hab ich erst erfahren, als er bereits tot war.« Fresenius versuchte, seine Stimme unter Kontrolle zu behalten. »Mensch, Werner, wie konnte das nur so weit kommen? Alles lief doch wunderbar.«

»Ich hab keine Ahnung. Wenn Juri nicht ausgeflippt wäre ...«

»Wenn, wenn«, äffte ihn Fresenius nach. »Du weißt, wie viel Zeit es gekostet hat, bis wir alles organisiert hatten. Du und deine Pappenheimer haben alles kaputtgemacht.«

»Scheiß drauf, irgendwann sind wir wieder im Geschäft.«

»Hast du die Leute alle außer Landes geschafft?«

»Natürlich.«

»Das ist schon mal gut. Irgendwie muss ich versuchen, die Bochumer Kripo in die Irre zu führen. Das wird aber ganz und gar nicht einfach.«

»Und warum nicht? Bei dir laufen doch alle Fäden zusammen.«

»Sagt dir der Name de Vries noch etwas?«

»Klar.«

»Die Kuh ist jetzt Staatsanwältin in Bochum und lässt nicht so leicht locker.«

»Dein Problem. Hast du das Geld dabei?«

Fresenius nickte und deutete mit dem Daumen nach draußen, als ihn ein Geräusch herumfahren ließ. Vor den Lagerhallen war etwas umgefallen, gleich darauf war ein unterdrücktes Stöhnen zu hören. Irgendjemand trieb sich da herum ...

48

Ion Illic schrak auf seinem Schemel hoch, er war tatsächlich ein wenig eingenickt. Langsam, aber sicher machte sich der Schlafmangel bemerkbar.

Der junge Rumäne brauchte ein paar Sekunden, bis er sich wieder orientiert hatte. Ein Geräusch war es gewesen, das ihn geweckt hatte. Vorsichtig schaute er aus dem eingeschlagenen Fenster des leer stehenden Hauses, von dem aus er einen ungehinderten Blick auf die Anlagen des Güterbahnhofes hatte. Fast in der Mitte des Platzes parkte ein silberner Mercedes, Illic sah gerade noch, wie ein elegant gekleideter Mann die schmutzigen Betonstufen zu den Eingängen der Hallen emporstieg. War das der Mann, auf den er gewartet hatte?

Leise fluchend stand er auf und drückte sich an die unverputzte Wand. Wenn er doch nur etwas mehr wüsste! Toralf hatte ihm nur von diesem Treffpunkt am Güterbahnhof erzählen können.

Aber anscheinend war er hier richtig, heute Morgen, in aller Frühe, war schon der andere Typ aufgetaucht, in einer der Hallen verschwunden und seitdem nicht mehr zum Vorschein gekommen.

Illic hatte gezögert. Der Mann war kräftig gebaut, ihm an Stärke deutlich überlegen. Eine Schusswaffe hatte er nicht auftreiben können, aber in dem Gebäude, in dem er dann seinen Beobachtungsposten bezogen hatte, befand sich genug Gerümpel, das ihm nützlich werden konnte. Vor allem die handliche, im Durchmesser etwa vier Zentimeter dicke Eisenstange, die jetzt neben dem Schemel an der Wand lehnte, schien ihm für seine Zwecke geeignet.

Er hatte sich entschlossen zu warten und diese Entscheidung war wohl richtig gewesen.

Jetzt, wo seine Rache nicht mehr lange auf sich warten musste, wurde Illic sehr ruhig. Er wollte den beiden Männern, die vermutlich verantwortlich für den Tod seines Bruders waren, ein wenig Zeit gönnen. Wenn sie sich in einer Unterhaltung ganz auf ihr Gegenüber konzentrierten, war seine Chance, unbemerkt an sie heranzukommen, größer. Die Halle hatte nur einen einzigen Ein- und Ausgang, er hatte das natürlich längst gecheckt.

Seufzend nahm der Rumäne endlich die Eisenstange in die Hand und warf einen letzten, prüfenden Blick aus dem Fenster. Im nächsten Moment presste er sich – wieder Deckung suchend – an die Wand. Verdammt, was machte denn die junge Frau da unten?

Der Rumäne kniff die Augen zusammen und sah genau hin. Die unerwartete Besucherin trug anscheinend eine Pistole in der Rechten, genau konnte Illic das wegen des Schattenspiels an der Häuserwand nicht erkennen.

Egal, nichts konnte ihn von seinem Vorhaben abbringen.

Seine Hand umfasste die Eisenstange noch fester, als er sich mit der Schulter von der Wand abstieß und leise zum Treppenhaus schlich.

49

»Los, Hofmann, erzähl mir was. Wo muss ich hin?«

Der Stoppelhaarige krampfte sich mit der Rechten an den Haltegriff über dem Beifahrerfenster und presste mit der Linken das geliehene Handy ans Ohr. Obwohl er angeschnallt war, wurde er in dem Bulli der Gelderner JVA heftig durchgeschüttelt.

»Lass mich in Ruhe zuhören, sobald ich etwas weiß, sage ich es dir schon.«

Katharina prügelte den VW-Bus unbarmherzig auf die niederrheinische Kleinstadt zu und hatte alle Hände voll zu tun, das unhandliche Gefährt in der Spur zu halten. In dem verschwundenen Vectra hätte sie sich selbst wesentlich sicherer gefühlt, ganz zu schweigen von ihrem Sportgeschoss, welches zur Untätigkeit verdammt auf dem Parkplatz vor dem Präsidium auf sein Frauchen wartete.

»Bei der nächsten Gelegenheit musst du links«, brüllte Hofmann gegen den Lärm des protestierenden Motors an. »Schwenke ist abgebogen.«

»Himmel nochmal, wo will die bloß hin?«, meinte die Blonde mehr zu sich selbst und knallte den Blinker schon mal in die Arretierung. An der nächsten Abzweigung angekommen, verringerte sie die Geschwindigkeit gerade mal um zwanzig Stundenkilometer und schleuderte den Wagen in die Kurve. Der Bus stand kurzfristig auf zwei Rädern.

»Bitte, pass auf«, jammerte Hofmann.

»Hör lieber zu«, gab Katharina zurück, wobei ihr der Schrecken nur langsam aus den Gliedern wich. Unmerklich lockerte sie den Druck auf dem Gaspedal.

Unmittelbar nach Schwenkes Verschwinden hatte die Blonde über das Pförtnerhaus des Gefängnisses Kontakt mit dem Netzbetreiber ihres Handys aufgenommen. Das Gerät lag eingeschaltet im Handschuhfach, vor ihrem Besuch im Knast hatte sie das Telefon nur auf stumm geschaltet. Jetzt wählte einer der Pförtner beständig ihre Nummer an, während Hofmann über das geliehene Handy mitgeteilt wurde, wo sich Katharinas Mobilgerät gerade befand. Der Netzbetreiber konnte den Standort bis auf etwa hundert Meter genau benennen.

»Jessica ist wieder abgebogen«, bellte Hofmann. »Warte … ja, sie ist stehen geblieben.«

»Wohin muss ich?«

»Noch etwa zwei Kilometer geradeaus, dann nach rechts. Irgendwo muss sie dann da stehen.«

»Hoffentlich hat sie nicht einfach nur das Handy aus dem Wagen geworfen«, unkte Katharina und trat das Gaspedal wieder bis zum Bodenblech durch.

50

»Was soll der Scheiß?«, fluchte Sax leise. »Ich dachte, du bist allein gekommen.«

»Bin ich auch«, flüsterte Fresenius irritiert zurück und fuhr instinktiv mit der Hand unter die Jacke. Doch er ließ die Pistole in dem Holster stecken.

»Verarsch mich nicht«, drohte Sax und kramte seinerseits eine kurzläufige Pistole aus der Jacke.

Fresenius warf ihm einen verärgerten Blick zu und schlich langsam zum Eingang der Halle. Die Geräusche waren verstummt, trotzdem legte der BKA-Beamte größte Vorsicht an den Tag.

Er war vielleicht noch drei oder vier Schritte von der Tür entfernt, als er durch einen Spalt zwischen den Brettern eine Gestalt erblickte, die sich langsam vorwärts schob. Mit einem Wink bedeutete Fresenius seinem Kumpan, sich zu verstecken, dann trat er ins Licht.

»Wer ist da?«, rief er mit fester Stimme.

Die Gestalt vor dem Eingang verharrte kurz, dann ertönte eine Stimme.

»Herr Fresenius? Sind Sie das?«

Sax drückte sich in den Schatten und richtete den Lauf seiner Waffe Richtung Eingang. Der Schweiß lief ihm in Strömen übers Gesicht, obwohl ihm innerlich eiskalt war.

»Frau Schwenke?!«, donnerte Fresenius. »Was machen Sie denn hier?«

Gleichzeitig winkte er Sax verärgert zu, die Waffe sinken zu lassen. Vielleicht konnte er die Situation noch retten.

»Ich habe Sie vorbeifahren sehen«, log die Beamtin und trat ein paar Schritte näher zur Tür. »An der JVA. Ich war doch mit den Bochumern unterwegs.«

»Und was gibt Ihnen das Recht, mir hinterher zu fahren?«, pöbelte der Kriminalrat. »Sie gefährden eine äußerst wichtige Zeugenaussage.«

Inzwischen hatte die Beamtin den Eingang erreicht. Auch sie brauchte eine gewisse Zeit, um sich an die veränderten Lichtverhältnisse zu gewöhnen.

»Zeugenaussage?«, fragte sie unsicher.

»Verschwinden Sie!«, brüllte Fresenius. »Ihre Disziplinlosigkeit wird ein Nachspiel haben.«

Schwenke spielte die Unschlüssige, wobei sie ihren Blick hastig durch das Innere der riesigen Halle schweifen ließ. »Ich dachte ...«, meinte sie mit gespielter Schüchternheit und sah zur Seite. Und endlich entdeckte sie Sax, der immer noch seine Waffe auf sie gerichtet hatte.

Blitzschnell machte sie einen Schritt zurück, im nächsten Augenblick krachte ein Schuss, der Widerhall klang in dem Raum beinahe wie Geschützdonner. Nur wenige Zentimeter neben Schwenkes Kopf zerfetzte die Kugel ein Stromkabel, das lose von der Decke herunterbaumelte.

Die Beamtin rollte sich seitlich ab und brachte ihre eigene Waffe in Anschlag, doch ihre Bewegungen waren zu überhastet. Der Schuss verfehlte Sax um gut zwei Meter.

Fresenius rannte geduckt aus dem Lichtschein und warf sich hinter den nächsten Balken auf den Boden.

Die Beamtin ließ ihren Chef außer Acht. Sie robbte ein wenig weiter nach rechts, um eine bessere Schussbahn zu haben, und legte erneut an. Als sie den Mann im Hintergrund der Halle nun in Ruhe fixierte, wusste sie plötzlich, wen sie vor sich hatte.

51

Ion Illic wartete im Schatten des Treppenhauses, bis die Frau endlich die Halle betreten hatte, und lief los. Er war völlig verwirrt, vor allem, weil sich die Frau mit den Männern zu unterhalten schien.

Mit einem schnellen Spurt überquerte er den Platz vor den Lagerhallen und drückte sich gegen die Wand der Stirnseite des Gebäudes. Aber dieser Standort war schlecht, im Gegensatz zu den Seitenwänden gab es hier weder einen Spalt noch einen Durchschlupf. Daher schlich Illic weiter, um an die Rückseite der Halle zu gelangen. Vielleicht konnte er sich von dort aus unbemerkt nähern.

Einige Sekunden später lächelte er zufrieden und riskierte einen Blick durch einen etwa handbreiten Spalt.

Genau in dem Moment krachte der erste Schuss.

52

»Halt an!«, schrie Hofmann. »Da vorne steht der Vectra.«

Katharina hämmerte automatisch den Fuß auf die Bremse, der Bus geriet ins Schlingern und drohte, auf einige am Straßenrand abgestellte Fahrzeuge zu prallen. Die Blonde lenkte geschickt gegen und brachte den Wagen wieder unter Kontrolle.

»Ein Stück zurück, in der Seitenstraße. Beinahe hätte ich ihn übersehen.«

»Ich fahre ja schon«, gab Katharina zurück, schaltete die Automatik auf Rückwärtsgang und gab wieder Gas. Kurz darauf quetschte die Blonde den Wagen direkt vor den Opel auf den Parkstreifen.

»Hier ist ja echt der Hund vergraben«, wunderte sich Hofmann, als er, sichtlich erleichtert, festen Boden unter den Füßen hatte. »Was will Jessica in einer dermaßen Gott verlassenen Gegend?«

»Das fragen wir sie gleich«, meinte Katharina und ging auf den leeren Vectra zu. Ohne große Hoffnung zog sie an einem der Türgriffe und war überrascht, dass die Tür ohne Widerstand aufging.

»Wenigstens hat sie nicht abgeschlossen«, sagte Katharina und kletterte in den Dienstwagen.

»Was machst du? Ich dachte, wir suchen erst mal Jessica.«

»Nackt geh ich nicht. Willst du deine Waffe im Wagen lassen?«

Verdattert starrte Hofmann durch die Seitenscheibe in den Innenraum und beobachtete, wie Katharina ihre Pistolen unter dem Beifahrersitz hervorholte.

»Meinst du, dass wir die brauchen?«

»Ich hoffe nicht«, antwortete Katharina und warf Hofmann die P9 zu. »Aber für den Fall der Fälle will ich was in der Hand haben.«

Sich gegenseitig sichernd, erkundeten sie das Gelände. Im weiteren Verlauf der Straße war nichts zu erkennen, was Schwenkes Interesse hätte wecken können. Nach einem verständigenden Blick machten sie kehrt und liefen auf die Seitenstraße zu.

»Hübsch hier«, flüsterte Hofmann.

Katharina stutzte und packte Hofmann am Ellbogen.

»Sieh mal, der Wagen. Gehört der nicht Fresenius? Was will der denn hier?«

53

»Waffe weg«, schrie Schwenke und verkeilte die linke Hand unter dem rechten Handgelenk. »Sie sind verhaftet, Dehrendorf!«

Werner Sax alias Werner Dehrendorf dachte nicht daran, der Aufforderung Folge zu leisten. Mit einem wütenden Laut riss er den Arm hoch und gab zwei schnelle Schüsse ab, die Schwenke nicht gefährdeten. Die Beamtin ließ sich von den umherfliegenden Holzsplittern nicht beeindrucken und krümmte den Zeigefinger.

Als Sax aufschrie und von der Wucht des Schusses zu Boden geschleudert wurde, stöhnte Fresenius auf. Seine Mitarbeiterin hatte gut gezielt. Sax/Dehrendorf hielt sich die rechte Hand auf den Brustkorb, zwischen den Fingern quoll Blut hervor.

Schwenke atmete auf und rappelte sich hoch. Den Lauf der mit gestreckten Armen gehaltenen Waffe richtete sie nun auf Fresenius. Dabei verringerte sie vorsichtig die Distanz zwischen sich und dem Verletzten.

Fresenius erhob sich ebenfalls, steckte seine Waffe weg und näherte sich Sax von der anderen Seite. Wie durch einen Schleier sah er seinen lebensgefährlich verletzten Komplizen auf den staubigen Planken liegen, inzwischen rannen die ersten Blutsfäden aus dessen Mund. Schwenke musste die Lunge getroffen haben.

»Du verdammtes Schwein!«, stammelte Sax. »Hetzt mir die Schlampe auf den Hals. Tu was, sonst verrecke ich.«

Schwenkes Hand zitterte leicht. »Bleiben Sie, wo Sie sind!«, herrschte sie Fresenius an.

»Ach, mein liebes Kind«, seufzte Fresenius, der Sax inzwischen erreicht hatte. Langsam ging er in die Hocke und hob, für seine Mitarbeiterin nicht zu erkennen, die kurzläufige Pistole des Verletzten auf. Wenn er richtig mitgezählt hatte, mussten noch zwei Kugeln im Lauf sein.

»Ruf endlich einen Arzt!«, schrie Sax so laut, wie er noch konnte.

Fresenius zuckte bedauernd mit den Achseln und stand wieder auf. »Ich hatte gehofft, Sie aus allem herauszuhalten zu können«, versuchte er, Schwenke zu beruhigen. »Wären Sie doch bloß niemals hier aufgetaucht.«

»Sie sind verhaftet«, erklärte die Beamtin bestimmt. »Nehmen Sie ganz langsam Ihre Waffe aus dem Holster und werfen Sie sie auf den Boden.«

Der Kriminalrat stand vielleicht anderthalb Meter von Schwenke entfernt, als er seinen bis dahin hinter der Hüfte verborgenen Arm hob und den Abzug durchdrückte.

Die junge Frau versuchte zwar noch, zur Seite zu springen, aber die Zeit, die ihr blieb, war viel zu kurz. Die Kugel erwischte sie mitten in der Brust.

54

Waren die denn alle verrückt geworden?

Illic presste seine Stirn atemlos an die Holzwand und verstand nicht, was da in der Halle geschah.

Der Mann in dem eleganten Anzug hatte gerade kaltblütig auf die junge Frau geschossen.

Ion ging vorsichtig rückwärts. Er kapierte nichts mehr, gar nichts mehr. Wer, verdammt nochmal, war denn jetzt verantwortlich für den Tod seines Bruders? Der Verletzte? Oder der Anzugmann?

Ein weiterer Schuss riss ihn aus seinen Überlegungen. Ohne

ein Geräusch zu verursachen, kroch er zu seinem Beobachtungsposten zurück und spähte erneut durch den Spalt.

Der Anzugmann steckte gerade die Waffe weg, mit der er dem Mann auf dem Boden eine Kugel in den Kopf gejagt hatte. Dann ging er neben der Frau in die Knie und fasste sie am Handgelenk.

Illic hatte genug gesehen. Nun wusste er, an wem er sich rächen musste.

55

»Was war denn das?«, fragte Hofmann stammelnd.

»Da schießt einer«, erklärte Katharina, die ebenfalls etwas blass geworden war.

Die beiden Bochumer sahen sich nach Deckung um. Gleich darauf knallte ein weiterer Schuss.

»Scheiße, was ist da los?«

»Keine Ahnung. Was machen wir? Warten wir auf Verstärkung? Oder sollen wir rein?«

Katharina wusste keine Antwort. Natürlich hatten sie, bevor sie von der JVA aus die Verfolgung Jessicas angetreten hatten, Lübbehusen und seinen Kollegen Bescheid gegeben und vorhin, vom Vectra aus, den Fundort des Fahrzeugs beschrieben. Aber wie lange würde es dauern, bis die Kollegen hier eintrafen?

»Wir gehen rein«, entschied die Blonde und versuchte, selbstbewusst zu klingen.

»Nichts lieber als das«, stimmte Hofmann tonlos zu. »Dann mal los.«

Gebückt überquerten sie den gepflasterten Platz, nutzten die Limousine aus Wiesbaden als Deckung und rannten dann zu den verwitterten Stufen, die zum Eingang der Lagerhallen führten. Die beiden holten noch einmal tief Luft und schlichen dann vorsichtig die Treppenstufen hoch.

Auf der Empore angekommen, mussten sie mehr als zuvor auf jeden ihrer Schritte achten. Jede Menge Gerümpel, über das sie stolpern konnten, lag hier herum.

Hofmann sah fragend zu seiner Kollegin. »Soll ich zuerst?«, flüsterte er.

»Ja. Bei drei geht's los.«

»Okay.« Hofmanns Erwiderung klang wie ein hohles Krächzen.

Katharina zählte mit den Fingern der linken Hand, bei drei stürmten sie los. Hofmann rannte quer durch das Eingangstor, Katharina wischte um die Ecke und presste sich sofort an die Hallenwand. Gegen das grell einfallende Sonnenlicht war sie wohl aus dem Inneren der Halle kaum auszumachen.

»Keine Bewegung«, donnerte Hofmann und streckte den Arm mit der Pistole durch. »Lassen Sie die Waffe fallen.«

Fresenius erstarrte in der Bewegung. Er hatte gerade Schwenkes Puls gefühlt. Die Frau war noch am Leben, aber wahrscheinlich nicht mehr lange. Ihr Mund schnappte verzweifelt nach Luft, während sie ihre Hände auf die hässliche Wunde im Oberkörper presste.

»Machen Sie sich nicht lächerlich, sondern rufen Sie lieber den Notarzt. Frau Schwenke ist schwer verletzt.«

»Gehen Sie weg von ihr und nehmen Sie die Hände hinter den Kopf. Los jetzt!«

»Anscheinend vergessen Sie, wen Sie vor sich haben!«, schnauzte Fresenius.

»Das wissen wir nur zu gut«, gab Katharina genauso barsch zurück. »Wie lange treiben Sie schon Ihr doppeltes Spiel?«

Der Kriminalrat wurde blass. Wieso, verdammt noch einmal, wussten diese Provinzbullen Bescheid? »Den Teufel werde ich tun!«, brüllte Fresenius. »Verschwindet, sonst blase ich der Kleinen das Gehirn weg.«

»Lassen Sie den Unsinn!«, brüllte Katharina zurück. »Sie kommen hier nicht mehr raus.«

»Das wollen wir doch mal sehen«, dröhnte der Kriminalrat und zerrte die Schwerverletzte auf die Beine. Schwenke konnte sich nicht allein auf den Beinen halten, wie eine Marionette hing sie im Griff ihres Chefs.

»Und jetzt aus dem Weg«, befahl Fresenius und presste die kurzläufige Waffe in die Taille seiner Geisel. »Macht schon.«

Hofmann sah Hilfe suchend zu Katharina. Die Blonde nickte unmerklich und ging weiter seitlich in die Halle hinein, ohne jedoch ihre Waffe sinken zu lassen. Der Stoppelhaarige tat es ihr in Gegenrichtung nach.

»Waffen runter!« Fresenius' Stimme überschlug sich fast.

»Nein! Lassen Sie Frau Schwenke los! Und zwar sofort«, giftete Katharina zurück.

Einen Moment schien Fresenius seine Chancen abzuwägen, dann setzte er sich in Bewegung, seine Mitarbeiterin rücksichtslos hinter sich herziehend.

Als sich der Kriminalrat genau zwischen Thalbach und Hofmann befand, drehte er sich, so schnell es ging, um die eigene Achse, sodass er nun, mit dem Rücken zum Eingang gewandt, weiterlaufen konnte. Die Pistole drückte er nach wie vor in Schwenkes Seite.

»Macht keine Mätzchen, sonst knallt es«, drohte er wieder. »Ich will nur ungehindert zu meinem Auto, dann ist alles in Ordnung.«

Fresenius blickte abwechselnd von Katharina zu Hofmann. Schwenke wurde immer schwerer, aber sie war seine Lebensversicherung.

»Nein!«, schrie Katharina plötzlich und ihre Augen weiteten sich. Fresenius stutzte einen Moment, dann grinste er hämisch.

»Netter Versuch. Aber darauf falle ich nicht herein.«

Der Kriminalrat ging einen weiteren Schritt rückwärts, sein Blick fiel kurz auf den Boden. Neben seinem Schatten und dem der Frau war der Schatten einer weiteren Person aufgetaucht.

Im nächsten Moment knallte eine Eisenstange gegen seine Schläfe.

56

»Hören Sie auf«, schrie Hofmann, als die erste Schrecksekunde vorbei war.

Fresenius war auf die Knie gesunken, die Pistole war ihm aus der Hand gefallen und auch Schwenke hatte er losgelassen. Aus der klaffenden Wunde an seiner Kopfseite spritzte Blut und er nahm alles nur noch durch einen roten Schleier wahr.

Ion Illic dachte gar nicht daran aufzuhören. Wie ein Golfprofi verlagerte er sein Gewicht auf das rechte Bein, fasste die Eisenstange mit festem Griff und holte mit einer weit ausladenden Bewegung erneut Schwung.

»Nein!« Katharina richtete ihre Waffe auf den schmächtigen Mann mit dem dunklen Lockenschopf. Trotz der Anspannung hatte sie sofort gewusst, wen sie vor sich hatte. Der Mann war in Wesel am Bahnhof gewesen, als Kamarov verunglückte, und er hatte sich das Handy aus dem Krankenhaus ergaunert.

»Hören Sie auf«, wiederholte Katharina. »Wenn Sie jetzt zuschlagen, ist das Mord. Dann wandern Sie für den Rest Ihres Lebens ins Kittchen.«

Ion stand immer noch breitbeinig über Fresenius, die Eisenstange wie ein beidhändiges Schwert in der Luft haltend.

Ihm war anzusehen, dass er einen schweren Kampf mit sich austrug.

»Wirf die Stange weg«, drängte Hofmann. »Junge, wenn du das nicht tust, müssen wir schießen. Und das willst du doch auch nicht?«

Die Finger des jungen Rumänen krampften sich um das Schlagwerkzeug. Seine Augen, die bisher erbarmungslos eine Stelle an Fresenius' Hinterkopf fixiert hatten, wanderten zwischen den beiden Beamten hin und her.

»Mein Bruder«, murmelte er gequält. »Die haben meinen Bruder umgebracht. Und …« Der Rest seines Satzes ging in einem schrillen Schrei unter.

»Aufhören!«, brüllte Hofmann erneut.

Endlich schien Illic zu hören. Polternd fiel die Eisenstange auf den Boden, angewidert starrte der Rumäne auf den Bewusstlosen zu seinen Füßen. Tränen schossen in seine Augen.

»Stehen bleiben«, befahl Katharina und kam langsam näher.

Ion schlug die Hände vor das Gesicht und begann, hemmungslos zu schluchzen.

»Ich besorg einen Arzt«, sagte Hofmann und zückte das Handy. »Vielleicht kommt der ja für einen der drei noch rechtzeitig.«

»Auf den Boden legen«, bestimmte Katharina. »Beine gespreizt, Hände auf den Rücken. Los, bevor ich nervös werde.«

Ion kam der energischen Aufforderung nach. Katharina trat mit gestreckter Waffe heran, angelte die Handschellen aus ihrer Tasche und legte dem Rumänen die Fesseln um die Handgelenke.

Als der Junge fest verschnürt war, sah sie sich in der Halle um. Den Leichnam, der weiter hinten in der Halle lag, zierte ein dunkelrotes Einschussloch mitten auf der Stirn. Fresenius sah zwar ramponiert aus, atmete aber deutlich sichtbar. Hofmann hatte derweil das Handy wieder verstaut und kümmerte sich um Schwenke. Für sie schien jede Hilfe zu spät zu kommen.

»Was war hier eigentlich los?«, fragte er gepresst.

»Ich habe keine Ahnung«, gab die Blonde erschöpft zurück. »Ich weiß nur eins.«

»Und das wäre?«

»Ich brauch jetzt eine Zigarette.«

57

»Möchte vielleicht jemand ein Stückchen Kuchen?«

Claudia de Vries balancierte ein silbernes Tablett in den Händen, während sie gut gelaunt Wielerts Büro betrat.

Der Leiter des KK 11 hätte sich am liebsten in den Arm gekniffen. Er hatte es nicht für möglich gehalten, dass die Staatsanwältin sie je mit einer Lebensmittelspende überraschen würde.

Auch Thalbach und Hofmann, die sich auf den beiden Stühlen vor dem Schreibtisch lümmelten, wirkten entgeistert.

»Aber immer«, erklärte Wielert verdattert. »Was gibt es denn?«

»Meinen legendären Marmorkuchen«, trompetete de Vries fröhlich. »Ich finde, den haben Sie sich redlich verdient.«

Fassungslos tauschten die drei Kripobeamten schnelle Blicke. Die Situation kam ihnen wie eine Szene aus einem schlecht gemachten Science-Fiction-Film vor.

»Haben Sie den etwa selbst gebacken?«, fragte Hofmann.

»Selbstverständlich. Leider komme ich viel zu selten dazu, aber aus gegebenem Anlass habe ich mich gestern mal wieder daran versucht.«

»Tja, dann werde ich am besten frischen Kaffee kochen. Berthold, organisierst du wohl noch eine Sitzgelegenheit?«

»Klar«, antwortete der Stoppelhaarige und verschwand im angrenzenden Büro. Kurz darauf kehrte er, einen Drehstuhl vor sich herschiebend, zurück.

»Ich hatte gerade ein sehr interessantes Telefonat mit dem ziemlich bestürzt klingenden Abteilungsleiter für organisierte und allgemeine Kriminalität in Wiesbaden«, schmunzelte de Vries, während sie sich setzte. »Beim BKA scheint man sich nun jeden vorhandenen Wasserkopf zu zerbrechen, wie man den Skandal unter den Teppich kehren kann. Aber da spiele ich nicht mit.«

Wielert füllte bedächtig Wasser in seine Kaffeemaschine und startete den Brühvorgang. »Wollen Sie die Geschichte an die große Glocke hängen?«

»Sie etwa nicht? Fresenius hat, nach derzeitigem Erkenntnisstand, seit Jahren ein doppeltes Spiel gespielt. Und einen derartigen Augiasstall muss man konsequent ausmisten. Es ist mir absolut unverständlich, wie das so lange unentdeckt bleiben konnte.«

»Immerhin hatten die Kollegen aus Wiesbaden einen Verdacht.«

»Ja. Seit zwei Jahren. Und nichts ist passiert.«

Katharina ignorierte die Abneigung der Juristin gegen blauen Dunst, der nicht von ihr selbst stammte, und gönnte sich die zweite Zigarette des Tages. »Das ist in der Tat merkwürdig.«

»Gehen wir das Ganze doch mal der Reihe nach durch, einverstanden?«, wurde die Staatsanwältin nun geschäftsmäßig. »So wie es aussieht, haben Fresenius und sein engster Mitarbeiter die Seiten gewechselt.«

»Sie meinen diesen Dehrendorf?«, unterbrach Wielert. »Der damals bei der Drogensache, bei der Vollmert geschasst wurde, ums Leben gekommen ist?«

»So sollte es aussehen. Inzwischen ist Dehrendorf tatsächlich tot … seit gestern Mittag.«

»Was?«, fragten die drei Polizisten gleichzeitig.

»Der Kerl, dem Fresenius in den Kopf geschossen hat, das war Dehrendorf. Brettschneider rief mich noch gestern Abend an, nachdem er die Obduktion beendet hatte. Ihm ist sofort aufgefallen, dass der Mann zu Lebzeiten im Kopfbereich mehrere plastische Operationen über sich hat ergehen lassen. Und daraufhin habe ich mir natürlich sofort die Unterlagen von damals nochmal angesehen.«

»So schnell?«

»Ich hatte noch Kopien zu Hause. Ungeklärte Fälle sind für mich nie erledigt. Fresenius hatte damals alles beigebracht, damit Dehrendorf identifiziert werden konnte. Die Leiche war derart entstellt, dass lediglich zahnmedizinische Unterlagen und Röntgenbilder aussagekräftig waren. Allerdings waren die gefälscht, wie sich jetzt herausstellte.«

»Und wer wurde dann anstelle von Dehrendorf getötet?«

»Vermutlich werden wir das wohl nie erfahren. Irgendein armer Teufel, der zur falschen Zeit am falschen Ort war.«

»Und Vollmert wurde kaltgestellt«, führte Wielert die Überlegungen fort. »Vielleicht war er näher an der Wahrheit, als er es selbst gewusst hat, und hätte Fresenius auffliegen lassen können.«

»Das ist eine Möglichkeit. Fresenius hat ja damals Himmel und Hölle in Bewegung gesetzt, um Vollmert hinter schwedische Gardinen zu bringen. Wie wir heute wissen, ein genial inszeniertes Ablenkungsmanöver. Denn dadurch, dass Vollmert am Leben gelassen wurde, wurde die Aufmerksamkeit der Ermittler darauf gelenkt, Vollmert seine Schuld nachzuweisen. Und wäre er tatsächlich angeklagt und inhaftiert worden, hätte man nur bei den richtigen Leuten platzieren müssen, dass er Polizist gewesen war – lange hätte Vollmert das nicht überlebt.«

»Nur haben Sie Fresenius damals die Tour vermasselt«, nickte Katharina.

»Es scheint so«, gab die Juristin bescheiden zurück.

»Während sich also alle auf Vollmert stürzten, konnte die Bande sich neu aufstellen«, fuhr Katharina fort. »Dehrendorf nahm eine neue Identität an und baute die Aktivitäten aus. Fresenius schöpfte Informationen im Amt ab und kümmerte sich um das Organisatorische, er verfügte ja wohl über die richtigen Kontakte.«

»Bis in die Auslandsbotschaften hinein«, bestätigte de Vries. »Die meisten ihrer ... freien Mitarbeiter, um das mal so zu nennen, besorgten sich Fresenius und Co. aus Osteuropa, anscheinend war es für sie kein Problem, an die notwendigen Einreisevisa zu gelangen. Wahrscheinlich werden wir Genaueres wissen, sobald das Büro und das Privathaus von Fresenius durchsucht worden sind. Ich wette, dass wir noch einige Leute an den Kanthaken bekommen werden.«

»Ist ja ein richtiger Sumpf«, sagte Wielert trocken und nahm die Kaffeekanne von der Maschine. Dann verteilte er das schwarze Gebräu und reichte Zucker und Milch in der Runde herum.

»Und was ist nun mit dem jungen Kerl, der Fresenius ins Reich der Träume befördert hat?«, fragte Hofmann. Katharina und er hatten natürlich gestern schon versucht, den Rumänen zu befragen, aber der Dunkelhaarige hatte eisern geschwiegen.

»Ion Illic«, erklärte de Vries.

»Hat er geredet?«

»Und wie«, gab die Juristin zurück. »Er und sein Zwillingsbruder Adrian sind in ihrer Heimat von Fresenius' Leuten rekrutiert worden. Adrian kam zu einer Gruppe, die hauptsächlich in NRW operierte, Ion wurde weiter südlich eingesetzt. Allem Anschein nach wurde Adrian bei dem Überfall auf den Bochumer Juwelier schwer verletzt. Kamarov hat den Jungen beseitigt und Ersatz angefordert. Als Ion in Wesel am Bahnhof ankam, flippte der Russe aus. Er wusste ja nicht, dass der Mann, den er kurz vorher getötet hatte, einen Zwillingsbruder hatte.«

»Ach, jetzt wird mir einiges klar«, meinte Wielert. »Dann hat Kamarov gar nicht fantasiert, als er von den Toten, die ihn heimsuchten, erzählte. Wieso wusste er aber nicht, wen er da in Empfang nehmen sollte?«

»Die einzelnen Gruppen der Bande hielten untereinander keinen Kontakt, um das Risiko der Aufdeckung zu minimieren. Niemand sollte zu viel preisgeben können.«

»Logisch.« Katharina schielte mit wachsendem Appetit auf den Kuchen. Heute Morgen hatte die Zeit für ein Frühstück mal wieder nicht gereicht und langsam bekam sie Hunger, zumal der Kuchen verführerisch duftete.

»Was passiert jetzt mit dem Jungen?«, fragte Hofmann.

»Ich weiß es noch nicht. Anklage muss ich auf jeden Fall erheben, aber letzten Endes müssen wir diesem Illic dankbar sein. Ihnen beiden hat er vielleicht sogar das Leben gerettet, wer weiß, ob Fresenius nicht doch noch geschossen hätte.«

»Machen Sie einen versuchten Totschlag daraus?«

»Ich dachte eher an Nothilfe. Ja, ist vielleicht ein wenig unverhältnismäßig, aber immerhin befand sich der Junge in einer Ausnahmesituation. Wegen seiner Beteiligung an diversen Überfällen muss er natürlich vor Gericht ... aber vielleicht kann ich es hinbiegen, dass er mit einer Bewährungsstrafe davonkommt.«

»Sie wollen ihn tatsächlich laufen lassen?«, wunderte sich Wielert ob der unerwarteten Milde.

»Ach, dem Jungen ist doch nicht damit geholfen, wenn er in Deutschland in einen überfüllten Knast gesteckt wird und dort lernt, was ihm noch an kriminellem Wissen fehlt. Nein, sein Bruder ist ums Leben gekommen, das ist schon Strafe genug. Er bekommt eine Bewährungsstrafe und wird abgeschoben. Das sollte eigentlich reichen.«

»Gott sei Dank müssen wir nicht über alles entscheiden«,

antwortete Wielert und nahm seinerseits den Kuchen ins Visier. »Bekommen wir denn jetzt ein Stückchen?«

»Aber gerne. Haben Sie ein Messer für mich?«

Der Hauptkommissar öffnete das Schubfach eines kleinen Schrankes und holte ein Messer, Teller und einige Gabeln hervor. De Vries schnitt vier großzügig bemessene Stücke ab und verteilte sie.

»Schmeckt es?«, fragte die Staatsanwältin kurz darauf.

Die drei Kripoleute beeilten sich, heftig mit dem Kopf zu nicken. Höflichkeit spielte dabei keine Rolle, der Kuchen war spitzenklasse.

»Zwei Probleme haben wir allerdings doch noch«, verdarb Wielert die zufriedene Stimmung. »Vollmert und Kamarov.«

De Vries nickte. »In der Tat. Ich hoffe nicht, dass diese Morde ungeklärt bleiben.«

»Fresenius kann es definitiv nicht gewesen sein?«

»Nein, Vollmert kann er zeitlich nicht geschafft haben. Und als der Russe umkam, war Fresenius nachweislich in Bochum.«

»Jemand aus der Bande?«, überlegte Hofmann. »Fresenius hätte doch jemanden auf die beiden ansetzen können.«

»Möglich«, nickte de Vries. »Ich hoffe, der Kriminalrat wacht bald aus seinem Koma auf, damit wir ihn befragen können. Sie können sich gar nicht vorstellen, wie gerne ich mir den zur Brust nehmen werde …«

Die Staatsanwältin pickte die letzten Krümel von ihrem Teller. »So, ich muss wieder los. Machen Sie sich ein schönes Wochenende. Den Rest des Kuchens lasse ich hier, vielleicht haben Sie ja noch Verwendung dafür.«

»Worauf Sie wetten können …«, wollte Wielert sagen, kam aber nicht dazu, weil das Telefon auf seinem Schreibtisch bimmelte. Der Hauptkommissar nahm den Hörer ans Ohr, lauschte eine Weile, verzog schmerzlich das Gesicht, verabschiedete sich und legte wieder auf.

»Was ist?«, fragte Katharina.

»Eine gute und eine schlechte Nachricht. Zuerst die schlechte. Jessica Schwenke ist vor drei Stunden gestorben.«

»Aua«, meinte Hofmann betroffen.

»Und die gute?«, fragte de Vries, schon halb im Türrahmen stehend.

»Fresenius ist gerade aufgewacht. Nehmen Sie mich mit?«

58

»Ist das hundertprozentig sicher?«, fragte Lübbehusen. »Leute, wenn das eine Fehlinformation ist, gibt das einen riesigen Skandal.«

»Wir haben die Aussage von Fresenius«, entgegnete Wielert. »Und was hätte der jetzt noch davon, uns in die Irre zu führen?«

»Schon«, brummelte Lübbehusen. »Allerdings ist das absolut unglaublich. Wird so oder so jede Menge Staub aufwirbeln.«

»So etwas legt sich auch wieder«, kommentierte Katharina von der Rückbank. Dieser ungewohnte Sitzplatz in einem Auto behagte ihr gar nicht.

Lübbehusen seufzte und trat sachte auf die Bremse. Noch gut fünfzig Meter, und sie waren am Ziel.

Der Niederrhein zeigte sich von seiner idyllischsten Seite. Das makellose Blau des Himmels wurde von einigen Wolkentupfen unterbrochen, eine warme, angenehme Brise strich über die Wiesen und Felder und ließ von den vereinzelten Baumkronen ein leises Rascheln hören.

Die asphaltierte Auffahrt vor der Doppelgarage war groß genug, um darauf bequem mit einem Siebeneinhalbtonner rangieren zu können. Lübbehusen parkte den Wagen im

Schatten, direkt hinter ihm hielt der Bulli mit den Streifenpolizisten.

»Dann wollen wir mal«, seufzte Lübbehusen und setzte sich an die Spitze des Trupps. Wielert kramte den Umschlag mit dem Haftbefehl hervor, während der Kollege vom Niederrhein die Klingel malträtierte.

Einige Sekunden geschah nichts, vor der Tür hörte man weder die Klingel noch konnte man andere Geräusche aus dem Inneren der Villa ausmachen. Lübbehusen wollte schon ein zweites Mal klingeln, als die Haustür geöffnet wurde.

»Guten Tag, Herr van der Felde«, begann Lübbehusen sanft. »Sie können sich denken, warum wir hier sind?«

Van der Felde steckte wie immer in seiner Golfkleidung. Als er die Beamten erkannte, zog er eine Braue leicht in die Höhe. »Sie wünschen?«, fragte er kalt.

»Sie sind festgenommen«, erklärte Wielert und präsentierte den Haftbefehl.

»Und weswegen?«

»Wegen der Morde an Günter Vollmert und Juri Kamarov.«

»Lächerlich. Was veranlasst Sie zu derart abstrusen Vorwürfen?«

»Die Aussage Ihres Komplizen. Oder ziehen Sie eine andere Bezeichnung für Herrn Fresenius vor?«

Van der Felde schloss die Augen und atmete tief durch.

»Dürfen wir?«, fragte Lübbehusen und setzte sich, ohne die Antwort abzuwarten, in Bewegung. Im Inneren der Villa kämpfte eine Klimaanlage tapfer gegen die einströmende Warmluft.

Der Hausherr drückte seinen Rücken durch und wies mit dem Kopf auf die angrenzende Wohnhalle. »Kann ich Ihnen etwas anbieten? Einen Kaffee? Oder ein Wasser?«

»Danke, nicht nötig.«

»Fresenius hat also doch noch die Nerven verloren«, stellte van der Felde sachlich fest, während er eine hochmoderne

Sitzgarnitur ansteuerte und sich in die Polster fallen ließ. »Hätte ich nicht für möglich gehalten.«

»Warum haben Sie Vollmert umgebracht?«

»Ob Sie es glauben oder nicht … es handelte sich dabei um einen Irrtum. Ich ging, das heißt, wir gingen davon aus, dass sich Vollmert in den Kopf gesetzt hatte, sich wegen der … damaligen Aktion an uns zu rächen. Dass dieser Schnüffler hinter meiner Bekannten her war, das kam mir nicht in den Sinn.«

»Und wie spielte sich der Mord ab?«, fragte Hofmann.

»Ich war mit Fresenius verabredet. Als er sich dem vereinbarten Treffpunkt näherte, sah ich, dass er von Vollmert verfolgt wurde. Ich informierte Fresenius telefonisch über seinen Schatten, sodass er unverrichteter Dinge wieder zurückfuhr. Stattdessen stellte ich mich Vollmert wie zufällig in den Weg, verwickelte ihn in ein Gespräch und lotste ihn zu einer unübersichtlichen Stelle. Dort schaffte ich ihn aus dem Weg.«

»Am Refektorium«, nickte Lübbehusen.

»Genau. Erst durch Sie erfuhr ich davon, dass es Vollmert gar nicht auf mich abgesehen hatte. Und dass er in Geldern Fresenius entdeckte, war ein reiner Zufall.«

»Und der Russe?«

»Das ist doch wohl klar. Kamarov war drauf und dran, alles auszuplaudern. Wir mussten schnell handeln, uns blieb doch gar keine andere Wahl. Und da ich mich in dem Krankenhaus sehr gut auskenne, habe ich das übernommen.«

»Aber wieso machen Sie da überhaupt mit?«, fragte Wielert. »Sie haben es doch nicht nötig, krumme Dinger zu drehen.«

Van der Felde lachte freudlos auf. »Haben Sie eine Ahnung! Ich habe, vor etwa zehn Jahren, fast mein gesamtes Vermögen an der Börse verloren. Und bevor auch meine Immobilien und Ländereien an die Bank fielen, habe ich mir eine andere Einnahmequelle gesucht. Wegen der Nähe zu den Niederlanden drängte es sich quasi auf, den finanziellen Engpass mit Drogengeschäften zu überbrücken.«

»Und wie kam Fresenius ins Spiel?«

»Wir kennen uns seit über vierzig Jahren, er stammt ebenfalls aus dieser Gegend. Sein Vater hat für meinen Vater gearbeitet. Natürlich hatten wir uns aus den Augen verloren, doch dann übernahm er die Ermittlungen wegen des Drogenschmuggels. Als er herausfand, dass ich dahintersteckte, hat er mich zur Rede gestellt. Ich bot ihm eine Art ... Schweigegeld an.«

»Und das hat er angenommen?«, wunderte sich Wielert.

»Wissen Sie nicht, dass er spielt? Und dass er eine Vorliebe für schnelle Autos und teure Frauen hat?«

Lübbehusen sah fragend zu Wielert, doch der schüttelte unmerklich den Kopf. In den Informationen, die das BKA herausgerückt hatte, war nichts darüber zu finden gewesen.

»Bis dahin hatte er nur kleine Dinger gedreht«, fuhr van der Felde fort, »zusammen mit seinem Neffen. Hier mal ein paar Drogen konfisziert und auf eigene Rechnung verkauft, mal Falschgeld, mal irgendwelche Hehlerware. Durch meine Kontakte zu den Holländern konnten die beiden endlich im großen Stil mitspielen. Und nach und nach haben wir dann ein europäisches Netzwerk aufgebaut.«

»Entschuldigung, aber Sie sagten gerade, zusammen mit seinem Neffen?«, hakte Katharina nach.

»Natürlich. Dehrendorf.«

»Bitte? Die waren miteinander verwandt?«

»Sicher. Fresenius' ältere Schwester war dreimal verheiratet, aus einer dieser Ehen entsprang nun mal ein Sprössling.«

Wielert kratzte sich nachdenklich an den Augenbrauen. Unvorstellbar, was sich da jahrelang quasi direkt unter der Nase des BKA abgespielt hatte. Und dass niemand wusste, dass zwischen Fresenius und Dehrendorf verwandtschaftliche Beziehungen existierten, war ebenfalls unverzeihlich.

»Ich glaube, wir machen auf dem Präsidium weiter«, erklärte Lübbehusen und sah van der Felde fordernd an. »Möchten Sie noch ein paar Sachen holen?«

»Gern.«

»Dann machen Sie das. Zwei meiner Kollegen werden Sie begleiten.« Dabei nickte er den beiden Uniformierten zu, die sich neben der Hautür aufgebaut hatten.

»Nun müssen in Wiesbaden aber tatsächlich Köpfe rollen«, meinte Katharina, als van der Felde samt Begleitung in seinem Schlafzimmer verschwunden war. »Was die alles nicht wussten und nicht gemacht haben … Unglaublich.«

»Und das Schlimmste ist«, überlegte Wielert, »wenn dieser Wachmann in Bochum nicht überraschend eine andere Tour bekommen hätte, hätte das noch ewig weitergehen können. Dann hätte der Russe nicht diesen Rumänen gekillt, Fresenius wäre in Geldern niemals Vollmert über den Weg gelaufen … Ist schon irre, wie das Eine das Andere bedingte.«

»Amen«, seufzte Hofmann und griff nach seiner Pfeife. Doch er kam nicht dazu, ein Streichholz anzureißen. Ein dröhnender Knall ließ sie zusammenzucken. Gleich darauf waren verärgerte Schreie zu hören.

»Scheiße!«, entfuhr es Lübbehusen ahnungsvoll. Er rannte durch die Wohnhalle. Weit kam er nicht. Einer der beiden Uniformierten näherte sich mit betretenem Gesicht und versperrte ihm den Weg.

»Was ist los?«, brüllte Wielert.

»Herr van der Felde …«, stammelte der Bereitschaftspolizist. »Er hatte plötzlich eine Pistole in der Hand … wir konnten nichts machen.«

»Mann, kommen Sie zur Sache! Lebt er noch?«

Der Beamte schüttelte den Kopf.

59

Es war einfach unbeschreiblich.

Katharina gab sich ganz ihren Empfindungen hin, ließ sich treiben, gehorchte allein ihren Instinkten. Ihre Schultern pressten sich auf die Matratze, ihr Rumpf zuckte konvulsivisch in die Höhe, ihre Hände durchwühlten das Bettzeug und bekamen die Kopfkissen zu fassen.

Wie durch einen Schleier beobachtete sie den Haarschopf, der sich mit langsamen, bedachten Bewegungen in Höhe ihrer Leiste bewegte. Was diese kleine Zunge da mit ihrem Lustzentrum anstellte, war unglaublich. Katharina spürte, wie sie auf ihren Höhepunkt zustrebte, mit aller Macht und unaufhaltsam.

Doch sie wollte noch nicht zum Ende kommen, wollte die Zärtlichkeiten und Liebkosungen noch länger genießen. Krampfhaft bemühte sie sich, an etwas Banales zu denken, an die Hausarbeit, die sie eigentlich noch erledigen musste, an die dringend notwendige Wagenwäsche, der Mazda sah nach dem vorhin niedergegangenen Gewitter aus wie ein Baustellenfahrzeug, aber es nutzte nichts.

Als sich zwei sanfte Hände langsam über ihren Bauch in Richtung ihrer Brüste schoben, diese vorsichtig massierten und mit ihren Brustwarzen spielten, war es mit ihrer Selbstbeherrschung ganz vorbei. Sie war von den Urgewalten, die da plötzlich in ihr losbrachen, selbst überrascht. Wie aus weiter Ferne hörte sie ihre eigene Stimme unmenschliche Laute formen.

»Wow, Süße, komm wieder runter. Man kann ja richtig Angst kriegen, wenn du loslegst.«

Katharina hörte die Worte, allerdings war sie noch nicht

in der Lage, sie zu verstehen. Nur langsam beruhigte sich ihr Körper, bis sie fähig war, die verkrampften Finger zu entspannen und tief durchzuatmen.

»Irre«, erklärte sie erschöpft, aber grinsend, »ich sehe Farben. Alle, das gesamte Spektrum.«

»Bleib auf dem Teppich«, gab Veronika zurück. »Immerhin war es ja nicht das erste Mal.«

»Aber es wird immer intensiver. Ist das normal?«

Die Brünette streckte sich lang auf dem zerwühlten Laken aus und streichelte ihrer Freundin zärtlich über das Becken.

»Nicht«, bat Katharina.

»Wieso?«

»Zu empfindlich. Hypersensibel, um es mal so zu sagen.«

Veronika lachte und griff nach der Flasche Mineralwasser, die Katharina immer neben dem Bett stehen hatte. »Keine Ahnung, ob das normal ist. Vielleicht wirst du im Kopf immer freier und bist gelöster. Empfindest du, wenn du mit Ulli schläfst, weniger?«

Katharina überlegte einen Augenblick. »Nicht weniger, aber anders. So etwas wie mit dir auf gar keinen Fall.«

»Du hast keinen Orgasmus, wenn ihr miteinander ins Bett geht?«

»Doch, natürlich. Aber auf einer anderen Ebene.«

Veronika nahm einen großen Schluck Wasser und reichte die Flasche dann weiter. »Schade, ich kann nicht wirklich mitreden. Ich frage mich gerade, ob du bei Frauen generell anders empfindest. Wäre interessant zu wissen, ob du auch so abgehen würdest, wenn du mal mit einer anderen Frau als mir schlafen würdest. Rein theoretisch, versteht sich.«

»Danke, aber der Gedanke sollte wirklich nur theoretisch bleiben.«

»Ich wollte dich zu nichts ermuntern«, schmunzelte Veronika und angelte sich die Bettdecke. Nach dem Wolkenbruch war es merklich kühler geworden, durch das geöffnete

Schlafzimmerfenster wehte ein frischer Wind. »Wo ist Ulli überhaupt?«

»Bringt Arne zu einer Kita-Freundin, danach wollte er zu seinem Busenkumpel.«

Katharina kroch ebenfalls unter die Bettdecke und kuschelte sich so eng wie möglich an den Körper ihrer Freundin. Ihre Finger fuhren sanft über Veronikas Körper, die Brünette entspannte sich, ihre Lippen fanden und suchten den Weg zueinander.

Während sich die beiden Frauen leidenschaftlich und hingebungsvoll küssten, lehnte Ulli mit dem Rücken an der Wand der kleinen Diele vor dem Schlafzimmer und presste die linke Faust in den Mund, um nicht laut loszuschreien.

Danksagung

Dieses Buch wäre ohne die Unterstützung anderer nie zu Stande gekommen.

An erster Stelle danke ich der Stadt Geldern, ganz besonders Herrn Rainer Niersmann, der sich ein ganzes Wochenende Zeit genommen hat, mich in diesem Kleinod am Niederrhein herumzuführen.

Ein weiterer Dank geht an die Mitarbeiter der JVA Geldern, allen voran dem ehemaligen Leiter der Justizvollzugsanstalt, Herrn Ulrich Hötter, für den eindrucksvollen und ausgiebigen Blick hinter die Kulissen, der mir ermöglicht wurde. Allerdings war ich trotz der Freundlichkeit, mit der ich dort empfangen wurde, froh, den Ausgang wieder ungehindert passieren zu können.

Vielen Dank an die Buchhandlung Keuck für die Informationen, die sie mir gegeben hat, sowie für die herzliche Betreuung bei der Lesung im Rahmen der Criminale 2004.

Danke auch an den Betreiber von Schloss Haag sowie an den dort beheimateten Golfclub. Der Nachmittag in dieser wunderschön restaurierten Anlage wird mir noch lange in Erinnerung bleiben.

Und letztlich ein ganz dickes Dankeschön an meine Lektorin Ulrike Rodi, die wohl eine ganze Schachtel Bleistifte gebraucht hat, um aus meinem Manuskript tatsächlich ein Buch zu machen.

Krimis von Theo Pointner

Rosenmunds Tod
ISBN 3-89425-268-5
Hacker Basti wird Augenzeuge von ›Rosenmunds‹ Ermordung.

Ein Tropfen Blut
ISBN 3-89425-246-4
Eine Frau wird vergewaltigt, ein Mann kommt von seinen Spielschulden nicht herunter, ein Kripomann droht vom Dienst suspendiert zu werden – es gibt Tote und also viel Arbeit für das Bochumer KK 11.

... und du bist weg!
ISBN 3-89425-231-6
Katharina Thalbach erschießt irrtümlich eine Kollegin, ein Obdachloser wird brutal ermordet und ein Priester muß sterben, weil die Leute vom KK 11 seine Worte nicht ernst nehmen.

Rechts-Außen
ISBN 3-89425-214-6
Eine militante rechtsradikale Gruppe verbreitet Angst und Schrecken - auch im Ruhrgebiet. Ausgerechnet jetzt hat hier die Fußballnationalmannschaft ihr Trainingslager aufgeschlagen, und die Sturmhoffnung Kaltenbach erhält prompt Drohbriefe. Die Bochumer Kripo-Leute müssen Leibwächter spielen, doch die Gegenseite ist ihnen stets einen Schritt voraus.

Einer nach dem andern
ISBN 3-89425-204-9
In Bochum geht ein Serienkiller um. Erst bei der dritten Leiche stoßen Kommissarin Katharina Thalbach und ihre Kollegen auf eine Verbindung. Alle Opfer waren Mitglieder einer Sekte. Sind die ›Befreiten des Lichts‹ wirklich nur eine Gruppe harmloser Spinner?

Scheinheilige Samariter
ISBN 3-89425-043-7
»Ein hinreißend spannender Krankenhaus-Krimi, in dem der Täter am Ende durch einen Computer-Bastler enttarnt wird, der sich per Datenleitung in den Heim-Computer eine Arztes einschaltet und dort die Beweise für Mord und Drogenhandel findet ...« Radio Ruhrgebiet, WDR 5

Tore, Punkte, Doppelmord
ISBN 3-89425-031-3
»Kripo-Kommissar Wielert und sein Kumpan Bach decken 20 Jahre nach Gregorio Canellas' Enthüllungen einen neuerlichen Kicker-Skandal auf, der sich gewaschen hat. Bis es soweit ist, wird ordentlich betrogen und gelogen, werden Spieler verkauft und Schiedsrichter gekauft ... beachtliches Krimi-Debut ...« Unicum

grafit

»Pegasus«-Krimis von Ard & Junge

Das Ekel von Datteln
1. Band der PEGASUS-Serie ISBN 3-89425-426-2
»Gründlich ausrecherchiert – darum sehr realitätsnah – ist die Szenerie an den Schauplätzen des kriminellen Geschehens.« Ruhr-Nachrichten

Das Ekel schlägt zurück
2. Band der PEGASUS-Serie ISBN 3-89425-010-0
»Tempo, Spannung, der milieusichere Blick in die rauhe Herzlichkeit des Revier-Genossen-Filzes.« Manfred Breuckmann/WDR

Die Waffen des Ekels
3. Band der PEGASUS-Serie ISBN 3-89425-021-6
»Genial springen die Autoren zwischen mehreren Handlungssträngen, spielen mit der deutschen Sprache wie mit Verdachtsmomenten; so entsteht Lesevergnügen vom Feinsten.« SCHNÜSS, Bonn

Meine Niere, deine Niere
4. Band der PEGASUS-Serie ISBN 3-89425-028-3
PEGASUS, das berühmteste Videoteam zwischen Marten, Oespel und Lütgendortmund, deckt kriminellen Organhandel auf.

Der Witwenschüttler
5. Band der PEGASUS-Serie ISBN 3-89425-044-5
Doppelmord in Recklinghausen: Die Opfer sind der Umweltminister von NRW und seine Geliebte. Private Rache oder Terror?

Totes Kreuz
6. Band der PEGASUS-Serie ISBN 3-89425-070-4
Panik in Datteln: Zwei Altenpflegerinnen werden ermordet, ein altes Ekel nervt und Zivi Kalle Mager ruft PEGASUS zu Hilfe.

Straßenfest
7. Band der PEGASUS-Serie ISBN 3-89425-213-8
Punker-Happening beim Straßenfest in einer spießigen Reihenhaussiedlung – es gibt Tote, PEGASUS filmt und Lohkamp ermittelt.

Glatzenschnitt
8. Band der PEGASUS-Serie ISBN 3-89425-257-X
Skinheads vergewaltigen eine Türkin – danach setzt das große Sterben bei Mitgliedern der ›Heimatfront Ruhr‹ ein.

Und noch ein tödlicher Landstrich

Mord am Niederrhein

Kriminalstorys

ISBN 3-89425-285-5

Der Niederrhein ist platt und langweilig – so ein gängiges Vorurteil. 27 namhafte Krimiautorinnen und -autoren haben Bewohner und Orte dieses Landstrichs ganz im Westen Deutschlands genau unter die Lupe genommen und festgestellt, dass sich auch auf dem platten Land und hinter vermeintlicher Langeweile viele Leichen verstecken lassen …

An den Morden am Niederrhein haben sich beteiligt:
Nessa Altura: Kalkar kann kalt sein
Mischa Bach: Duisburger Stille
Alfred Bekker: Zweisam in Sonsbeck
Helga Beyersdörfer: Wesalia Hospitalis – Gastliches Wesel
Anke Cibach: Der Rächer von Rheinberg
Klaus Dewes: Der Klostermörder von Kamp
Horst Eckert: Bye-bye, Neukirchen-Vluyn
Jürgen Ehlers: Positiv denken in Hamminkeln
Angela Eßer: Wir treffen uns in Wachtendonk
Nina George: *Law and order* für Dinslaken
Peter Gerdes: Abgesang in Emmerich
Gunter Gerlach: Hochzeit in Voerde
Birgit H. Hölscher: Bomben auf Kranenburg
Steffen Hunder: Pilgermord in Kevelaer
Malachy Hyde: Das Vermächtnis von Colonia Ulpia Trajana
Barbara Krohn: Mord im Orientexpress – Rache ist süß
Tatjana Kruse: Elvis forever! Mord im Repelener Jungbornpark
Paul Lascaux: Uedem: Das Schweigen der Kühe
Hartwig Liedtke: Weeze: Ein Ausblick auf damals
Renate Müller-Piper: Reise nach Rees
Theo Pointner: Gehenkt in Geldern
Niklaus Schmid: Moyland – sein Hut, sein Blut
Wolfgang Schüler: Die Xanthippe aus Xanten
Reiner M. Sowa: Wahnsinn in Goch
Helge Thielking: Kalte Abreise vom Voshövel
Regula Venske: Herbstuntergang in Straelen …
Jan Zweyer: Mit Walther in Aldekerk

»Ein Story-Mix, der es in sich hat. Überwältigend der Einsatz von grimmiger Satire, sarkastischer Ironie oder urwüchsiger Komik. Spritzig und erfrischend der Ton …« Ostthüringer Zeitung

grafit